2022
中国少数民族
文学之星丛书

玉狮子

了一容 著

作家出版社

编委会名单

以民族的情意，打造文学的星辰

——"中国少数民族文学之星"丛书总序

邱华栋　彭学明

"中国少数民族文学之星"丛书是中国作家协会少数民族文学发展工程的一个新项目，于2018年开始实施，由中国作家协会创作联络部具体组织落实。出版"中国少数民族文学之星"丛书的目的，是重点培养少数民族文学中青年作家，打造少数民族文学精品，为那些已经在少数民族文学界和全国文学界成绩斐然、广有影响的少数民族中青年作家再助一力，再送一程，从而把少数民族文学最优秀的中青年作家集结在一起，以最整齐的队伍、最有力的步伐、最亮丽的身影，走向文学的新高地，迈向文学的高峰，让少数民族文学的星空星光灿烂，少数民族文学的长河奔流不息。以文学的初心，繁荣民族的事业；以民族的情意，打造文学的星辰。

入选"中国少数民族文学之星"丛书的作家，必须是年龄在50岁以下的、在少数民族文学界和全国文学界广有影响的少数民族作家。不管是否出版过文学书籍，只要其作品经过本人申请申报、各团体会员单位推荐报送、专家评审论证和中国作协书记处审批而入选的，中国作协将在出版前为其召开改稿会，请专家为其作品望闻问切，以修改作品存在的不足，减少作品出版后无法弥补的遗憾。待其作品修改好后，由中国作协统一安排出版，并进行广泛的宣传推广。

中国是一个多民族的大家庭。每一个民族都沐浴着党的民族政策的光辉、感受着党的民族政策的温暖，都在党的民族政策关怀下，蓬勃发展，欣欣向荣。在这个伟大的新时代，我们正创造着中华民族的新辉煌。每一个民族的发展与巨变，每一个民族的气象与品质，都给我们提供了生生不息的创作源泉。我们每一个民族作家，都应该以一种民族自豪感，去拥抱我们的民族；以一种民族责任感，为我们的民族奉献。用崇高的文学理想，去书写民族的幸福与荣光、讴歌民族的伟大与高尚；以文学的民族情怀，去观照民族的人心与人生、传递民族的精神与力量。

我们期待每一位少数民族作家，都能够到火热的生活中去，到广大的人民中去，立心，扎根，有为，为初心千回百转，为文学千锤百炼，写出拿得出、立得住、走得远、留得下的文学精品。不负时代。不负民族。不负使命。

目录

序 一
小人物塑造与社会风俗画

兴 安

了一容是东乡族人。东乡族是居住在西北的只有不到八十万人口的少数民族。我在中央民族大学上学的时候，同宿舍就有一位东乡族同学，所以，我对这个民族略有了解。东乡族有自己的语言，属于阿尔泰语系古蒙古语族。这一点让我非常好奇，我曾多次与他对照过东乡语与蒙古语的异同，结果竟然发现有很多词汇非常接近，甚至一致，不论从语音还是到语义。蒙古族与东乡族的渊源有多种说法，我不想过多探讨，但是在语言上两者有这么多的共通之处，让我对东乡族有了一种天然的亲近感。

认识了一容是近两年的事情，我们虽然聊得不多，但非常投缘。之后就有了微信交往，再后来开始关注他的小说。

最先看到的他的小说是《玉狮子》，这也是他近几年影响最大的作品之一，该作在《天涯》发表后，分别被《小说月报》《作品与争鸣》转载，还被选入孟繁华主编的《2021短篇小说年选》及中国作协创研部编选的《2021年中国短篇小说精选》等。小说是关于人与马的故事，人是十多岁的伊斯哈格，一个从内地离家出走，流落到新疆的少年。马是一匹骟马，名叫玉狮子。伊斯哈格厌倦了循规蹈矩的农耕生活，向往大草原的自由，成为了一个牧马人，并与马建立了很深的感情。玉狮子则桀骜不驯，不甘忍受公马"大特级"的奴役，逃离了马群。两者都是逃离，却殊途同归。伊斯哈格目睹了农耕文化在商业时代的颓败，土地的荒废，生态的破坏，生物多样性的丧失，甚至农民赖以生存和延续的根基——种子也发生了基因变异。在伊斯哈格身上，聚焦了作者在现实中无法体验的文学想象，饱含了对人性、自然生态以及文化的思考。他爱读书，他知恩图报，他更明白作为牧马人的义务和责任。当他得知玉狮子离开马群时，便下定决心要找回它。玉狮子的逃离是对权力的逃避，也是对自由的向往，在这一点上，伊斯哈格与玉狮子同命相连，并在玉狮子的身上感悟到了生命的尊严和勇敢。当玉狮子遭遇狼群的围攻陷入绝境时，他奋不顾身地解救它，并带着它一同归来，恪守了牧马人的信义和担当。小说精心描画了中亚草原的宏阔高远，大自然的神奇和伟大，体现了作者朴素的自然情怀和生态主义的理念。

《夏季的牧野》可以说是《玉狮子》的姊妹篇。主要人物依然是伊斯哈格，内容也是关于牧人与马还有驴的关系。伊斯哈格是被主人雇佣的放马人，因此他与马还有驴的关系更单纯，也更亲近。而在主人眼里，马和驴这些牲畜，只是赚钱的工具，是生物链底端的人类吃食。小说写了马群中公马的命运，让人唏嘘。马的一个种群中只能保留一匹真正的公马，作为繁衍后代的种马，其他的公马都必须骟割，不然公马之间为了争夺交配权，会发生厮斗。而那些骟马或者母驴则更为悲惨。小说记述了一头长脚母驴，在完成繁衍后代之后，便被主人卖掉，生死未卜。伊斯哈格将这些看在眼里，痛在心上，却无能为力。也许生活就是如此，牲畜在人类社会中的地位就是这样的宿命。

读了一容的这两篇作品，让我想起艾特玛托夫的小说，甚至十九世纪的乡村小说。他的叙述多是传统的讲故事的手法，或者说是现实主义的手法，即认真地讲故事，不玩花活，这很不容易，而且这种叙述，最重要的一点是要有生活、有经历、有故事、有细节，因为它事无巨细，非常考验作者的躬身经验和生活常识。

当然，了一容的小说也不都是这种写实的作品，他也吸取了现代小说的一些手法和结构故事的方式。比如《高房子上的女人》就是一个怪异且接近福克纳的《献给艾米莉的玫瑰》的故事。一个女人经过了一次失败的婚姻，从此隐匿在自家的高楼上不见外人，也不再婚。终于十年后她走下楼来，胸前抱着一个孩子。故事有些荒诞，首先是她的前夫，一个驴贩子，他对驴近乎变态地痴迷，他认为驴比人更真实——不虚伪，更不害人。他甚至对驴比对自己的女人还要好。女人与其离婚后，高居楼上，足不出户，给人一种神秘的想象，仿佛与世隔绝，不识人间烟火。但最终事实又发生了转变。或许真的有能够让她为之生孩子的男人，或许这仅仅是写作者的一种幻想和期望。

《一树桃花》也是一篇奇特的小说，塑造了一个理想主义者哈代（与十九世纪英国作家哈代同名）。他向往古代文人的自由生活，买了一片山坡，在那里居住和种树，体验无忧无虑、离群索居的生活。他有三个好友，各具性格，尤其是老大老海痴迷女人，却经常被拒绝，但痴心不减。他们四人在这里体验大自然的美妙，并从自然界的各种生命中寻找生活和生存的哲理。

了一容小说中的人物多是一些普通的小人物，他们与现实社会总是拉开一定的距离，甚至格格不入，但是小说又无时无刻不在提醒我们，现实其实就是由这些小人物，甚至是一些怪人组成，并且作者常常会从这些小人物身上发现一些值得肯定的品质。《古城黑牛儿》里的黑牛儿就是一个怪人。他疯疯癫癫、不务正业、自作多情、胡思乱想、一厢情

愿、不切实际，常被村人耻笑。但是他有一技之长，通过为人画像展现
了自己的价值。在他身上有"阿Q"的基因，也有"堂吉诃德"的影子。
他不安现状，试图改变自身命运的性格和努力值得我们尊重。在《移民
区的警察》中，作者塑造了一个与众不同的警察形象——白警官，他务
实平易，性情柔和，甚至看似有些窝囊，"一点都不像电视里演的那么
威风堂堂的样子"，他觉得"警察事实上就是个普通百姓嘛"，但他喜欢
读书，尤其崇拜有学识的人。或许是命运的捉弄，他被调到了偏远穷
困、治安混乱的移民点，但他没有怨言，依然在工作中兢兢业业，为民
排忧解难，终于获得了村民的认可。

整体考察了一容的创作，我感觉他的小说又像是一幅幅社会风俗
画，真实、真切、真情，很少有加工、修饰的痕迹，保持了生活的原状
态。他极少议论，让故事讲述，让人物说话，让读者思索。这让我想起
美国批评家哈罗德·布鲁姆的《短篇小说家与作品》，他在谈到契诃夫的
小说时说："阐释了平凡的生活，既没有歌颂，也没有歪曲。"这其实是
对契诃夫最高的评价，我以为这正好也适合我对了一容小说的印象。

2022 年 7 月写于北京洗马斋

序 二
社会现实与人性世界的多向度书写

王春林

　　虽然土地面积范围不大，经济的发展也乏善可陈，但位于西北边陲的宁夏，却绝对称得上是一块文学的沃土。早已名垂青史的张贤亮自不必说，单只是稍后一些时候出现的"三棵树"等等，就特别引人注目。或许与宁夏的民族杂居特点有关，少数民族作家的创作乃是其中不容忽视的一个重要组成部分。年轻一点的作家中，有正处于写作上升期及状态良好的东乡族作家了一容。前不久，了一容突然给我微信，要我给他即将出版的已经入围"中国少数民族文学之星"丛书的一个名叫《玉狮子》的小说集作序。推脱不掉，终而从命。了一容这些年来小说创作的日渐进入状态，是文坛有目共睹的一个客观事实。能够有小说集先后入选中国作家协会主其事的"二十一世纪中国文学之星"和这一套"中国少数民族文学之星"丛书，就是无可否认的明证。这两套丛书，每年面向全国遴选一次，其规格之高、入选难度之大，自然可想而知。能够有小说集先后入选这两套丛书，所充分说明的，正是了一容在小说创作上所取得的实绩。

　　被收入《玉狮子》的，除了《远离人迹》和《师傅》两个中篇之外，其余全是短篇小说。由此可见，这些年来，了一容更多地是在短篇小说这一文体上用力甚勤。细细翻检这些小说，即不难发现，了一容这些年的小说创作不妨可以被概括为"对社会现实和人性世界的多向度书写"。尽管也会有所交叉，但约略看来，应该可以被切割为以下四类。

第一类是表达社会关怀的，主要包括中篇小说《远离人迹》、《师傅》，短篇小说《移民区的警察》。某种意义上可以被看作"公路小说"的《远离人迹》所叙述的，是身兼第一人称叙述者的主人公"我"在一个风雪交加的除夕日独自一人驾车从水城前往故乡黑山的故事。"我"之所以排除一切困难也要赶回黑山，是因为在大年三十同时也是自己生日的这一天，常年在水城打工谋生的单身汉的他，一定要去陪伴孤身一人的年已八旬的老母亲。没想到，由于时处疫情期间（用小说中的话来说，就是一种可恶的病毒开始普遍流行。因为病毒的存在，人被简单地区分为健康的"好人"和不健康的"坏人"），处处都在封路的缘故，"我"的归途一下子就变得道阻且长，困难重重。亏得是在"漫漫"长途上得到了包括无名的女大学生等一众萍水相逢的陌生人的鼎力相助，"我"才克服重重阻力，最终回到黑山，见到了念想中的年迈老母亲。疫情所造成的阻力，与亲情和友情之间的冲突，乃是小说最主要的艺术张力之所在。能够以如此迅疾的方式密切关注人生现实，值得肯定，这是一篇人在困境中不断寻求自我突围的作品，即只要信念不灭，终会看到爱的灯火。《师傅》是一篇书写民间底层流浪诗人，突然爆发出来的一种力量，尽管是一场悲剧，但浩然之气长存。《移民区的警察》在艺术上有别样的风格。在与同行们比较的层面上相对成功地刻画塑造白子民这样一位表面上看似窝囊没出息，实际上却特别敬业的基层警察形象的同时，了一容更是巧妙地借助白子民的视角，积极有效地把自己的笔触探入到了移民区普通民众苦难现实人生的书写与表达之中。无论是社把那位智商不足的女人的被拐骗,抑或是张军军和他的连襟所处的糟糕到极点的工作环境,我们都可以从中看出移民区普通民众日常生存的艰难不易。在其中,作家人道主义悲悯情怀的存在,是不容否认的客观事实。

第二类是看似童话,实则带有鲜明成长叙事特点的短篇小说《两只蚂蚁》。诚如标题所示,小说的主体内容是叙述两只分别被命名为耶尔孤和麻乃子的工蚁如何齐心协力,最终克服重重阻力,把对蚂蚁们来说如同一座糖山一般的"比指甲盖略微大一点的一块干板糖的碎屑"搬运回蚁穴中的故事。我们之所以认定其中有着成长叙事的内涵,乃因为耶尔孤和麻乃子这两只蚂蚁完成以上"浩大"工程的观察者,自始至终都是一个出生于条件优越家庭的名叫马小兵的少年。很大程度上,或许正是由于家庭条件优越的缘故,马小兵一个突出的特征,就是缺少读书毅力的厌学倾向。在观察两只蚂蚁搬运"糖山"的过程中,马小兵总是会不断地被他们那锲而不舍的坚持精神所打动:"那种锲而不舍的耐力比平日里贪玩的马小兵要靠谱得多,它们似乎毫无懈怠之心,没有一点要轻言放弃的意思。""这一丝干板糖的碎屑,对于这两只蚂蚁而言,却是一座糖山,需要它们费上九牛二虎的力量拖回洞穴里去。这一点竟然令马小兵感到非常惭愧。"从根本上说,正是在这两只蚂蚁那种锲而不舍精神的感召和影响下,马小兵的内心世界方才得以酝酿并发生了相应的变化:"他也暗下决心,想长大了做一个研究大自然的科研人员。"

第三类是旨在透视表现复杂人性世界的小说作品,主要有《牡丹》《高房子上的女人》《古城黑牛儿》。其中一些篇什,甚至会多少带有一点现代主义的意味。先来看现实主义味道突出的《牡丹》。小说中的一个焦点问题是,女主人公牡丹(用当地的方言叫作"毛丹")差一点成为第一人称叙述者"我"的大嫂。人长得特别"干净"（当地方言中"漂亮"的意思）的牡丹，由于家境贫寒的缘故，在燕儿姨娘的强力促成下，多少带有一点无奈地答应了和"我"的大哥，那个朴实憨厚，简直一点都不解风情的努的婚事。这一方面的一个细节就是，在牡丹恶作剧地摘走了努头上的帽子，努本应该马上去追逐她的时候，看上去"有些害羞"的努，竟然根本就"不懂得女人需要的那种她跑你追的浪漫劲儿"。结果，等到县城里召开物资交流大会，来了一帮马戏团的人的时候，"我"未来的大嫂牡丹在结识了其中的一个男演员之后，居然不管不顾地跟着马戏团跑了。正因为叙述者经常思念着这位"半途而废"的大嫂，所以，小说所采用的才会是"时间已经很久了，不知红牡丹和他们的马戏团现在还好吗？"这样一种暗含关怀之意的开放性的余音袅袅的结尾。另一篇同样以女性为主人公的，是《高房子上的女人》。这位长时间蹾在娘家高房子里的女性，是一个名叫苏芙蓉的漂亮少妇。她之所以要回到娘家蹾在高房子里足不出户，主要是因为那位身为驴贩子的丈夫有着一种匪夷所思的怪癖。或许是由于长期做驴贩子，被驴贩子生活异化的缘故，在这位驴贩子丈夫的眼里，总愿意把妻子苏芙蓉也看作是一头如同"潘金莲"（驴贩子习惯于把草驴叫作"潘金莲"）一样的草驴。这样一来，两人之间矛盾的产生就不可避免了："不仅如此，她竟然还渐渐发现丈夫有些常人难以理解的病态，所以两个人就出现了一些矛盾。苏芙蓉不愿意当他所贩卖的那些'潘金莲'。可是驴贩子不依不饶，逼迫她一定要向那些草驴学习。这可把苏芙蓉折腾苦了，也让她心中的屈辱与恼火在周身逐渐蔓延。"既如此，苏芙蓉的不仅逃离丈夫回归娘家，而且还要蹾在高房子里足不出户，就是一种必然的人生选择。但吊诡之处在于，苏芙蓉蹾在高房子里足不出户倒也还罢了，关键的问题是，等到若干年后她终于从高房子里走出来的时候，怀里竟然抱着自己的儿子。这孩子是什么时候生下来的？他的生身父亲又究竟是谁？所有的这一切作家并没有做进一步交代，在留下这些必然的疑问之后，小说遂以一种开放的方式迅疾收尾。小说某种不容置疑的现代主义倾向，正突出不过地体现在这一点上。另一篇同样带有现代主义倾向的，是《古城黑牛儿》。黑牛儿是古城一个普通人家的孩子，父母以打工为生。虽然不是娇生惯养之辈，但黑牛儿却生性不爱读书学习，他的人生乐趣，除了对漂亮异性的兴趣之外，便是无师自通地拥有一种出色的画技。文本的焦点有二，一是，父母带黑牛儿到西安看病时，黑牛儿曾经因怜惜自己的发型而拒绝就医；二是，他进入农校读书时，不仅曾经为一个名叫黑金莲的学姐害过相思病，而且到后来，当黑金莲要求他给奶奶作画的时候，他竟然特别精益求精，乃至一时间技惊四座。概而言之，黑牛儿大约可以被看作是一位画技惊人的非典型纨绔子弟。比较下来，两篇现代主义倾向的作品中，各有不同，《高房子上的女人》现代风格尤为突出一些。

第四类是了一容的一种草原书写，代表性作品是《玉狮子》和《夏季牧野》。其中被用作书名的《玉狮子》，可能是了一容近期创作影响很大的一篇小说。小说所集中讲述的，是一个名叫伊斯哈格的放牧少年和一匹名叫玉狮子的英俊骒马的故事。特别热爱读书，只要有时间就会捧着书本手不释卷，竟然把一部《老人与海》读过五百遍的伊斯哈格，是从内地跑到新疆来的乡村少年。他之所以要做这样的一种选择，主要是因为：由于受到现代性（小说中的现代性因素，集中体现在洋种子和洋庄稼的业已普及上）的冲击，他家乡的土壤已经被严重破坏，人们被迫放弃家园，纷纷逃往"口外"。这其中所隐含的主题，很显然是一种现代性的批判。与伊斯哈格一起，可以被看作小说中双重主人公的玉狮子，是一匹个性鲜明的英俊骒马。生性高傲的玉狮子，不愿意屈从于马群中的统治者"大特级"的淫威，向往并积极践行一种"特立独行"的生活方式。小说中富有诗意的一个故事场景，就是伊斯哈格在草原的月夜里四处寻找这匹迟不见归的玉狮子。从总体上来说，小说的精妙处大约在于伊斯哈格和玉狮子之间的一种对位同构关系。写伊斯哈格，就是在写玉狮子，写玉狮子，也是在写伊斯哈格。《夏季牧野》中的主人公，依然是伊斯哈格。只不过，从故事发生的时间顺序来说，《夏季牧野》肯定应该排在《玉狮子》的后面。小说所集中聚焦的，可以说是伊斯哈格与"长脚"它们母子俩的情感故事。"长脚"是一只残疾驴，因为一只脚长一只脚短，所以才被称作"长脚"。尽管艾布是出于无奈才收留了它，但出乎艾布预料的一点是，这只看似累赘的"长脚"，却在和"大特级"交配后，生下了一只非常讨人喜欢的土黄色的骡子。后来，因为土黄色的骡子已经成为耕地的"能手"，所以，艾布便趁着"长脚"还能生育便把它给卖了。由于长期以来的相处过程中，伊斯哈格已经和"长脚"母子俩结下了深厚的情感，所以，眼睁睁地看着"长脚"被卖，伊斯哈格内心里才会感到特别难受："也许，只有在夏季牧野的草原上，长脚那咀嚼享受青草的状态，才是它最为放松的时候。只有在宽广的草原上，长脚才能远离人们的歧视。伊斯哈格觉得他仿佛失去了一个忠实厚道的老朋友，而变得忧伤起来。土黄骡子也将被迫和母亲永远地分开了，也许今生它们再也无缘相见了。想到这里，伊斯哈格跑回板棚，一下子瘫软在床上，他咀嚼和体会到了生命的一丝苦涩。"事实上，当伊斯哈格从"长脚"母子，以及自己和"长脚"的分别中体会到"一丝苦涩"的时候，他也同时获得了一种难能可贵的成长体验。从这个角度上，我们也不妨把《夏季牧野》看作是一篇成长叙事的小说文本。

被收入此集中的另外几篇小说，就不一一详介和赘述，但作为一位行走在路上的文学写作者，了一容能够取得这样的创作成绩，已属不易。

行将结束我这篇不像样子的序言之前，给出的具体建议有二。其一，了一容在今后的创作过程中不妨有意地继续强化打造"黑山"这一文学地标。其二，了一容应该有意识地形成某种带有个性化特色文学的艺术范式，以更为深入地勘探挖掘社会现实和人性世界的奥秘。总之，希望了一容能够再接再厉，在未来不长的时日内成长为一位造诣很高的优秀作家。

　　是为序。

　　　　　　　　　　　　　　　　　2022 年 6 月 9 日下午 15 时许

　　　　　　　　　　　　　　　　　完稿于西安寓所

玉狮子

"艾布家的马匹越来越多，没个人放牧，打算花血本找个放牧的巴郎子呢！"哈里克的婆姨罕古丽对丈夫说。

"他这两年光阴好了，有钱了，日能得很，人前头绕达来绕达去，今天说是跟乡上领导吃饭着呢，明天又跟县上的老板研究创办赛马场呢，口气大得刹不住车了。真是人有钱了扎哩，马有膘了乍哩。我惹不起他，还躲不起吗？"

"你猜人家要找谁给他放马呢？"

"热合曼？"

"不是，热合曼下个月要出天山，去内地学技术去了。"

"那是巴图尔吗？"

"不是，巴图尔那个巴郎子脾气犟，不可能听艾布的，他宁愿在草原上逮蚂蚱、掏鸟窝、耍松鼠，也不会给人放马的！"

"那是艾则孜了？"

"艾则孜家的马都没人放牧着呢，能指望上他吗？指望不上他。"

"都不是，那你说是谁啊？"哈里克也有些疑惑了。

"你猜不着了吧？我告诉你，人家要叫咱们把伊斯哈格让给他们呢，说伊斯哈格为咱家放了两年马，我们连一双鞋子都不给买，娃娃精脚片子在草原上跑，两只脚都被刺扎得到处是伤，流血流脓的！"

"这跟他有什么关系？这个巴郎子的确能吃苦，风里雨里泥里水里跑着放马，这是咱们家的造化，我好不容易才找上这么个娃娃，他干吗抢？"哈里克有些气愤愤的。

伊斯哈格其实还是个不满十四岁的孩子。三年前，伊斯哈格从家里逃出来，拽着大人的衣襟混在人群里挤上了从内地发往新疆的火车。这个内地的小站上，伊斯哈格将瘦小的脑袋伸出火车车窗，怅然若失地看着送行者里面有人在哭，他的心里霎时变得乱麻麻的，未经大人许可，他是偷偷跑出来的。他正要把头从窗外缩回去，可是一道从未见过的风景，闪电般击中他的小心脏：原来火车顶棚和窗户沿上爬满了密密麻麻的麻雀，这些小精灵也搭乘火车上新疆呢。麻雀由平日里在村子的树冠上的叽叽喳喳和争争吵吵，变得一声不响，仿佛用一种庄严肃穆在向曾经养育过自己的瘠薄的土地作最后的道别。

伊斯哈格倒吸了一口凉气，担心地想，不知道那些可怜的小家伙能否用自己纤细的爪子抠住奔跑的火车到达新疆？也许有一些麻雀，会疲劳过度而跌落，成为遥远戈壁荒漠迁徙路上的牺牲者。

记得在村子里时，伊斯哈格常见大人们摇头叹气，说是干裂的土壤已经被破坏了，从国外引进的粮食种子完全代替了以前种子公司那些传统的种子，种子公司和农民都再也不留种了，农家肥的种植方式也被国外的化肥替换了。这些进口的粮种，一经播进田里，就必须得用国外进口的化肥进行催长。等到种子长出来后，各种以前没见过的杂草就迅速把粮食缠住了，即便是全家人出动猫着腰除上一个多月，累得半死不活，还是无济于事。于是，就又得用国外进口的农药了，不用进口的农药，这些没见过的各种杂草就无论如何也除不干净。等到粮食出穗上面粉的时候，突然田里的粮食上就又会生出蚕蛹一样大小的各种颜色的小虫子。一时虫子泛滥成灾，爬得到处都是，粮食一粒粒被吃没了。虫子吃完粮食，又爬到村子的各个巷子里，甚至爬进村民的家里找东西吃，人不小心踩在脚底，就发出吧吧吧的响声，让人心惊胆战的。没办法，进口的农药才能对付得了这些虫子。可是，进口农药用上后，村子里的猫死了，喜鹊、乌鸦、猫头鹰都统统地死了。不知何时，大家发现村子里一下子冒出许多黄老鼠，黄老鼠成群结队，个头大得都快成精了，说个稀奇话，有些老鼠长得比猫还大，猫不仅不敢抓这样的大老鼠，还被老鼠频频追上跑。因此，该生存的在这古老的村落里生存不下去了，倒是大家认为不该生存的那些稀奇古怪的东西全部出世了。有些人，动不动还会生一些怪病，不是这个肿瘤就是那个癌症，治也治不好的。大家都隐约感觉得到可能是这些进口种子的问题，不想再种它们了。可是以前的种子去哪儿了，农民们渴望能恢复以前那种传统的农家肥的种植方式，然而种子却找不回来了。也许有一天，即使种子找回来了，但不知需要多少代人才能恢复土壤的健康和元气啊！人们放弃家园，逃往口外。新疆口外大呀，随便养几只羊都能活人。那些灵性的麻雀，也跟着人乘火车去新疆了。

在乌鲁木齐二道桥子，伊斯哈格混在打工的人流里等着看有没有人找他干活。可他还是个孩子，谁都不肯要他。但是这样下去，他会被饿死的。他在马路边的道牙上凑合了一个晚上，第二天下午的时候，一位身体粗犷的大叔走过来问他："哎，巴郎子，吃饭了没有啊？"

伊斯哈格乏乏地摇摇头，他饿得连说话的力气都没有了。

"那就赶快跟我走、赶快跟我走，跟上我吃香的喝辣的走！"

伊斯哈格被他牵着小手，拐了几道巷子，就已经辨不清方向了，他

被领进一个饭馆，吃了一碗羊肉泡馍。吃饱了也吃香了，这个新疆老板
才开始又问了：

"跟上我经常吃这样的羊肉泡馍，能成不能成？能成的话就跟上
我走！"

伊斯哈格心说，既然吃了人家的饭，就跟上人家走吧，多大的苦都
能吃得下。伊斯哈格回答说："能成！"于是，他便跟着哈里克大叔乘坐
班车来到天山深处的草原上牧马了。

"说一千，道一万，人家艾布明天就要把伊斯哈格领走了，说明年
还会把他送到区里学习呢，不久在草原上还要打造新疆最大的赛马场
呢，到时候伊斯哈格就是天山真正的雄鹰了，有多少漂亮的羊羔子（姑
娘）会慕名而来，希望能嫁给他呀！"

"不要胡说八道了，怎么可能呢？"

"真的，就在今天早上，他去了镇上的巴扎，艾布带着一位领导专
门来和伊斯哈格谈了，人家也征求了哈格的意见。那位和他一起来的
领导也发话了，说伊斯哈格愿意去谁家就去谁家，不能干涉，干涉是
要吃官司的。我只好给人家说了，等坚守完今天最后一天，明天要走就
走吧！"

"领导？你能认得领导长得啥样子吗？嘴别伸长胡说？"

"哎哟哟，我把领导不认识吗？衣裳、脸，还有手，一看就不是劳
动干活的。"

"真倒霉，看来，咱家的马以后得靠自己放了！唉，也怨我，昨天
伊斯哈格出去牧马的时候把咱家的玉狮子用绊马棒绊住，绊马棒把玉狮
子的两条前腿都打烂了。玉狮子不就是爱到处跑嘛，它跑你不会跟紧点
吗？干吗用绊马棒呀？这娃娃经常把马群往草山上一赶，就在草甸子上

不是看他的那些破书，就是睡大觉去了，一天好像老是钻进书里不出来了，我实在气不过，就说了他几句，他还嘴里胡嘟囔，气死个我了，让我照准他的背子美美抽了几鞭子，可能抽得劲大了，受不住，想逃跑！"

"不要紧，你晚上好话给哄一哄，让别记恨咱们，你不哄一哄，晚上马群回圈，他今晚半夜连夜草也不给马添了，想着明天早早一走了之。"

此时，哈里克家的晚饭已经吃了，天已经黑下去了，暗影慢慢地遮蔽了草原上的一切，远远近近，黑咕隆咚的，夜的颜色有厚有薄，带给人一种草原神秘的力量。草原深处星星点点的帐篷里忽闪着忽明忽暗的星火，像磷火似的。

伊斯哈格居住的窝棚里一派寂静。旁边的鸡棚，几只新疆芦花鸡卧在半截木头上。它们放松了全身的羽毛，凌乱着翅膀，一只依偎着一只栖息在一起，发出梦呓般的咕咕声，仿佛喃喃自语着要做一个什么好梦似的。鸡喜欢把自己的嗉子用翅膀和脖子捂住，不让它受凉。如果夜里偷鸡贼拿一根长木椽塞进炕灰里把木椽烫热，再轻轻塞在鸡棚里的鸡嗉子下面，鸡感到温暖就会立马自动跳上椽子，叫都不叫一声，安心地蹲在椽上面被轻而易举地端出鸡棚抓走。

草原上的各种鸟类和小动物，还有牛哞驴叫马嘶羊咩，以及蛐蛐虫虫在白天演绎的大型交响乐已经逐渐减弱和平息下来，就像大河激越时发出的不息的响声被分流到四路八岔，渐渐由洪涛变成了低吟浅唱。那些习惯在白天活跃的草原上的野物，有的回巢躲藏起来睡觉去了，而另一些像刺猬、野兔和在夜间才肯出来觅食和恋爱的昆虫们却探探索索地爬出来行动了。那喜欢在黑暗的掩护下活动的动物和虫子的声音也开始由弱到强地传递着，慢慢打破了这无垠的夜的草原的寂静。

有几只野兔从草木掩隐的窝里偷偷地跑出来，寻找着自己喜欢的嫩草。草原在微风下，就像水波纹一样微微荡漾，发出空幻般的声音。

有一对獾跑出来，在一个洼陷的草坡下面，始终保持着警觉和多疑的姿势，此刻在小心翼翼地东看看西瞧瞧，似乎情况一旦不妙就跑回洞穴里去。

村口，在那片总是被哈里克家的老黑乳牛占据着的草坡上，这只没有什么野心和不肯走远的乳牛从早到晚已经吃了一天的草了，完全吃饱了，它静静地立在那里慢条斯理地反刍着。远处，有走在回圈的路途中的马群里的马儿发出咴儿咴儿的叫声。

哈里克听出来，这是他们家的马群。他们家这群马匹里，有一匹全身血红的儿马，看上去个头比所有的马都高大，威风凛凛的，伊斯哈格给它取名叫"大特级"，大特级嘶鸣一声，马群就会情不自禁地向它靠拢。一般情况下，马群在去往草原或者回马厩的路上，所有的马都会排成一排竖形的长队，从未牧过马的人听了这些是会难以置信的。大特级要么在队伍的第一个领着马队，让马群不要跑得太快，要依照它的速度和节奏行进；要么就是走在最后，驱赶着马群向前。倘若队伍里某匹马儿调皮捣蛋，不肯听话，从队伍中跑出来，大特级就会毫不犹豫地扑上去撕咬，离队的马儿就只好灰头土脸地回到队伍里去了。但一个群体里总会有不同的声音，总会有唱反调和不愿随大流的音符，这是非常正常的。玉狮子就是这样的一个家伙。你说它是一匹儿马倒还罢了，可偏偏玉狮子是一匹骒马，它全身雪白，犹如和田白玉，亮光闪闪，色泽润滑。它常常不惜被咬的代价，不听大特级的话，常常乘其不备溜出队伍，尥着蹶子逃之夭夭，有时离群后就走失掉了，无论伊斯哈格怎么找都找不到，直到它自己觉得了无趣味了才会跑回来，或者伊斯哈格找了半晚上才能在一个水草丰美的偏僻的角落里找到它在独自品尝别的马永远品尝不到的野草。

此时，哈里克大叔心烦意乱地提着鞭子，走出去在马厩前的路口子上等马群归圈。

婆姨罕古丽依旧像一只造窝抱儿子的老母鸡，她叽叽咕咕地自说自话："这个伊斯哈格怎么还不赶着马回来啊？哈里克就这么个脾气，我们谁没有挨过他的打呢！"

整个草原上，一派深邃，草海在夜间显得愈益苍茫。回头看，马厩的轮廓和村舍也渐渐变得越来越模糊，就像淹没在黑色的潮水之中。特别远的地方，孤独的草原帐篷里，尚有一丝萤火虫般的光芒。

哈里克的马群踏出隆隆的声音，排着整齐的队伍走回来了，径自往马厩里进去。大特级依旧断后，它把所有的马匹驱赶回马厩，自己才最后一个昂首挺胸走进马厩。

当马蹄声安静下来，叫蚂蚱和蟋蟀开始在门前的草坪上缓缓争鸣，草原的夜空更加的空寂。

哈里克检查了，玉狮子没有回来，牧马的巴郎子伊斯哈格也不见了。"这个狗日的，是不是跑了？"哈里克心里特别沉重，思忖着，"我的玉狮子啊！"

哈里克钻到马厩最里面，一遍又一遍转着圈寻找玉狮子，那些马匹谁在哪儿站立，都按平时的习惯和自己的强弱抢占好了位置。位置和秩序是永远不会轻易改变的，要维持好久的，只有谁打败了大特级，接替了新的王位，一切才会重新调整和安排。所以，马厩里缺少了谁，就像单位大伙儿聚在一起摆椅就座一样，清清楚楚，一目了然。牲口的世界和人的世界是一模一样的，都是弱肉强食、论资排辈，按级别大小进行待遇优劣的分配，如若不是你的位置一旦被侵占了，那后果是非常严重的，要受到严厉的惩罚和撕咬的。动物为了维护和巴结首领，会对某个不合时宜的冒犯者群起而攻之，直到它夹着尾巴顺从为止。

玉狮子没有回来，是不是出了什么问题？不好说，人心难测，哈里克知道，伊斯哈格不是个用暴力能够征服的娃娃，这他已经多次领教过了，尽管鞭子抽在身上，但他就是不肯低头认错。

玉狮子跟所有的骒马也不一样，它不肯顺从大特级，大特级所规范的一切秩序让它一次次颠覆了。玉狮子也不爱恋群，常常特立独行，它宁愿跑很远的路和哈里克家马群之外它所欣赏和尊敬的儿马谈情说爱，也不愿意让大特级碰它，它不接受大特级的呵护和奖励，也似乎不怎么看好大特级的王权和独裁。玉狮子在哈里克家的马群里也是最漂亮的一匹骒马，从来都是干干净净，全身雪白雪白的，让大特级情不自禁地眼馋，多次都想扑上去震撼它，让它变成自己的妻妾，但都遭到了玉狮子猛烈的拒绝和反抗，均以失败而告终。这令大特级十分沮丧和懊恼。玉狮子十分厌烦独裁者，它喜欢那种和大家平起平坐具备儒雅气质的儿马，即便是年龄老一点它都觉得没有关系，关键是要能和所有的马儿打成一片，无为而治。

哈里克觉得自己就像是在梦里一样，脑海中浮现出玉狮子与众不同的身姿。现在，他再不能胡思乱想了，得抓紧去找它。"它究竟跑哪儿去啦？这个狗日的伊斯哈格啊，怎么丢了玉狮子就逃了呢？"

哈里克走出马厩，闩好厩门，提着鞭子，再一次想起他用这条皮鞭抽伊斯哈格的情景来了，他一边想一边沿着马群常去的草场，寻他的玉狮子去了。

繁星似海，月亮就像降落在草原上的草丛中了。伊斯哈格还在很远很远的草场哭哭啼啼地寻找着丢失的玉狮子，这是他的工作和职责所在啊！一般情况下，等到太阳快落山畔的时候，伊斯哈格就开始归拢散撒在草原上的马匹，将它们驱赶到一个固定的位置，数一下，一匹不少，就吆着它们回家。这些马只要你赶着它们到达回马厩的那条岔路口子上，它们就会自动排好队，根本不用人管，有大特级会把它们领回去。

伊斯哈格愈走愈远了，草也越来越深了，各种怪石峥嵘，有些石头就像面目狰狞的野兽和传说中成精的怪物。他听有些人讲，鬼魂有时会躲在某个角落窥视着你，于是他的头发立刻就麻辣辣的，像是有一些微小的虫子钻进头发里爬动着。

这草原上有蟒蛇和狼，还有老虎都难以对付的大熊，希望戴着马绊的玉狮子不要遇上这些天敌，否则他觉得自己的名声就要毁了，草原上就没有他立足的地方了。牧马人有牧马人的规矩和讲究，更有牧马人的责任和尊严。他一边跑，一边借助月光在观察，他也不敢因恐惧和着急而出声地哭，担心会惊动了野兽来围猎他，这样也会被人嘲笑他不是一个真正的草原男人。他擦干眼泪，用手掌捋着头上的汗水。

白天，中亚大地上毒日头晒出的温度似乎尚未消散殆尽。伊斯哈格继续一片草海接一片草海地寻找，汗像水一样流，浑身上下全湿透了。他口干舌燥，眼睛也干巴巴的充血一般，犹如狼的眼睛一样红苍苍的。他仔细地搜寻着每一个玉狮子有可能藏身其中的地方。有些灌木被他跑过时划出哗啦啦的声音，有时回音让他立即凝神静听，以为是玉狮子就在附近。但一次次都由希望变成了失望。他光着的脚丫子被草原上锋利得像刀子一样的石头、木刺划拉剌割得伤痕累累。他在草原上三年都是精脚片子，常常是旧伤刚愈，又添新伤。他尽力用面积较小的脚尖和脚趾踮起来，跳跃着行走，脚尖刚一落地，他就迅速弹跳起来，这样就能避免那些藏在草丛中的利器扎入脚心。他把裤腿用冰草绑着，避免蛇和蝎子一类的钻进去叮咬。当然，在草原上有一字蒿，可以治疗蛇毒，用嘴嚼烂，抹到患处就好了。家有一字蒿，不怕毒蛇咬三遭。一字蒿草原上到处可见。

伊斯哈格找遍了玉狮子习惯和常去的草场的每个角落，都没有发现它的影子。这匹年轻貌美的白骒马呀，尽管戴着马绊，但是倔强的性格使它不肯听命于命运的摆布，它忍着马绊剧烈敲打的疼痛，独自离开了马群，向谁也不知道的地方走了。

伊斯哈格因为丢失马匹所感到的痛苦和自耻，使他变得有些愤怒，变得忘记了独自所处的夜晚的草山上的害怕。他知道他已经走到了毒蛇和野狼出没的那片领地。他有些控制不了自己的情绪和理智，杜尔杜尔地呼唤起了玉狮子，只要玉狮子发出一声嘶鸣，他是能够立时辨别出它的声音来的。三年了，他是能够听出所有自己放牧的马的叫声的。

灌木变得越来越多，越来越深，出现了许多乔木，走进这里似乎再也走不出去的感觉，草长林深，就容易找不到方向。现在，该找的地方几乎都已经找了，只能冒险在这野兽出没的地方一试了。经过长时间的跋涉和奔跑，伊斯哈格的腿肚子像灌满铅一样沉重，拖都拖不动了，他一屁股坐在淹没人身的乱草和森林里，一边休息，一边难过。从未有过的孤独、绝望紧紧攥住了他的心。饥饿、疲惫和鞭伤经过汗水的浸滋，疼得深入骨髓。煎熬跟疼痛交织在一起，折磨着他。一会儿，眼前也变得模模糊糊的，他似乎是有些要晕过去了。

哈里克提着皮鞭转了一圈，又走回来坐在马厩前不远路口的一块白石头上望着草原的深处，他没有看见玉狮子，也不知道他雇的牧马的小伙计伊斯哈格的踪影。他想在这里一边休息，一边再等等，也许玉狮子自己会走回来的。

罕古丽一个人在家里越想越蹊跷，玉狮子丢了，伊斯哈格是不是已经被艾布领走了。她是很喜欢艾布的，年轻的时候还偷偷地跟他约过会，在茂密的草丛里滚过蛋蛋，现在滚不动了，但她依然对艾布充满好奇。她嘴里依旧自言自语地埋怨和诅咒着，唠唠叨叨，嘟嘟囔囔，没完没了。她乘着哈里克去外面找玉狮子，就想去艾布家看看，从他们家到艾布家约两箭的距离，她摇摇晃晃扭捏着身子去了。

就在家中无人看管的这个期间，两只一公一母的野狼带着自己的狼崽子闯进了哈里克家马厩后面的羊圈，把三只最好的头梢子羊咬倒把血吮咂了。另有几只羊被狼咬倒了。这些喂养得特别肥壮的绵羊，个个都是钱疙瘩，这下损失可惨重了。狼有时被附近草场上的牧民们称作"卦先生"，意思是能掐会算，它们算中了今天哈里克家的人都会出去，就下山蹲在他家的墙头上守候着。狼能够闭毛缩骨，把自己变得跟猫一样大小，偷偷藏在墙头上，或者草丛中，一般情况下人是发现不了它们的，待时机成熟，才会发起突然的袭击，从来都鲜有失算。

等到哈里克跟罕古丽两个都累了，不约而同回到家里的时候，发现了狼制造的惨案，便拍膝叫娘，更加怨恨和迁怒于伊斯哈格。

野狼的叫声让累得昏昏沉沉的伊斯哈格又紧张地翻了起来。他竖起耳朵谛听，似乎就在不远处传来玉狮子不同往常的嘶鸣声。带玉狮子回家，这是他的责任、尊严和使命。他顾不得许多，一下子从灌木丛里蹿起来，就往玉狮子嘶叫的方向狂奔。

他想起白天他给玉狮子戴的马绊是一截青冈木制做的。青冈木是非常结实的木头，柔韧性特别好，轻易是断不了也坏不了的。马绊的绳子也是不容易坏的牛皮绳子，耐磨性特别好。他原本是躺在草丛里读书的，太阳正好晒着他的脚腕子，那些被石头和木刺刺割得如粗砺裂开的树皮似的伤痕，痒酥酥的，特别舒服。"老人在黑暗中感觉到早晨在来临，他划着划着，听见飞鱼出水时的颤抖声，还有在黑暗中凌空飞翔时挺直的翅膀所发出的咝咝声。他非常喜爱飞鱼，拿它们当作他在海洋上的主要朋友。"他在读他从内地背到草原上的《老人与海》。他出门时，一共带了两本书，还有一本是《新华字典》，他一年四季，大部分时间都是在读这部字典的，每当生活变得枯燥无味的时候，《新华字典》中那些字，就是他深入的迷宫。今天他在读《老人与海》，他已经读了五百遍了，"他替鸟儿伤心，尤其是那些柔弱的黑色小燕鸥，它们始终在飞翔，在找食，但几乎从没找到过，于是他想，鸟儿的生活过得比我们还要艰难，除了那些猛禽和强有力的大鸟。"他想，草原上也是如此，草原和大海一样宽阔浩瀚，一样可以让人的胸襟变得特别的大，海洋是残暴的，也是仁慈并十分美丽的。但是，他长这么大，还没有到过海洋呢，然而他可以想象海洋，通过海明威的书，他对海洋怀有好感和梦想。他突然想起玉狮子会偷偷跑远，乃至丢失，这会影响他想海明威的心情。他在做好标记的草丛里找到了备好的马绊，他将一根手指伸进口中，随着一声响彻云霄的口哨，黑豹狂飙而至，来到他的身前。这是他的专用座驾，全身无有一丝杂毛的黑骏马。他提着马绊翻身跳上黑豹，追赶玉狮子。玉狮子也警觉了，知道是在追它，开始拼命狂奔。一白一黑，两匹马在草原上飞奔角逐，在地平线上旋转。中亚大地的胸膛上传出密集的鼓点般的韵律。黑豹在瞬间的爆发力犹如幽灵一样。很快就开始跟玉狮子比肩了，刹那又越过了马头，这时候伊斯哈格会准确无误地将马绊的绳圈套入玉狮子的脖颈。只要马绊入项，就像枷锁上身，再不敢跑那么快了，因为跑得越快，那根木棒会绞绕在马的前腿的里里外外，敲打得极其猛烈，会钻心地疼。草原牧民的智慧真是让人叹服啊！

伊斯哈格跳下马背，又读《老人与海》去了，"他慢慢划着，直朝鸟儿盘旋的地方划去"。大海太美啦，那个打鱼的老人其实并不孤独，因为在这中亚的大草原上有个年轻人在牵挂着他！

倔强的玉狮子还是忍受着疼痛逃跑了。这匹不肯向世俗低头和不愿随波逐流的白马哪！

玉狮子被困在一个三面都是悬崖的三角形的草丘上，似乎是狼堵在那个出口的地方。他知道，倘若不是那害人的马绊，玉狮子是不会惧怕区区几头野狼的。玉狮子看见了伊斯哈格，发出阵阵嘶鸣，仿佛是在呼唤主人。

伊斯哈格蹲下，双手扬起一些干土面，顿时土面像烟尘滚滚，吓得野狼跑远了。狼是怕火和烟的。马是陆地上的旱龙，是能通人性的。伊斯哈格拔了一把青草，走近了玉狮子。玉狮子似乎被折腾得有些困顿，它吃了他伸过来的草。有些不那么紧张和恐惧了，似乎在慢慢适应和接受这个要做它主人的人的爱抚和亲近。他解下了它的马绊，它并没有逃跑，而是继续等待他用马绊的绳子做了一个简易的笼头戴在了它的头上。

他骑上了玉狮子，冲下了草丘，向北斗星指引的方向飞奔。那些狼只是远远地跟着，不敢紧追上来。因为马给人壮胆，人给马壮胆。当生命有了旅伴，一切都变得不那么恐惧和孤单了。

草原上的月亮已经升上中天，天地亮如白昼，草木在骏马的蹄下轻轻地挣扎，发出唰啦啦、唰啦啦的响声。伊斯哈格觉得他是在草上飘着的。

四个小时后，伊斯哈格望见哈里克家一夜都没有熄灭的灯火。他一阵阵激动。

哈里克和罕古丽经过一晚的折腾，倚着炕头都累得闭着眼睛打盹，他们被逐渐跑近的马蹄声惊醒了，惊讶地睁开眼睛，互相看着对方。

天快亮了，洁净无染的大海一般的草原上，一抹薄纱一样的色彩微微地向中亚大地铺陈开来。钢蓝色的亮光从草原的地平线上一点一点一点一点地释放。

哈里克两口子一起长长地松了一口气。

发表于 2021 年第 4 期《天涯》，第 9 期《小说月报》，

2022 年第 1 期《作品与争鸣》选载

演 戏

一

爱情这个东西谁能说得清，想不到王元竟然看上了比他大十多岁的半老徐娘马花儿。但是，不要忘了，这个半老徐娘也并非平处卧的一只土鸡，她在许多人眼里是从鸡窝里飞出的一只金凤凰，号称"毛编领域的第一把交椅"，著名的工艺美术大师。

毛编这个绝活儿，原本是马花儿突发奇想，自己以创造性的思维发明的一套技艺，就是用马牛羊毛驼等各种动物身上的皮毛编织出各种各样的似像非像、似是而非的人或动物，以及房子和大树等等，有一定的观赏价值。马花儿自己在讲述和传承介绍材料中称，这是地地道道的祖传绝学，可以追溯到古代的时候。别人心知肚明，都知道这是个传说，但必须一个个装成信以为真的样子，因为这是工作和社会的需要，必然要塑造这样一些人，来突出和填补一些所谓空白。

王元和马花儿他们两个的年龄虽然相差悬殊，但王元只要一想到自己将要和一位大师级别的女人在一起生活，虚荣心立马得到了极大的满足，心里说不上的莫名兴奋和激动：谁能想到，他能把一个被光环笼罩和包围的女人的心感动了、征服了。于是，心里有一种旗开得胜和马到成功的爽快。至于年龄，有时候可以忽略不计。

虽然大师比王元大个十来岁，但大师从来没有下过重苦，保养得珠圆玉润，所以用"风韵犹存"形容一点都不为过。女大师的皮肤依然紧紧绷绷的，一点都未松弛和坠落，还像少女似的粉白粉白的，不知道是不是洒上了香水，一股花粉的味道在她的身上四散漫溢，如果大家在一个狭小的空间，会把人呛得晕晕乎乎的，还有些窒息。倘若给不明真相的人把大师的年龄少报个十岁或者二十岁，丝毫不会引起怀疑的。所以，大师是那种天生的能够青春永驻的美人坯子。这样的女人，对生活会一直充满着孜孜不倦的幻想和激情，是永远不甘于平庸地追求着完美，她对于男人永远都是一座喜马拉雅山样的高峰。

可是好景不长，已经进入更年期的大师，本该择良辰吉日跟王元结婚了，可大师就不按常规出牌，竟突然玩起了失联，隐遁不见了。无论怎么打电话都打不通，无论怎么下功夫找也找不见，她也许认为只有这样玩才有大师的范儿。

王元个头矮一点，但干起活儿来，一个人能顶三个人。所以，和大师在一起，家里所有里里外外的重活苦活都是王元跑在前头干，人家毕竟是大师，你不能让大师在家里干她的毛编艺术之外的事情。唧唧复唧唧，马花儿当户织。不闻机杼声，唯闻女叹息。问女何所思，问女何所忆。女亦无所思，女亦无所忆。明天要展览，她得把毛织。

大师就是这样编啊织、织啊编地编织着她的毛编世界，欲要使她的声誉上达帝京，赢得天听。

可是大师突然离开了王元，让王元感觉到失去大师的空前绝后的空虚和寂寞，似乎浑身都不得劲，感觉自己被掏空了，一时半会适应不了，他真是吃不香，睡不着，一口浊气在身体的某个暗处隐隐作痛。大师走的时节，好像是准备得十分充分，给王元留下了一张纸条，上书："我肺上和肝上出现了一些问题，可能会传染给别人，医生建议我去住院治疗。我去看病去了，你不要找我了，也不要再给我打电话，谢谢你曾带给我的快乐时光。"她笔锋一转，接着又写道，"咱们的缘分已经走到了头，就不要再相互打搅了，忘记吧。多保重，再见！"

王元看上去是个男人，其实内心比女人还脆弱，经不起风吹雨打，现在他的大师突然不见了，这一惊抖，心哗啦啦的，就碎成了碎花花子。

记得一次，王元和他的大师驾车去美术馆看展览，路上看到一对麻雀自车头飞过，其中一只被一辆快速超越的轿车风挡玻璃撞了个正着，这只麻雀便应声跌落在地上。

王元对他的大师马花儿说："咱俩下去看看，麻雀还活着没有？"他靠边停车下去察看，麻雀脑袋耷拉着，血从嘴巴里流淌出来，命早没了。

王元捡起麻雀，小心翼翼地放在路边的树荫底下，敬畏生命，无论是一只飞蛾，一株小草，人都应当平等对待。

马花儿从车上走下来，站在王元的身后，责怪他多此一举，一只麻雀的生死有那么值得人尊重吗？

就在这时候，这只遇难者的伴侣抑或是伙伴，在周围飞来飞去，忽上忽下，忽左忽右。马花儿拍手惊吓，驱赶它赶快离马路远一点。可是这只麻雀非常执拗，就是不愿离开。太阳光白花花的，有些耀眼，照得王元和马花儿两个眼花缭乱。那只麻雀落在躺在地上再也不能比翼齐飞的同伴身边，不管不顾地扇打着翅膀，唧唧、唧唧地呼唤着。而且，有一个动作着实令人感动和震惊，它竟然用翅膀不停地推死者，嘴里似乎是一遍一遍地唤它，像是要将它唤醒。

这个举动刷新了王元对麻雀的认识，他突然觉得，人有时还不如一只飞禽可爱。

一辆辆汽车从绿化带旁边的路上震耳欲聋地驶过，使这只落单的麻雀不停地起起落落，兴许是意识到跌到地上的同伴真的死了，这活着的麻雀，开始叽叽喳喳地仿佛给死者绵长深情地诉说着什么。是在讲述它们生前曾经是多么要好的一对，还是说它们曾是何其的不幸？它似乎不甘心就此抛下对方孤零零地远走高飞，那凄切的画面和声音，令王元不禁心中唏嘘。万物有灵。麻雀那浑身无助的战栗，尤其是它脖子下面那一点点毛茸茸的白羽毛，就像是画师用笔点上去的一抹阳光，那么灿烂和充满神性。

王元被眼前麻雀的这一幕感动了，他以前并不喜欢它，现在越看越好看，心里暖暖地充满了爱意。

马花儿挑起眉毛，说："不就是一只麻雀嘛，有必要这么矫情吗？"

王元说："大师要有大师的情怀嘛！"

"我的情怀不是在一只死麻雀上。真是燕雀安知鸿鹄之志啊！"马花儿嘲弄他道。

此刻，王元再看马花儿这封信，觉得以前有些误会大师，认为他和大师在一起的日子，在物质上没能给予她应有的满足。

记得有一次马花儿联系闺密去京城游玩，王元给了她五千块钱，而她闺密说她的情人都给了她两万块钱呢，两相作比，马花儿感到有些委屈，甚至在闺密面前有些羞愧，不敢再提王元人多么实在的话了。同学是个嫉妒心强的女人，一个劲问："他怎么才给你那么点钱呀？这连一件衣服都不够买，还让你出来玩什么玩呢？你怎么和这样的男人浪费感情着呢？"

马花儿顿觉无地自容，伤心地哭起来，说："你看看，人家找的男朋友一个个都多会心疼人，对女人就是舍得花钱，我找的这个勺子（傻瓜），让我丢人现眼的，就像个守财奴和铁公鸡，都是我命不好哪！"她不无埋怨地发着牢骚，"虽说我自己有钱，但那不一样哇，有了他，我出去就得花他的钱啊，这样才能让人觉到真正的幸福！"

过去，这个闺密对马花儿找到王元这样一个年轻踏实的人感到嫉妒和羡慕，现在心里一下子非常舒服，心理上平衡了许多，想着趁此机会给搅散算了，就添油加醋地说："你找的这个王元，从我第一次见他的时候，我就觉得是个卖糖瓜子的，格逼逼的，小气得不得活。"她观察着闺密的难堪和痛哭，火上浇油道，"你看你，我觉着还是趁年轻漂亮，找个有钱的算了，找个大官也行啊，感觉感觉富婆和官太太的滋味！"又添上一句，"和王元，我觉得你纯属是浪费感情和美貌着哩！"

这是一次十分难受和痛苦的旅程。

王元想着自己没有给自己的大师很好的物质待遇和后勤上的保障，觉得有些对不住她。为此，他也感到深深的自责。另外，王元由于偏执地爱马花儿，所以固执地认为马花儿的灵魂是无比高尚的，因为她是媒体公开报道的工艺美术大师啊！既然是大师，就应该享受大师的待遇，这是无可厚非的。

王元给他的大师发信息说："不管发生什么事，咱们两个一起承担。"他说，"无论你患什么病我都会陪着你，不能让我的大师一个人忍受痛苦和孤独！"他给他的大师打了成百上千个电话，发的短信数都数不清究竟有多少条了，但是大师仅回了一句：

"再不要联系了，你自己多保重！"

王元只是想他的大师可能病得太严重了，他决心把水城所有医院的住院部和传染科，挨个儿地毯式找寻一遍，让她明白他就是最在乎他的大师的那个人。他约了他的一个好朋友大容跟他一起结伴而行，一起帮他找寻他的大师马花儿。也许，每个人的心目中都有一个自己的大师吧，而王元的大师就是她的马花儿。王元的这个朋友曾经见过马花儿一两回，对她也是非常崇拜，听到王元说他的大师不见了，他立刻也表现出特别不甘、慌乱、难过和焦急的样子，脚炒菜似的在地上团团转，满口答应一定要陪王元去把大师给找回来。于是，他们两个人就从附近的医院开始找起，一个医院接一个医院开始了漫长的寻找大师的艰苦历程。

二

王元在和前妻离异前，也是快接近四十岁了，他们两口子经常会因为感情不和，以及生不出孩子而烦恼，两个人一吵架就动静特别大，连邻居都无法容忍了，拳头擂着墙壁进行抗议和警告他们不要扰民。多半是女人的声音，总听见她不是砸水杯，就是砸茶叶罐子。王元觉得男人就要多吃一点亏，多忍一忍，可是时间一久，他也忍不住了，在魔鬼的驱使下，王元说："咱们离了算了！"小他一岁的妻子说："离就离，现在就去离，谁不离谁就不是人养的。"话到这个份上了，不能再窝囊和软弱下去，男子汉、儿子娃娃是得当一回了，不能在女人跟前永远认怂，否则会被人家一直瞧不起的。于是，他就表现得大义凛然地说："要离现在就走呗！"于是，他带着妻子就真的去办了离婚手续。

两年后，王元就认识了马花儿。他知道马花儿被人们奉为大师，这一点非常令他自豪，毕竟自己的女友是大师。所以，他不在乎她的年龄，对别人说到马花儿比他大十多岁，从来不以为然，觉得年龄大大在一个质量上。

四十多岁接近五十岁的马花儿，觉得时间有一种莫名的紧迫感了。她的丈夫由于出轨于单位一位年轻的女研究生，她愈加恐慌，一气之下便辞职去了北京，她是想出去躲一躲，清静清静，等内心平复了再回来看怎么解决。她在大学是学习工艺美术的，后来分派到文化艺术中心，因为人长得漂亮，又有一些艺术气息，加上她的嘴比较紧，保密工作好，因此颇受男上司的青睐，就提拔她为艺术中心的副职，过了两年又帮她扶正。但是之后她就再也止步不前了，上司也就这么大的本事了，就像俗话说的，秋鸡娃下蛋尽腔子努力了，再没办法了，而且上司开始又看上了更年轻的女下属。所以，马花儿在这个位置上是上又上不去，下又心不死，确乎是非常尴尬的。所以，她辞职的时候也是基于对仕途的无望。到了北京后，她在那些书画圈子里混了两年多，毕竟京城水深，同样混了个没下场。各行各业都一样，都是个小圈子，自娱自乐，她还只能在圈子外面去徘徊，入不到人家的核心圈子里头去。所以，她不得不再次回到原来的水城。回来的时候就开始以大师标榜自己了。她在北京那段时间，参加过一个国画学习班，这种花钱报班的事情，在北京可谓琳琅满目，应有尽有，只有这一类事情是向全国人民敞开心扉的，是大受欢迎的。她在这个班学了一年国画，也没学到什么真本领，她认为学到学不到真本事反倒是其次，最主要的是要混圈子的，要把自己的圈子混大，最好认识一帮子名家大咖，那才是最有面子的事情。在那个学习班上，其中有一位颇具名气的授课老师和她之间的关系还被坊间传得沸沸扬扬的，一直传回到水城，说是老画家贪婪她的美色，看她长得像电视剧《天道》里面的女主角，就对她图谋不轨，给她送他画的山水画，承诺要带她结识一些对她更加有用的大师，且这些大师以后都能帮她在艺术上取得辉煌的成就，所以她是半推半就地顺从了那个头发业已稀稀拉拉、只剩下边沿上的几根白丝丝即将脱落殆尽的老老头儿大师。这位老国画大师和她不清不白的消息不胫而走，在水城传得热热闹闹，但未知真假。后来，她还是回来了，头发稀疏的大师并没有把她长久留在身边或者调到京城去，也没有让她成为功成名就的大艺术家，她是带着点狼狈和凄凉的味道回到水城来的。毕竟在北京的开销不比水城，迎来送往，在水城一个月的工资，就够了，可是在一线城市，她就有些捉襟见肘了，所以回到水城又不得不托人疏通关系，重新回到单位去上班了。但是经过混圈子的经历，马花儿的心却变大了、变野了，不想再像过去那样老老实实本本分分地上班了，她已经对上班没有当初刚参加工作的时候那么感到神圣，那么认真了，那么有着浓厚的兴趣热情和敬畏心了，毕竟到她现在的这个岁数，混仕途在年龄上也没有什么优势可言了，加之她也没有什么可依靠的背景和人脉。俗话说朝里有人好做官，对于仕途，马花儿确实是够够的了，心灰意冷了，只是想凑合着上上班，混着就行了。身上的棱角也已经被生活的砾石打磨得平平坦坦的，有皮没毛了。这个年龄，跟年轻人再竞争，是会讨人嫌的。她以前学的工艺美术，好像和传统绘画还是有很大区别的，她自己喜欢各种各样动物的皮毛，摸上去，滑滑的、光光的，又绵绵的，她一想别人搞什么麻编，干脆她自己发明创造弄个毛编算了，大同小异，照猫画虎，依葫芦画瓢，稍微变一变，就能把它改头换面改造成一项新的技艺，对于她这样有创造性思维的人又不是什么难事，所以为了把这个莫名其妙的毛编工艺技术归属到非物质文化遗产这个门类上，她也是煞费了一番苦心，在水城找了好几位专家型领导帮她站台，给她论证，但她的生活的确如一位书画评论家评论的那样："她的不幸的遭遇和后面一系列的生活，就像是她编织的那些没有头尾的毛编一样一团乱毛，纷纷扬扬地到处掉着动物的毛的碎屑，就像家里养了一群野狗，毛咕嘟嘟地乱飞着，窒人鼻息呢！"但是她对此却引以为傲，时常看见她拖着她的那些乱毛编织的东西到处找地方举办展览，那些乱毛拧成绳子编成东西，一个个死沉死沉的，把几个雇佣工扛得满头大汗，差点快挣死了。她自己倒是乐在其中，笑呵呵地小跑跟在后面。她最喜欢接受记者的采访，话筒对着她的嘴唇时，她就十分开心和受用，笑盈盈地讲着那些言不由衷的话。她热衷于被各种媒体跟踪报道，觉得被媒体追逐和给她拍摄一些小视频，让她立即就能找到自己的坐标和存在的感觉了，这让她格外亢奋和美滋滋的。她经常会静静地欣赏媒体上的自己，一看就是大半天，也不感到乏味。只要一接到采访她的电话，她立马就会打上兴奋剂似的动员他们家所有的成员一起给她帮忙捧场，让他们一个个充当她的道具和群众演员，她用尽了心思，想方设法地打造和托举她高大和不同寻常的大师形象。她要让所有的人都知道，她生来就是一个不同凡响的人，是个不一般的不平常的女人。这一点，曾引起他的老公的强烈不满和反感，说："你想要出名，你自己无论怎么折腾，我都没有意见。但请你再别让我和孩子给你一次次充当道具和陪衬了。你看看你有意思吗？为了能够满足你的那一点点虚荣心，你竟然把我和孩子折磨得够呛，拍摄来拍摄去的，搞得我们没有了自己的一丁点隐私和空间。你觉得你这种只要名气却没有作品的名人有什么意义啊？我告诉你，在我眼里你的那些东西一文不值，我希望你再不要出名了，不要为名所累了！"马花儿自己也觉得挺好笑的，一边偷偷地嘿儿嘿儿地笑着，但仍然我行我素，依旧疯狂地追逐着虚名。她的前夫老说她的镜头感十分强烈，很会装模作样，就像演戏的演员一样一本正经，常常能够一丝不苟，不动声色地去演戏，能够脸不红心不跳和毫无羞耻感地扮演那种如雷贯耳的艺术家的范儿。她要把自己打扮成在生活中是个不拘小节，但常常却脾气古怪，看上去自由洒脱，但又莫名抑郁孤独的大师风范。她在穿着上喜欢穿奇形异装，大裤筒，灯笼型牛仔裤，胳膊上还常常要戴上一串珠子，从珠子上看，很佛系的样子。大师大都是这样子的吧，要么衣服标新立异，要么头发与众不同，男的发型搞成女的，女的头发刮秃搞成男的，有的胡子尽量向张大千靠拢，黑的全部漂白，白的搞成绿的；有的脖子上、胳膊上还会缠着好多亮晶晶的明光闪电的串珠，手里盘的核桃和石头；还有的手里长期握着一根高级烟锅，抽不抽那是其次，主要是拿在手里把玩着，放进嘴里舔着，寻找一种大师的智慧与灵感。总而言之，这些大师们手里的道具可谓琳琅满目，应有尽有，不一而足。马花儿大师手腕上自然少不了珠珠串串，她演戏的天分也是已经到了炉火纯青的火候，前夫忍不住讽刺挖苦她：

"你实际上真的入错了行当，你不像美术家，而更像是一个声情并茂的小品王。"

"你还管我的这些事呢？你把你自己管好吧，我就是名副其实的大师，你看不见吗？让你去演你还演不了大师这个角色呢！"她用河套平原的口音说。

马花儿认为时下无论是仕途还是搞艺术的，首先一点，就是要会登台演戏，要擅于交际，能大段大段地讲空话套话，必须要会吹牛鼓掌，拉拢领导，浑水摸鱼，总而言之就是要善于装逼，入戏一定要深，越深，就越是会混得风生水起。所以，她在自己的名片上赫然印着"工艺美术大师"的字样。至于仕途，她认为自己已是黄花菜凉了，岁数不饶人了啊！没什么希望了，所以她开始渴望在有生之年拼命往文艺圈子里挤，挤到这个圈子里头，参加个牛头不对马嘴的活动和会议什么的，或许还能在退休前浑水摸鱼赶一趟混财呢？现在许多快要退休的老总级别的人物都是这么干的，因为一旦退休后就会失去众星捧月般的明星和土皇上的待遇和效应，一下子变得门可罗雀，无所事事了，这样一来，落差会特别大，显得万分失落，身体机能也会老得特别快。拿孤独和寂寞这一项，就可以要了他们的老命。所以，他们在退休前就开始做铺垫，早早拿起一支老毛笔胡涂乱抹起来，想把自己在短时间内变成书法和绘画方面的天才，殊不知有些人用一生的心血苦心钻研的技艺，他们却认为以前是一心在商场和官场上耗费了太多才情，但是现在只要丢下权把捞起扫帚，同样能达到登峰造极的境地。说白了，这些人就是自己哄自己玩个开心而已。现在，马花儿从北京混圈子以失败告终回来之后，每参加活动，总喜欢大家称呼她为"大师"。这位从京城镀金回来的大师，勉为其难地又试着和丈夫生活了两年，就彻底做出决定：要和他离婚。她是一个自己可以背叛男人但绝不允许男人背叛她的女人。两年后，她就变成了一个单身女人。单身的大师马花儿和王元是在一次书画展览上认识的。王元是个落魄歌手，除了在一些娱乐场所唱唱歌，跑跑场子，再就是喜欢字画。他比大师要年轻，膂力过人，干啥好像都不知道乏的，他背起马花儿的那些上百斤重的有些像口袋、有些像妖怪的烂毛鼓堆的东西，能一路小跑地跑到十多层的楼上去却不掉一粒汗珠子，这一下可把大师看得眉开眼笑的，总算是找到了一个不用花钱的廉价劳动力了，省得她再去花钱雇人去搬运这些她自以为创作出来的神品。

他们在夏日凄艳滴血的落日下窃窃私语。他们两个谈不上有太多共同的语言和话题，有时王元就听大师批判起艺术圈子里那些装神弄鬼、把自己架在神坛上的大师，说他们连说话和尿尿都那么傲慢，带着与生俱来的偏见和对一切真理的排斥。大师还饶有兴味地指责她那背信弃义的前夫，好像离婚的错误全都是他一个人造成的。

他们两人感觉同忧相救，在水城那个最大的公园的草坪上，铺着几张售楼部业务员发送的售楼广告印刷册页坐着，一面欣赏夏日残阳，一面探讨未来的打算。他们坐在草坪上，一会儿把腿子曲起来，抱着双膝，下巴抵在膝盖上；一会儿又索性把腿子伸直，这样会使久坐的屁股舒坦一些。

微风轻轻地吹拂着草坪，让地上的草发出空幻般的细语，有虫虫子、牛牛子在草丛间配对儿捉双儿，举行着它们神圣的庆典和另一个生命空间的结婚仪式。他们两个人也像那些自然界的虫鸟一样声音越来越柔和，似乎是在低低地私语起来了。

三

都这么心心相印了，却因为一个成都芒果公司的年轻的女老总使得他们的关系出现了难以预料的裂痕。王元和那个女老总是通过网络认识的，王元没事时就总是在全民 K 歌里唱歌，就像有些人发表不了作品，在自家墙壁上贴上诗作发表是一样的感觉。这位女老总进了王元唱歌的私人空间，就像进了他们的家里。就看到了王元唱的歌，就仔细听了。他们就这样通过网络联系认识了，但也没说过多少话，女老总对王元稍稍有些崇拜。有一次，女老总来水城考察芒果市场，想在这里设置一个芒果批发超市，考察结束她就联系王元让带着她转了这里的一个小塔楼景点。实际上塔楼里啥也看不到，就是一座古旧佛塔而已，楼里面是上不去的。院子里和全国各地的类似的旅游景点一模一样，陈设着巨大的供游人烧香祭拜的大香炉，旁边放着功德箱，可以在里面投掷钱币。如果再推迟一些时间，也许就会设置成扫码支付了。院子外面是许多抽签算卦的人，这些算卦大师有男的，有女的，有年轻的，也有年老的，一大群人靠这个东西吃饭。好像他们都能根据手相、面相，察言观色，再根据生辰八字，给你说出个一二三来，或说出一堆也许是奉承、也许是危机四伏的话来，给人以或喜或忧的一些暗示，有些说得让人无比开心，有些却让人惊吓恐惧，这样把游客等一个个唬住了，为了消除灾殃，游客只得主动给上一些卦钱让大师们设法化解一下。这里，到处都是大师，似乎都能作法，救人于水火。王元心中只有一个大师，那就是马花儿。他不相信那些算卦的大师，没让那些追着喊着给人算卦的大师们给他们算，只是以塔楼为背景拍了几张风景照片，有一张是他们两个人的合影，是一个游客拍的。王元没当一回事，可是女老总回到成都就把两个人的照片晒到了博客的空间，不幸被马花儿看到了。无巧不成书嘛，事情就是这么巧。女人是非常敏感的，她能通过第六感觉、第七第八感觉知道你跟哪个女人联系过。换成一般的女人，也就不当一回事了。可是马花儿是大师，大师的自尊心不容挑战，嫉妒心更是登峰造极，她不依不饶，要王元当着她的面把电话给成都的水果公司的女老总打通，打通以后，让他无缘无故骂人家，说："你必须给我骂她，你骂她是个婊子，你只有这样才能证明你们两个是清清白白的，没有任何关系的，同时也才能断了那个女的对你的念想。"

王元说："电话我可以打，但我不能无缘无故骂人家啊，你让我做个文明人吧！"

马花儿说："你骂不骂？你骂她，你必须给我骂她，只有这样我才能相信你说的一切都是真的！"

往往生活比小说还令人难以想象，最后，王元就骂了，听到那些脏话，人家对方就把电话猛然地压了，好像也特别气愤。王元的脸从头上红到脖子下面，他感觉脚心都难受，他从来没有这么为难过，羞愧和耻辱夹杂在一起，但他确实喜欢马花儿，就任他的大师摆布吧。可是，停了一会儿，那个成都女的又把电话打回来了，王元不接，马花儿命令他说："你接，必须给我接！"好像他不接就是心里有鬼，就怕暴露了什么隐私和秘密似的。"你赶紧接上！"马花儿命令说。

王元只好接上对方的电话，听到那个原本看上去高贵有钱、显得优雅的女人，竟然也泼妇骂街一样破口大骂，骂的那些脏话简直不堪入耳。王元不敢还口，因为他自觉理亏，脸又一次红了，手心都红了，渗出丝丝汗水。他强忍着自己的痛苦，赶紧挂了电话。刚刚还坐在跟前听着女老板骂王元的马花儿，突然兴奋得一下子站立起来，整理着衣裳，开心地呵呵大笑，说："王元，我这次把你算是看清楚了，你还是个闷骚型的啊，但我原谅你了，以后就看你的表现啦！"实际上，大师已经开始暗暗谋划怎么样离开王元了。大多数人都是这样，在一次次谋划着怎么欺骗别人的时候，实际上自己也被另外的人欺骗着。

四

在所有的公共场所，在任何地方都没有像在医院里面的人流这么密集，这么拖头不断地来来往往地忙乱着。只有到了医院，你才能知道这个世界上原来竟有这么多的人被疾病困扰，他们在难中忍受煎熬，你突然感觉你是那么幸运，你成为了这群人之外的一个人，也许有一天你也会成为这群人中的一员，但这短暂的置身病外，让你感到自己是幸运的、幸福的。什么财富、地位和名望都比不上平安和健康。医院里面的人，没有几个能够兴高采烈的，他们大部分是愁容满面，偶尔有那么几个，经过一系列的检查，发现没有什么大问题，尽管花了一笔检查的费用，但是可以放心地回家了，所以带着几分侥幸逃脱的心理，脸上才会露出虚惊一场的无奈的笑容，走时会暗暗发誓，这辈子再也不要进医院了。在医院这里多跑上几次，说不定哪天就留住再也走不出去了。许多进过医院的人，明显对医院怀有深深的恐惧症，他们认为不要说是一个生病的人，就是一个健康的人，在医院病房里陪伴病人久了，自己的免疫力也会明显下降，说不定很快就会加入他们的行列，成为下一个真正的病人。

看病的人需要排队，即便是通过网络排上号，到了现实中，依旧得根据号码的先后次序进行排队，人家叫号才能去看医生。大部分人只能坐在里面的连椅上耐心等待，这些人绝大多数是底层的人，有些甚至是从乡下来的，他们有可能是把家里的土豆和二亩薄田里的粮食枭了，才来看病的。不管以后能不能报销，前期你没有钱，就住不了医院。王元觉得，这个医院看上去很大。尽管每个城市都有那么好几所大医院，但还是感觉病人多得要命，而医院却显得稀缺，看病住院常常就找不到床位了。一床难求是常有的事情。

王元和好友大容他们穿过看病区时，看见许多病人都挂了这个医院的一位名医的号焦灼地等着，他是这个医院名副其实的专家大腕，是医学界的大师。王元对大容说："当个医生其实挺好的，不管你是皇上还是平民百姓，到这里都得乖乖听大夫的，病在他们，说轻就轻了，说重就重了，这些统统都掌握在这些医学大师的手里！"

大容说："把病得上，在医生这里，是虎你得卧着，是龙你得盘着，啥人到这里都变得悄悄的和十分低调起来。"

医院太大了，如果到每个住院部一个一个都去问，找一个人这么多医院几个月也找不完，只能是根据马花儿提供的病情找传染科这一类的部门去问。他们进入到住院部，就找传染科去问有没有住着马花儿这样的一个人。有些护士还会给你说几句，有些不给他们说，提防着他们似的，甚至问他们是干什么的。当然，大部分会调出住院名单说，这里没有这样一个病人。竟然也有名字相同的，他们就暗暗高兴，说极有可能就是她。但当看到本人，发现不是他们找的人时，就特别沮丧，大失所望，虽然是同一个名字，但长相竟然大相径庭，而且这一个还特别丑，弄得他们的心情一下子跌入低谷。在他们经过的一间间病房里，那些病人有趴在病床上的，有躺着的，有坐着捣鼓手机的。有些人好像看见两个健康的人闯进来，突然备感亲切，像是有许多话要对他们说。有些病人则显得非常不耐烦，用不友善的眼神瞪着他们，这些病人讨厌医院里所有的人，看到任何生命似乎都没有一点好感，他们看上去心慌意乱，对生活没有了希望。有些病人还在那里呻吟和哼哼着，听见护士和王元进来，哼哼的声音更大了，不知道是出于一种什么心理，是盼望医生把他们赶快看好，好早一天出院，还是希望博得护士对他所承受的痛苦能多一些同情，好对他多关怀照顾一点。或者，也许通过这样的大声叫唤，能够减轻他们肉体上的苦痛吧。谁知道呢！

他们转完了医院里的病房，又心有不甘地在别的相近的几个住院部都找了，都没有找到马花儿。他们只好带着遗憾离开这家医院，慌慌张张奔向下一个医院。

有一天，他们在一所医院里的传染科被人家的主任医师臭骂了一顿，这个主任也是一位有名的专家大师，说这里不会提供病人的信息，你自己没有得到病人的允许，就跑到医院病房是干扰医院的工作，让他们赶快离开这里。但是他们两个躲在楼道里，乘着病人家属咨询大师的当儿，一溜小跑把里面的病房敲开都找了一遍，还是没有马大师的身影。

又有一次，天已经黑了，大容有事先回去了，只有王元独自在医院里徘徊。他在这个医院住院部的传染科找值班医生，这里面竟是挂着隔离区的牌子，他想，这些病人是不是比较严重，这种病是不是会传染给别人。这些病人都是单独一人一间病室。他去找值班医生，那个值班室的医生戴着一副黄框子的眼镜，口罩捂得紧紧的，手上戴着手套，拿着一本书在看，灯光有些暗淡，这个区域整个楼道也光线很微弱。值班室的门开着，但王元还是敲了两下，那个医生只把头抬了一下，又看书去了。

"大夫，您好！"

那个医生理都没理。也许是个聋子，王元说："大师，您好！"

这一次，医生抬起了头，合上了书，眼睛从眼镜片的缝隙里瞟了他一眼，说："你是在骂人吗？街上站着十个人，你喊一声大师，有九个会回头看你，有六个会答应的。"

王元也笑了起来，说明了来意，说他真的在找一位美术界的大师，是她的女朋友，是非物质文化遗产传承人，是个真正的大师。

那个医生说："虽然当你叫我大师的时候有些意外，感到不胜担当，但也还是觉得这个词非常有魅力，能让人的心忽然一柔一软！"他让王元自窗户里隔着玻璃一个病室一个病室去看，但不能进入里面，也不能和病人近距离接触。

楼道里与那些他曾经走过的住院部的楼道的气味几近相似，一股浓烈的来苏水的气味打得人心里想呕吐。灯光微微，气氛相当的压抑，从隔着玻璃的窗眼看进去，如果不仔细观察，有些看不太清楚。有一个病室，他看里面那个病人好像十分孤独地跑过来了，扒在窗户跟前隔着玻璃看着他，好像希望外面的人能够认识他。在另一个病室，一个人躺在床上，翻过来转过去，辗转反侧，难以入睡，他一声接一声地长长地叹息，对，是叹息，不是呻吟。王元感到心就像猫抠的一样难过，他一生从来没有听到过这样的寂寞的凄凉的叹息！他没有向医生打招呼，看完就特别沉重地缓缓离开了医院。那天夜里，风特别大，怪声拉气地呜咽着，让人心情难以平静。王元一个人一直茫无目的地走着，后来竟不知不觉走到了黄河的边上，河水轻轻地低吼着，和着风声滔滔不绝。他沿着黄河一直独自走到了天亮。

五

从那天夜里黄河边的彷徨以后，王元想通了，没有再去寻找他的大师马花儿，他想通了，就让一切顺应自然吧。

时间过去两年多之后，王元和马花儿在一个饭局上碰面了，彼此都没有说话，他们突然觉得无话可说，感觉陌生又十分熟悉。当王元给所有的人一一敬酒时，快要敬到马花儿的时节，马大师却找了一个什么借口，给组织饭局的人打了一声招呼，就先悄悄地溜走了。他有些失落，同时又有一种莫名的庆幸和释然。

后来，他们两个就再也没有正面相逢过，尽管同在一个城市里生活，也偶尔能看见大师的相关的消息和新闻报道，但渐渐地他也变得淡漠了，那种失去大师的孤独感和疼痛感也越来越淡，越来越淡！

发表于 2021 年第 9 期《黄河文学》

古城黑牛儿

古城在彭阳的一个地方，现在是个小镇子。古时候，这里确有一座古城，现在城墙坍塌，已是一片废墟，但墙体形迹依稀可辨。从古城内出土的诸多文物可以看出，古城在当年也是辉煌过的。据有关资料记载，针灸鼻祖皇甫谧的祖籍便是古城人，却也有些争议，说皇甫谧老家不是古城的。这并不稀奇，像诗人李白：有说是四川的，有说是新疆碎叶城的，有说是山东人氏的。新唐书讲，李白祖籍在陇西成纪，也就是现在的甘肃省静宁县，出生地在新疆碎叶城。李白自幼学习番语，所以他既会番语，又懂汉语，是个混血儿也未可知，后迁居四川，在游历名山大川时又旅居山东。但凡这一类名流，无论正史还是野史，不管野传还是正传，总会版本繁多，只是大家都希望能攀龙附凤似的把他们说成跟自己沾亲带故，或者牵强附会地拉扯成一个地方的、一个种群的，而聊以自慰。为之，大家常常会争得面红耳赤，乃至于愤慨，在网络上口诛笔伐的也有。倘若这人是一阿Q式的人物，或者是个小混子、讨饭乞丐，抑或是个劣迹斑斑的小偷，那大家则会立即与之划清界限，撇清关系，仿佛离得越远越好。

因而，这一个古城黑牛儿，本姓马，只因肤色黝黑，父母便取名黑

牛儿。说黑牛是古城的，断定是没人争竞的，一是他名不见经传，二是
他的父母都是底层最普通的农民。俗话说自古寒门出贵子，还有什么逆
境出人才等等，然而黑牛一点都不爱学习，各项成绩都是倒数第一，每
次考试必然是一塌糊涂，数学十分，英语二分，语文稍好一点，好也好
不到哪儿去，皆是在六十分以下的地方苦苦挣扎和徘徊着。黑牛看到英
语，不仅不感兴趣，甚至还有些莫名其妙地生气，认为学好了在这古城
也找不到一个能够对话的外国人。人是环境的产物，也有基因的造化。
这就像每个娃娃的爱好、专长，包括智商，都是不一样的。有些娃娃在
学习方面，好像不怎么费劲，仅在课堂上听一听老师的课，下来也没发
现怎么用功的，但一考试总是会名列前茅。

　　黑牛从小就不爱学习，成天抱着父母省吃俭用给他买的一部手机，
在上面刷小视频，主要是看上面哪个女孩子好看，然而一提到学习，他
就开始装起病来了，说：

　　"哎哟哟，我头疼得不行了、头疼得不行了，赶快，我需要好好休
息休息，不然，我就要头疼死了！"

　　家里人就被他突然而至的病状吓坏了，对这个儿子，父母忧心忡
忡，同时又把他视作心头肉，既不敢过分管束和逼迫，又不知如何才能
让他变得喜欢学习，当然更怕把他逼急了，任性妄为起来，摔死绊活，
再有个什么三长两短的，那就如同把他们的命系子揪断了。所以，家人
就只是好言劝慰让黑牛把医生开的头疼药吃上，想去学校了就去一下，
不想去了就在家里歇缓着。

　　黑牛接过药，仰起脖子，装作用手猛然灌进了嘴里，实际上藏起
来了，再装模作样喝上几口水，乘人不备时就把那药扔到房后面的一堆
土里去了。后来，善良的母亲发现那些被黑牛扔掉的药粒在母鸡找食的
时候用爪子从土堆里又拨拉出来了，她觉得十分可惜和奇怪，问黑牛：

"牛牛，这药怎么跑到了后院的土堆里面去了？"

黑牛不说是他扔的，却说："可能是老鼠干的吧？"

"老鼠哪有那么大本事？会把药运到后院埋进土里了呢？我看不像是老鼠干的！"

黑牛说："肯定是老鼠干的，你不要小瞧老鼠，它可聪明了，一开始可能是当作十分可口的小点心来着，打算吃掉药粒，等运到后院，发现药粒原来是苦的，味道并不好吃，索性就吐到后院的土堆里面了！"

母亲想了想，也没有再反驳，就觉得药这个东西扔了也就扔了吧，不能可惜，这至少说明黑牛还没有到需要吃药的时候，就没有再继续追问下去。因此，黑牛过得非常之逍遥之自在，无拘无束，像鸟儿一样无忧无虑，想去学校就去一下，不想去，就在家里长期装病。每次家人带他到医院检查，一套一套的仪器设备做下来，各项指标都好好的，没发现有任何异常，但只要让黑牛好好写作业，抓紧学习，他立即就说："头疼、头疼！"家人和学校对黑牛的行状都没有一点办法。但凡黑牛自己想去学校了，就让他去，不去了也不给他太大的压力。但黑牛之所以又愿意去学校了，是因为班里转来了几个长得好看的女娃娃。实际上，黑牛对学习没有丝毫兴趣，只是对班里的女生情有独钟，特别关注。所以，黑牛不是一个学习优秀的娃娃，反之却成了大家戏谑的对象，认为是苦了父母的一番辛勤耕耘，怎么生出这么一个怪胎来，甚至没有任何人说黑牛是他们村子里的，或者肯于承认是他们本家的。谁一旦说黑牛是古城的，古城里面的人听了，立马就会暴跳如雷了，说是睁着眼睛在瞎说八道，古城是出皇甫谧这样的大人物的，怎么会诞生出黑牛这样的一个不务正业的娃娃来呢？古城外面的人一听大家说黑牛是古城的，倒高兴了，说你们古城出了个"完货"，意思是生了个不成才的货色。倘若有人说黑牛是沙沟村子里的，无论古城里的人还是古城外面的人都会十分满意的，倘若干脆说黑牛儿就是谁谁家门的，那大家则更加地高兴了，会幸灾乐祸地认为是在情理之中的。这就像鲁迅笔下的阿 Q，从来都没有人承认阿 Q 跟自己是一伙的，就像赵老太爷不仅不承认阿 Q 姓赵，还为之抽了他几个嘴巴子。阿 Q 走到任何地方都是不受待见的，但他仍然绅士般地忍受着饥寒交迫和精神折磨，世上没有人希望跟阿 Q 是一伙的，因而大家都是急着跟他断绝关系，甚至极端担心或者怕他们之间有什么瓜葛。

黑牛由于学习很差，同学们都不屑于与之为伍。世俗社会，人间冷暖，无论是成人社会，还是娃娃们的世界，都是一模一样的。倘若有人说黑牛和张三的孩子在一个班里，百分之百张三就不乐意了，会非常地生气，说我们家的孩子怎么能和黑牛这样的娃娃在一起读书呢？那是不可能的。无论如何都不能跟黑牛这样学习差的娃娃成为校友。他们千方百计要把皇甫谧说成是自家的亲戚，也不愿承认黑牛是自己的古城老乡。反正皇甫谧也好，李白也罢，他们都没法起死回生站出来证实自己，就只好任由人的嘴去说，大家的心里各自有各自的历史，要想正本清源，那就得先从人性的本质正起清起。

闲话少说，古城黑牛已是一个十九岁的青年了，有人曾看见黑牛在古城的巷子里走出来，所以记为彭阳古城人氏是没有错的，他的大大妈妈都是古城里老实本分的农民，耕种便耕种，打工便打工，有下苦能挣点辛苦钱的便去下苦挣辛苦钱。

事实证明，黑牛原本就不是什么名流和王侯将相的子嗣，但他毕竟是古城里的一个小小的符号，众生平等，即便是烂泥塘里一只不起眼的蛤蟆蝌蚪子，那也是一条生命啊！

实际上，黑牛儿生于古城，长于古城，三四岁上，就是在他刚学会说话的时候，就有了一个惊人的壮举，一天他对他大和他妈说出异乎寻常的话来："我要找个老师家的女子给我当媳妇呢！"

家里人又好笑又心疼，便玩笑黑牛说："我们给你找个农民家的女子吧！"

"不要，不要！"黑牛着急了，说着就一屁股坐到地上，摇头蹬土委屈地哭起来，"我就要老师家的呢、就要老师家的呢，不要农民家的女子！"

听到的人便只好依着黑牛，说："黑牛儿，你放心，我们一定给你找个老师家的女子！"黑牛儿立即不哭了，破涕为笑，高兴得心花怒放的样子。

也有人在背后指责黑牛，说："黑牛有些忘本了，不知道自己从何而来，要到哪里去了。"

很快，黑牛儿要找老师的女儿这一远大志向，一个传一个，不仅左邻右舍的人都知道了，连整个古城的人也都知道了，甚至连古城外面的更远处的地方的人都传去了，知道了。

古城里符合黑牛儿提出这一条件的几户人家，却陷入了深深的沉思，觉得黑牛这个娃娃想得倒美，竟还要找个老师家的女子呢，这分明是在硌硬人嘛，每次看到黑牛这个娃娃的时候竟不免要暗暗地观察和打量一番，觉得这个生得黑不溜秋，长得跟一块煤炭疙瘩似的娃娃，已经忘记了自己的出身，不知道天高地厚了。

其实黑牛产生这个"远大理想"的原因很简单，就是他那老实巴交的父母常常会谈论古城里的老老少少，谈谁家的女孩子干净，穿得好看，苦吃得少，福享得好，说来说去，还是说到老师家的女娃娃在这整个古城里各方面条件都要好一些，老师毕竟都拿工资，家里吃得好、穿得好，还不用下田里干活。他们两口子便悄悄议论说："等咱家黑牛长大了，书念成了，当上干部或者老师了，我们一定要给黑牛找个老师家的女子结婚哩！"

结果，这些话说得一多，让黑牛听见了，他就嚷嚷着要找个老师家的女子呢。

然而，随着黑牛年龄的增长，等到他读初中的时候，他对找媳妇的目标定位，主要有三个方面：第一，找个富豪家的女子当媳妇；第二，找个乡镇领导家的女子也比较适合他心目中的标准；第三，如果老师家的女子实在好看，可以继续算数。黑牛之所以底气十足，是因为他觉得自己虽然学习不够好，但也是有些过人之处的，那就是他的个头长得比同龄的孩子要高出许多，另外他自己还掌握了一手独门绝技，这是他无师自通，不学就会了的，那就是他没有通过任何专门的学习途径，就掌握了用铅笔给人画像的能力，他画谁像谁，照着真人画也行，拿照片做参照也行。大家知道尽管他一天绘画都没学过，但是他自己用铅笔画出来的人物比照片还逼真，还动人。所以，黑牛班里所有的女生都争着抢着让黑牛给她们画像，画好了她们拿回去装个框子挂在床头上看，越看越觉得喜欢。黑牛就只给女生画，给男生从来不画，给男生画是要收费的，一张十五元左右，在古城一带，这不算低，也不算高。给女生画，黑牛则分文不取。所以，黑牛一回到家里，就会有女生成群搭伙地撺到他家里来，找他画像，你来了她走了，络绎不绝，热闹非凡，把许多大人和同学都看得目瞪口呆，又嫉妒又诧异，就警告黑牛说，这样下去，把他的学习肯定就耽误了。古城里的人开始议论说咱们古城这个黑牛，简直是个天生的情种，一天就知道勾引人家的女孩子。大家不禁又想起他三四岁的时候的豪言壮语，说是黑牛这娃娃没个指头长的时候就开始琢磨人家女子的事情了。可见黑牛他的理想是一贯的，一直都没有偏离他自己定好的主题和轨道。

初中升高中那一年，黑牛没有考上，语文可能考得最好，但也没有过六十分，英语是外甥打灯笼——照旧（舅），又是二分，老师和同学们都说，你就是选ABCD，蒙也蒙个二十几分呢，人家竟然给咱们考了二分，你们说奇葩不奇葩。虽然黑牛没有考上，但是家人的意见是这个学还是要继续上的，就把家里的土豆变现后，四处托关系，总算是通过人情关系弄到市里的一所农校读书了。这是一所技工学校，学的除了高中的文化课程，还有专业课，黑牛的专业是绘画，他开始学速写和素描，但他总觉得书本上的方法不如他自己总结的一套办法好。在专业方面，黑牛从来不按老师教的方法来画，但是画得比老师还好。

记得在农校来的第一天，黑牛就碰到了接他的一位学姐，牙齿像贝粒似的又白又整齐，眼睛大大的特别有神采，鼻子和嘴巴都特别好看，黑牛一眼就看上了。看上了后，黑牛的心就狂烈地跳跃着，欢欣鼓舞，说不清地激动和兴奋。一开始，家人带着他来原州的农校，他还愁眉苦脸地不想来，结果一来就认识了学校这位接他的老师的侄女黑金莲，黑金莲是三百户黑家大庄的，一庄子黑家，黑金莲比潘金莲还漂亮，还手脚麻利能干，接待来往新生有条不紊，赢得了同学们的一致好评。黑金莲的父亲一开始让这位知识分子的叔老子给女儿取个响亮的出息点的名字，叔老子就想到了"金莲"这两个字，但是父亲虽然没有多少文化，《水浒》《武松》的电视剧还是看过几集的，觉得潘金莲名声不好，对自己的孩子是一种默默的伤害和侮辱，不愿意叫。但是知识分子的叔老子则跟他的意见截然相反，说："这个名字一叫，绝对是就叫到了福气上了，而且潘金莲原本是挺持家有道的一位女子，都是因为男人武大郎不配她，才出现后面的那些不很光彩的事情，偷人也并不是潘金莲一人的过错，完全是那个封建社会的过错，如果换作新时代，那根本就不算个啥事，觉得不般配可以离婚再找，可在那个封建社会，人跟牛马动物似的，嫁鸡随鸡嫁狗随狗，女人完全属于男人的附属品，如果是现在的新社会，潘金莲那样的女人，是人人梦寐以求的最优秀的女人的标准，如果都按照潘金莲的标准找女人，那每个男人都是世界上最幸福的；其二，潘金莲是美女的象征，只要一叫这个名字，天下的男人都会觊觎三分，只要一看名字不见真人就立马会心向往之，他们都会像蜜蜂寻到花粉一样前赴后继追求她，这其实也未偿不是一件好事，俗话说一个成功的女人后面没有一群男人帮忙支持，是非常不容易成功的，至于做人的分寸，自己掌握好就行了；第三点，潘金莲这个名字是从古到今的女人的名字里面最响亮的，几乎是家喻户晓的，你就这么一个宝贝女儿，所以我认为就应该叫黑金莲，而且这个名字一叫，就会潜移默化，有磁场效应，她也会变得越来越漂亮的，女娃娃漂亮就是最大的本钱，这比黄金还珍贵！"黑金莲的爸爸听了，沉吟半晌，最后终于点头同意了。果不其然，黑金莲一天赶一天长得漂亮，一天赶一天出落得标致，有些人说这黑金莲比潘金莲还要好看上几分呢！这是一点也不夸张的。

　　古城黑牛来农校这一天，黑金莲就接上了他，黑金莲的一瞥一笑，比刀子还狠地刻在了黑牛的心上了。也许人家只是因为他是一名新生，按照惯例，象征性地接待了他一下，帮他提了提行李，搬了一下东西，多说了两句，多笑了几次。黑牛却异常偏执地认为黑金莲是喜欢上他了。黑牛原本就是个多情的娃娃，这一次认定人家黑金莲是喜欢上了他。两个人还留下了联系方式，黑牛儿铁定了黑金莲就是他的女朋友了。结果第三天，黑金莲跟另外一个老师的儿子爬东岳山去了，古城黑牛就吃醋了，痛苦得不停拔自己的头发，拔了一把又一把，这次真的是头疼得受不了了，晚上也失眠了。躺在宿舍里，听见窗外的秋风吹动树叶索索发响，心里就更加凄凉了。他觉得好像生活把他给欺骗了，心里说与其在这里这样痛苦地遭受折磨，还不如回家算了。黑牛根本不想家人为了他上这个学费了多大的力气，可他说不上就不上了。

　　第二天，黑牛请了病假，就哭上回来了。回到古城的黑牛，用被子把头包了睡在炕上长哭，不吃不喝。父母亲在外面打工给他挣学费去了，可是黑牛却因为黑金莲跑回古城害起了相思病。父母给反复打电话他也不接。给学校打电话说是请病假回家了。父母只好给黑牛幼时的玩伴、黑牛在省城的姑舅哥打电话，让他给黑牛打电话问问看在家里吗，到底是啥病，如果严重他们好赶回来找上两个钱给带到西安去看看。

　　黑牛的姑舅哥才确确是个画家，考上的就是省城的一所大学的油画系专攻的油画，两个人从小就能说到一起，有时啥话都说呢，于是给黑牛打微信视频，黑牛接上了，从视频里姑舅哥看到黑牛躺在炕上，像个死人似的，脸势特别重，消瘦了几圈，面庞蜡黄蜡黄的，眼睛哭得肿肿的就像两只大水泡，嘴皮干得都已经结了一层厚厚的血痂。到学校只有三天，见了黑金莲就一次面，感情就把人伤成了这个样子的了！姑舅哥听了，有些好笑和匪夷所思，说："你把你大和你妈的心白费了，老人为了你的个学业，在外面的工地上泥里水里拼命给你挣钱，求爷爷告奶奶，总算是把你放到这个学校里盼你好好上学，希望你有一天能出人头地，为家族扬眉吐气呢，可你去了学校却不好好念书，瞅的个啥对象吗？"

　　黑牛好像特别有理，说："我今年都已经十九岁了，总不能没有一个红颜知己吧？"

　　"你的头怕让蜜蜂蜇红了，还红颜知己呢，你才狗大的岁数，不好好上学，等出息了，女子多得跟啥一样，你现在找，人家看上你个黑炭疙瘩的啥呢？"

　　"没有黑金莲，我感觉我一天都活不下去了，她是黑金莲，我是黑牛儿，我们两个正好配成一对儿。黑金莲现在跟别人好上了，我看着头疼死了！"说着眼泪花儿在眼眶里打转转，一会儿就顺着眼角流到了枕头上。

"你还是上学去吧？"姑舅哥耐心劝说黑牛。

黑牛生气了，说："我都病成这个样子了，你还让我上学去、上学去，能上吗？这么个样子，能上个学吗？我头疼得，病成这样了，我不去，我要在家休息养病呢，等养好了我再去！"

姑舅哥一看黑牛是这个样子，就给他的父母亲说了，说是黑牛在家里呢，只是有病了，头疼着呢。他不敢告诉他父母黑牛是因为一个叫黑金莲的女子而害了相思病的。

"月里娃咳痰，还是老毛病，他时常害的是头疼的病。这次，我们一定要带他去好好看看，干脆我们凑点钱，带他到西安看一下！"黑牛爸爸惆怅地说。

黑牛的父母听着娃娃已经不吃不喝了，担心是病严重了，就要了工钱赶回了古城，要带黑牛到西安看病去。

黑牛一见父母，就只是"哎哟、哎哟"一个劲地呻唤。不吃不喝都几天了。实际上，黑牛饿得受不住，就悄悄在古城里的小卖部买了几包方便面，在被筒里一个人偷偷地吃。他听说家里人要带他去西安看病，一下子精神大振，就开始吃起饭来了，走到古城巷子里，给以前的玩伴和认识的人，一路扬风，广而告之，说是他要到西安游玩去了，说那可是唐朝的首都，是国际大都市，他在快手里看到过的，夜里灯火辉煌，晚上如同白昼。炫耀一番之后，就又去理发店给自己设计理一款好发型。毕竟是要去西安了，得把自己收拾打扮得洋气一些，不能叫城里人觉得他是从偏远的古城里来的一个彻头彻尾的山汉。所以，他去理发馆要求人家把他的头理成啄木鸟头上的那个冠子一样的形状，而且颜色要一边是红的，另一边是蓝色的，他还给人家理发员说，蓝色象征的是大海一样宽阔的心胸，红色象征着热血和年轻。他理完发，在头上打了定型的摩丝发胶，太阳光一打在上面，明光闪电的。他带着这样时尚的发型，在整个古城里又走了一圈，边走边问遇见的每一个人："你去过西安吗？那里繁华得很，算得上是国际大都市。我明天就要去西安旅游去了！"那些人就都笑着遗憾地说，他们一辈子都在这古城里，哪儿都没有去过呢！

黑牛说："你们这一辈子白活了，我以后还要去日本和美国呢！"心说，日本美国的女子个个都是黑金莲，你黑金莲有啥看不起我古城黑牛儿的？他回到家里，父母看到他的头上发生了翻天覆地的变化，都是哭笑不得，说是这个娃娃可能头真的出了问题，得抓紧去看呢，再不看就严重了。但因为他们心疼孩子，也对黑牛没有再指摘什么。但是，黑牛自己对他的这个头的造型是非常自豪和满意的，且扬扬得意要让大家都往他的头上看，只怕是别人看不到他的头发似的。

第二天一早，他们一家人乘班车到了西安，住了一晚上，第三天上午好不容易才排上了西安交大医院的专家号，前前后后抽血化验，拍片子检查，折腾了一上午，最后医院要对他的头做一项检查，需要他把头发剃掉，躺在那个仪器里，把他的头及其半个身子送进仪器里去才能在电脑上看清楚头到底有没有问题。

然而，当黑牛听说要把他完美造型的头发剃掉时，死活就是不同意，说："这不是在开国际玩笑哩吗，我这个病不看了都能成，但是发型不能破坏，发型瞎里好里一点都不能乱！"

医生和父母好说歹说就是做不通他的工作，如果再说，黑牛说："你们再让我把头发剃掉，我就不活了！"

医生和家人一听这句话，都大吃一惊，就任由黑牛自己怎么办就怎么办吧。黑牛的妈妈，那个操劳和苦得腰身都直不起来的女人，善解人意地对男人说："算了、算了，不要再逼娃娃了，咱们的黑牛儿就全靠那一个头发着赢人呢，咱们把他的头发剃掉，他还拿啥耍牌子呢！"

男人听了，无可奈何地点点头，说："算了，随他的意吧！"

几千块钱就在医院里那么白扔了，黑牛头疼的病因还是没有诊断清楚。他们一家人在西安转悠了两天，问黑牛还看不看病了？黑牛说："这个西安也没啥意思了，咱们还是回家吧，等回去了，我要去学校上学去了！"

家人一听高兴坏了，就赶紧带黑牛回来了。黑牛在家又待了两天，就老老实实去学校上学了。过了几天，班里的同学就看到黑牛画的一系列女同学的画像，尤其是他凭记忆画了一张黑金莲的画像，把美术老师都看震惊了。

消息传到黑金莲的耳朵里，黑金莲就向黑牛索要那张画像，黑牛就大大方方送给了黑金莲。黑金莲回家就装了一副别致新颖的框子，挂在床头，时不时有滋有味地欣赏一会儿。有一天，她把奶奶的一张老照片拿来要黑牛也给画一张画，黑牛一口就答应了。但是黑金莲奶奶的这幅画他画得异常慢。

有一天，他正在给黑金莲的奶奶画像，接到姑舅哥从省城打来的视频电话，问他干啥呢。看样子，黑牛的心情好像好多了，说是他给黑金莲的奶奶画像呢，说："哥，这个可千万不能马虎，这个一定要给老人家画好呢，要把老人的慈祥画出来呢，要透过慈祥，把老人年轻时候的美丽也要隐约显示出来。哥，这是一次高难度，对我来说，是个挑战，千万要给画好呢，这可是黑金莲托付给我的大事，我感觉使命在身，肩上的担子很重，我要把它当一件大事来做呢，不能让黑金莲失望。"他顿一顿又说，"黑金莲其实跟他奶奶长得有点像，黑金莲未来的样子就是她奶奶现在的这个样子的！"他一边给表哥介绍，一边把视频转过来让表哥看他尚未完成的黑金莲奶奶的画像。

　　这一看不要紧，却把表哥给彻底震撼了，一是表弟黑牛儿的画功，堪称天才，其次是这个画了一半儿的老奶奶，竟然犹如一潭静水，祥和而干净，倘若穿越时光的隧道，能感觉到她年轻的时候是多么美丽而倾国倾城的一位女子啊！

　　姑舅哥号称"凤城一支笔"，尤其人物画是在全国拿过大奖的。但他在这个执着向前，看上去疯疯癫癫，但却永远活得乐观真实而永不放弃，时常做着美妙梦想的表弟跟前，突然竟莫名地感到有些说不清的羞愧。

　　"看到了吗？姑舅哥，从老奶奶的衣着打扮，你能看出来吗？黑金莲家的条件肯定是高着呢！"黑牛自作多情和一厢情愿地说着，好像人家家里已经考虑要把黑金莲嫁给他了似的，已经到了要和他黑牛儿谈婚论嫁的那个环节上了。

　　　　发表于 2021 年第 6 期《星火》，《思南文学选刊》选载

克劳斯

说起这个克劳斯，我实际上跟他不熟，但他给我的印象却深。

前段时间，老家的年轻人建立了一个"一九二〇年大地震百年纪念筹备组"的微信群，主要用来收集与民国一九二〇年大地震相关的人文资料，不知是谁把我也莫名地拉进了这个群，拉进去后，我嫌群太多，想退出来，但又怕薄了拉我入群者的情面，既已有那么多群了，觉得再多一个少一个也无所谓，索性就再没有管，只设置了一个免打扰状态。

可是，有一天我看见那个拉我入群的小伙子发微信邀我去一所大学参加地震纪念相关的第一次筹备会，希望大家各抒己见，集思广益。说实话，对这类话题我不怎么热衷，加上我也不是这方面的专家学者，在这个领域也没有任何发言权，我只是一个亲历者的后裔，仅此而已。这都已经过去几代人了，我也并没有听到太多与之相关的人文故事，即使听说了，也都是零零碎碎，上不了大雅之堂的东西，也说不出个所以然来，倒觉得他们兴高采烈地搞这么一个活动不容易，真不应该叫我这样一个不伦不类的人凑数，至于有没有我，我去不去参加，其实都是无足轻重和无关痛痒的。但是，他们一再邀请，我还是去了，去了的原因是那天正好来了一个新营玉皇沟的文学爱好者找我玩，我不知道带他上哪儿去玩，就提起有这么个活动，问他有没有兴趣参加。结果他显得异常兴奋，说："去、去！"还一个劲儿说，"这是个好事情、这是个好事情！"

我不知道这个文学爱好者老何先生所谓"这是个好事情"究竟是什么意思，是为能够和那些大学教授、高等学府的研究生一起共话地震，并深入浅出地探讨一个重大的社会性的命题而感到自豪荣幸呢，还是觉得这件事情真有那么重要？不得而知。但老何积极参与的态度，好像他在这里面能淘到宝似的。

那天是个星期六，我们顺道还接了一位年轻的油画家小马，我们三个人一起去的。

要说这民国大地震方面的事情，我听我们村子里的马江元老人讲过我的几位太爷也都曾是亲历者。太爷弟兄几个同河州那里的一帮年轻人成群结伙来到了沙沟满寺堡，也可能是甘肃那里跟这里的地形地貌都差不多，也是个苦寒之地，从西到东出来走走看看，或许比一辈子待在一个地方强。

地震那天，这些河州人恰好在满寺大河滩的老油坊里榨油。那时候榨油用的是水车，一辆水车，还有一个石碾盘，用水车的动力带动石碾盘，将炒干的胡麻放到碾盘上碾成粉末，再放到锅里蒸熟，然后用麦草垫底，将其填入一个圆型的铁箍，做成油胚饼，再将油胚饼放入木头的油槽里，槽子的一侧装上木头楔子，启动悬空的撞锤，这样就可以把油硬格生生挤压榨出来。整个过程充斥着一种古老的原始的物理原理。榨油坊一般都是建在村子水源充沛、绿树掩映和青草茂盛的河岸边，每年立冬后即开始榨油了。满寺堡的老油坊旁边的那条大河，河水特别大，但水是从上游的臭水河流下来的一股子苦水，又苦又咸，还带有一丝煤油一样的臭味。从臭水河流下来的这一股子水很大，但人是吃不成的，又苦又咸，连牲口也不爱喝，灌溉浇田就更不行，若浇一两年田，田里肯定盐碱泛滥，就无法再种庄稼了。大家都说，可惜了这一河的水，看着哗啦啦地流得跟江南水乡的水似的很欢实，人却用不成。所以，这里的人都吃的是井水和窖水。

然而，这条河里的水却让满寺大河滩的这个老油坊得了济，使之成为榨油不竭的动力源泉。毕竟水吃不成，能够因之而吃上世界上少有的胡麻清油，那也是不得了的大事情，也算是功德无量，用到了正途，没有白白浪费。

这些跟地震又有什么关系呢？不然，正是因为地震那晚这些住在油坊里面给几个村庄里榨油的河州人，都没有睡觉，救了一村子能够救活的人。当晚他们睡不着，那干啥呢？由于他们精力过于旺盛，榨油都没有把他们的力气榨干，多余的精力没地方发泄，大家就聚在大河滩油坊旁边的那片苜蓿地里借着月色摔跤呢。他们是在较量和切磋跤术，同时也在消耗公牛犊子一样的过剩力气。也正是因为大家都在这片野滩地里汗泼如流地跌绊着摔跤，所以尽管地震来得特别突然，大家只像是在一面抬起来的地毯上来回颠簸了几下，头有点眩晕之外，其余却是毫发无损，竟都存活下来了。存活下来，就不能再摔跤了。接下来，这些震后余生的河州人开始发挥了他们应有的作用，大家找了几把铁锹和镢头，就在全村子倒塌的房屋和窑洞的废墟里找着救人，有些地方他们不敢用镢头和铁锹，怕伤着里面的人，就只能用自己的双手刨，手指甲都在刨挖的过程中掰掉了，他们拼命刨开废墟和倒塌的窑洞，把里面的人搭救出来。满寺堡的马江元老人回忆说，那一村子的人绝大多数都是你们河州人救出来的。河州人骁勇善战，能工巧匠者多，心也齐，是最讲义气的。

这就是跟我相关的地震的事情，再就是听到的、在书本里读到的与地震相关的零星的一鳞半爪的故事，但这都不足以道人和兜售。因而，让我去参加这样的活动，的确是勉为其难，我只有自己做好当一个老老实实的听众的准备了，抑或为大家捧场，做一个生活中的群众演员，也不失为之壮壮人气。

那所大学环境还是挺不错的，绿树弄影，湖泊环绕，各种假山和名人塑像，以及碑刻书法，触目间琳琅满目，美不胜收。

我们一直走到后面的一栋楼，在楼梯口打电话，有人把我们接了上去，走进了会议室。这个会议室也不是特别大，好像是老师堆放杂物的一个地方，也可能是一间大点的办公室，抑或研究生的实验室什么的，里面摆放了一圈桌椅，桌上有一次性杯子，里面倒上了水，好像每张桌子上还放了几个橘子还是橙子什么的，我都忘却了。

有一位年长的老师模样的人和主持者两个，坐在上首的位置。首先，大家从主持人开始作自我介绍，这里除了那位年长的五六十岁的老师和我带去的文学爱好者老何之外，数我的年龄最大，其余不是研究生就是大学生，当然还有几个网络媒体的记者，也都是这个学校近两年来的优秀毕业生。大家介绍完之后，我大致有一个概念性的了解，但每个人姓什么、叫什么名字我一个都没有听清，也不好意思再问。

有几个女孩子讲得特别动情，就像是在读一篇苦难的散文，而且自己把自己都讲感动了，竟然隐隐约约哭将起来，都是他们的老人讲的与地震和苦难相关的一些素材和故事，不哭不足以证明苦难究竟有多深重，不哭不足以说明这些苦难带给人后续的痛苦究竟有多持久和多长远，一代一代，这些苦难至今还在影响着大家。有的甚至愤慨地说出，究竟是谁把我们迁移到这么个烂地方的，山大沟深，交通不便，吃不上，喝不上，这也就罢了，竟然这个地方还这么容易发生地震，而且一地震也都不是小地震，是大到人的能力根本无力承受的范围的程度。尽管哭了，反思了，委婉地诅咒了，对我也留下了一些印象，但全然没有深入到我的心里和骨子里去，只记住了那个女孩子流泪的一点点细节，以及声音哽咽的怜人的样子和状态。

很快轮到了我，大家让我说，我说的啥我自己也忘却了，大概是胡乱应付了几句，意思是地震对当事人而言是一种苦难，但现在也未尝不是一种开掘的矿藏，有很多人都在这里面寻找机遇和矿脉了，包括旅游文化，拿苦难做文章做成功的譬如像张贤亮等等，也都大有人在，大家都可以借着这个地震的东风，好好在里面再做点文章。

我的话说完，主办方高兴地带头鼓掌，让大家都赶快集思广益，想办法拉资源，甚至从故事、思想，到集资和筹措资金、拉赞助，再到立项目，拍电影和拍摄纪录片等等，反正众说纷纭，莫衷一是，好像这里面真的能抓几个金娃娃似的。我听着，觉得这件事情酝酿发酵到后面，还有可能会引起更大的争竞的，因为大家都想在这里面找到一点很难说的什么，所以发生红眼的可能，都未可知。

我觉得研究过往的地震，把那些尘封的记忆和苦难再翻寻出来，一遍一遍地复述，翻来覆去热残汤剩饭似的来书写来研究，没有任何的价值和意义。也许，没有意义才是最大的意义吧！

最后，大家隆重推出了两位发言人，一位是从我们村子里出来的，就是马江元老人亲房侄子某某某的孙子，一位就是前面提到的那位大学教授。老教授让我们村子的这个长得白净清秀，像个书生，也有一些书卷气的娃娃先说。这个娃娃的爷爷曾是我儿时学习本民族语言上的一位启蒙老师，人品非常好，对我们的家人、对我本人，都是相当地尊抬和亲近的，给我留下了那种能够怀念的美好的长辈形象。实际上，我也是很想听听这个娃娃的高见的，也盼望他能像他爷爷那样给人以优秀和稳妥的表现。这个娃娃过去也曾找过我，但几次都阴差阳错，没有见到。

只听家人说他是从外面的一所有名的大学毕业的，现在又在我们开会的这个大学里读研究生。于他而言，书是越念越多、越念越好了。大家和我都把他视作一个有学问的学者式的年轻人，都是相当地期待。

小马开门见山地就开口讲起来了，他也毫不客气，也没有官样的开头，这倒是我所喜欢的个性。他大致讲了两层意思，一层是他说到大地震的时候有两位宗教界的上层人士，如何预测到地震，具有先知先觉的道行的故事。这个故事已经成为我们那里老百姓津津乐道和显示自己博闻强识、通晓人文典故的一个自豪骄傲的资本，好像他们这样一讲，就表现得他们像是跟这些先知先觉者沾亲带故抑或是跟随在先知身边时常能够聆听他们的教诲、接受过指点迷津和受到过洗礼的了。讲完这个故事，他又接着谈起了另一层意思，就是说他自己一定要写一系列关于地震的类似于调研报告或者说笔记体的文献等大部头的作品，要发在《×××》和《×××》，或者《××××》等这样的权威性的人文社科期刊上。他的口吻和口气，仿佛这些大部头的著作他已经在脑子里写好了，只是往电脑上一传输，或者写好了放在某个地方，他只需要拷贝到电脑或手机上发给这些核心期刊的编辑部的能拿住事的领导，很快就可以见刊那么简单和容易。听得我，以及在座的人都目瞪口呆，和我一起去的那个文学爱好者老何同志和画家小马也听得有些傻眼了，后来我们在活动结束回来的路上，老何幽默地笑着对我说："一直都没知道，原来你们那里尽出大人物，就像马步芳、马鸿逵、马思义，还有我今天遇上的这一位少年大才，也许是能写出《静静的顿河》的天才。"他语言中夹枪带棒地把我的原籍和生我养我的两个地方都讥讽了一通。

我说："世事难料，人只要有远大志向，剩下不就是成功了？"

老何说："他哪里是要准备去写，他说的口气，好像是都已经发表出来了！"

画家双手拍着大腿，绊着绊着笑，情不自禁地说："我听着他咋那么能耐啊？真的感觉又是一位转世灵童！"他用了一个"转世灵童"，让我再一次联想那个娃娃的样子，也像是有点快要到位了。最让我惊讶的是，本来我们都是从那个山沟沟里出来的，我和他父亲小时候一起放过牛、放过驴，都是一起拿鞭杆捣过牛肛门子的，他父亲一定也给他讲过了的，可就在我们下楼的时候，那个娃娃给我们三个来了一句："我今天特别忙，我就不送你们几个下去了，因为我马上还要接见一位重要的外宾呢！"我当时对这个碎娃娃的话没太在意，因为我的脑子里可能想着别的事情，可是和我一起来的老何和小马，差点等不到从电梯里出来，就已经笑得稀里哗啦的，说是你们村子里咋又出了这么大的一个人物啊，老何说："你们村子的这个娃娃看上去比咱们的周总理还忙，日理万机的，连跟他老子一起放牛的人都顾不上送一下了，要去钓鱼台国宾馆接见外宾去了，你说害怕吗？人家还给咱们用了个'接见'，你们说吓人不吓人啊？这就是我们现当代大学里面的教授们教出来的得意门徒哇！"然后两个人就又拍着手掌好像终于抓住我的一个什么把柄似的开心地大笑。他们倒把我弄得非常羞愧和尴尬，那个娃娃说的那些不知轻重高低的话，仿佛都是刚才我没有拿捏得死死的，一不小心流淌出来的。我在惭愧的同时，又有些说不出来的难过和五味杂陈的感觉。我希望不要被他们的笑声把我再整哭，但我又一想，祖籍河州那么大，还有我们那个村子沙沟也成千上万口人呢，谁也无法代表谁，谁又能代表和承担什么呢？

后来，那个小马画家猜测说："那个娃娃可能是说他要去接见学校聘请的某个外教吧，他却硬说成是去接见一位重要的外宾！"

老何接过来说："也有可能，倘若是那样，那你就实际一些嘛，实实在在的，就说约了外教去见一下，干吗非要说成是去接见个重要外宾？非要把自己的身份往高里拔呢？咋像我老家麦子地里的大黑燕麦了，头扬得高高的，一副目中无人的样子，风一吹就飘起来了。不像麦子，结得籽实越多头就勾得越低！"他们两个你一言我一语，把对我们村子里那个娃娃的批判，演变成对我和我们那个村子的攻击和挖苦，最后硬是归咎于说是我们那个村子的人可能是把那苦水河里的苦水吃多了，头都有些不太合适。我反应比较迟钝，口又笨，一句话都说不出来，只是一路上闷闷不乐听他们一味地数落我和我们的沙沟。

那个娃娃发言结束之后，主办方给我们隆重推出了这次活动的幕后主角，也就是这所大学最杰出的老教授，我不太清楚大学有没有关于地震的课程，但我感觉他可能是专门研究地震的专家。我始终没有听清楚这位教授姓什么，我一直以为他姓柯，因为那个主持人反复讲到"柯老师、柯老师"，我以为说的就是这位教授先生本人。我们暂且就把他称呼为柯老师吧。但是这位柯老师在他自始至终的发言里口口声声都离不开"柯老师"三个字，似乎他自己在震后不久就赶到了震中，而后如何在不断的四十多天的余震中，踩着废墟在调研、采访，并拍摄了许多无比珍贵的照片。这一次，让我比前面听到的那些感到还惊悚和讶异，感觉到他打破了时空的界限，穿越了时空隧道，在给我们讲授和还原当时的一个个场景。后来，他让学生用投影仪在墙壁上播放出那些当年民国时期拍摄的照片时，我才看到照片中时时出现的一个外国人。教授指着那个外国人说："他就是克劳斯。"

我一下子恍然大悟，原来此柯老师非彼克劳斯。但是教授给我们转述的时候，好像他和克劳斯两个就是一个完美的整体，曾经在一起吃饭、一起睡觉，他们从这个村子走到那个村子，从这个窑门口走到那个窑门口，后来好像是转累了，他们俩在一个塌陷的崖窑前较僻背的地上一人撒了一泡尿。这样的一种感觉和气息贯穿整个演说中，那种地震后的气味好像都被他活灵活现地传达给了我们，给了我们无穷无尽的想象的空间。后来，他讲着讲着，便似化身为克劳斯本人了，回国之后的克劳斯，再一次不远万里来到中国，来到这所大学给我们现身说法，讲当年地震后不久他就不辞辛苦来到中国，那些曾经的所见所闻，以及他所看到的那些震后的难民缺吃少穿的苦难历程。说不定，这些在苦难中苦苦挣扎的人，在无望之望中，都信仰了克劳斯，让克劳斯成为他们信仰的导师，外国人瞬间又变成了洋传教士，开始在这些可怜的难民的信仰上做文章，企图干一些不可言说的事情。

对于这位在他们看来非常伟大的克劳斯，其究竟是干什么的，我始终没有弄明白，也没有搞清楚。我大致猜测，克劳斯可能是一位像马可·波罗那样的从国外来到中国的旅行家，或者是一位摄影师，再或者是一位地质学家，再或者是专门研究和调查民国大地震的外国记者，还可以明着是一个从欧美来亚洲的传教士，暗中却是一个策划动乱的间谍。大概在我，他无非就是这样的一些人中的某一种人。可是这位老教授，却讲得头头是道，好像他对克劳斯熟悉到不能再熟悉，似乎当年地震刚结束，他们两个就一道结伴而行，在那片地震后的废墟上鬼魅一样走来走去，转着拍照片，留下了许多现在的人赖以研究地震的珍贵的资料和十分宝贵的瞬间的记忆。这是何其的震撼人心啊！

克劳斯给我留下的印象太深了，给我带来的想象和想法也太丰富了，确实是一笔财富，让我不写到纸上就不能自已。

实在太奇妙了，世界也太小了，这位化身克劳斯的教授竟然与我同住在一个小区，而且是楼与楼之间的邻居，这让我对他有了更多的观察和注意。

有几次，我和画家小马晚上在小区外面的草坪的甬道上散步的时候，竟然看见了克劳斯，他跟我们擦肩而过，我赶紧把头勾下，不敢看他，装作没有看见，他可能也装作没有看见我，我们心照不宣。但是他走过去以后，我就得以转过身来充分地观察他的造型，因为他长着一张大倭瓜似的吊脸，头发有些黄白相间，稀稀疏疏的，穿一件拖里拖笼的淡绿色的 T 恤汗衫，一条军人的那种土黄色的短裤，下半截腿子在外面被太阳晒得黑红黑红的，脚上是一双高腰球鞋，一双看样子就像是女式的丝袜，丝袜的腰子也比较高，提起在腿腕子更上面一些，令人感到特殊和十分的另类。克劳斯的个头比较高，走起路来弓腰马爬的样子，虽然没有残疾，却一颠一簸的。他好像跟小区的这些俗人不咋交往，保持着特立独行的独行侠式的生活状态。再回想起，克劳斯那天在大学里高声大嗓地握着拳头挥舞着，大讲特讲克劳斯的情形，不由得让人忍俊不禁。可能是我开始观察他了，就时常能看见这位克劳斯晚上独自散步，一个人走到丁一明教授题字的那个饭馆里去下馆子。不知道他有没有夫人，家里有没有人做饭，我们经常能远远看见他进了我们小区西南面满城南街那边的"丁一明饭馆"。我觉得他是一个孤傲的自负的孤独的人，内心很想跟人聊天，长谈三天三夜也意犹未尽，但是却硬撑着一副难受的架子装着不跟一般的人聊天，乃至于装着记不住和不认识跟他见过面的人。

后来有一天地震了，把我吓坏了，我忘了"地震须知"里拿着绵软的东西顶在头上钻到坚硬的桌子底下什么的，竟赶紧脱下睡衣，准备把衣服穿上跑下楼去，觉得在院子里比在楼里保险，可还没等我把裤子穿好，地震就好像已经过去了。我扒在窗台上一看，竟然就看见了克劳斯先生了，把我差点笑死了，克劳斯像是一只十分狡猾的提前就有所准备和有先见之明的老鼠一样第一个先蹿出了窝门，在院子里转着圈儿走来走去，他来回走着转了两圈，又坐在小区那个花园的供人休息的木头连椅上，在灯光下鼓捣手机，也许是在看有关地震的消息吧。他作为这方面的一位大学的教授，可能是又在收集着这方面的资料，他也许已经有着收集这方面资料的乐趣和怪癖。

我对克劳斯突然有些佩服，我觉得我自己在地震后往出跑的这个速度已是够快的了，可是裤子还没有来得及穿上，克劳斯就已经在院子里观察和活动开了，你说他的提前量和速度何其了得啊！我感觉他对地震有着天生的特殊的警觉和敏感，就像传说中的老鼠、青蛙和一些稀奇古怪的小动物一样，有着先见之明和先知先觉的能力，在地震波还在很远很远的地方时，他就已经跑出了风险区，这不能不叫人仰视啊！

我把这件事情给那次参加活动的油画家小马说了，他差点把肚子都笑破了。他对我说："克劳斯可能晚上都不脱裤子，时刻都在准备着，只要有一点震动和摇晃的端倪，就会像兔子一样蹿出来，"他说，"你也不想想，那双军用黄球鞋是干什么吃的？"

我听着，想了一想，难道这就是那些高等学府的教授和博士研究生们的一种生活状态吗？风轻轻地在窗台上吹着，我脱了衣服，重新穿上睡衣，躺在床上再一次想起了克劳斯们，竟有些辗转反侧。

发表于 2022 年第 1 期《雨花》

一树桃花

哈代家的园子在卧阳岗上，是唐代诗人韦蟾写下"贺兰山下果园成，塞北江南旧有名"的地方。据考，韦蟾当年就住在哈代家园子那块两吨多重写有"卧阳岗"三个遒劲有力的颜体大字的贺兰石石碑下的一个草棚子里的。但是，时过千年，现在除了那块石碑，草棚子已经荡然无存了，只有各种杂草和几棵桃树尚在石碑旁边微微摇曳。这块石碑是做红色砚台的那种贺兰石做的。贺兰石有两种，一种颜色泛红，另一种泛蓝，这一块石碑就有些泛红，上面的纹理非常有意思，东边脉络特别像贺兰山，怪石嶙峋，赤烈的山色纵横起伏，蔚为壮观；西边却像极了黄河，黄色的波浪上下翻滚，仿佛亢奋跳跃着的音符，岸边似乎还有绿树掩映的村落。东靠黄河西靠山，真是一块风水俱佳的好石头啊！

哈代买卧阳岗上这个园子的时候，对这一片地方还做过一些调研考察，跑了一些图书馆、档案馆、博物馆，查了大量资料。园子原来的主人是一对老年夫妇，垦边来的，如今年岁已大，孩子都在外地工作。他们想要叶落归根，回陕北老家，就急着处理掉这最后的田产。老爷子看上去比老太太要精明一些，老太太虽然微微发胖，倒也显得十分干练麻利，她以前协助丈夫种了二三十亩葡萄田，田里活计大多要仰仗她。她说："我们要回老家去了，葡萄田已经处理了，现在就剩这个小园子了！"

"种得挺好的，干吗走呢？"哈代问。

"老了嘛，腰来腿不来，身来手不来，啥也干不了了！"老太太说。

哈代又问两位老人："古时候这里住过人吗？"

老先生说："古时候这里是一片屯兵的军营，旁边还有遗址呢。"他又添上说，"可能是一片荒滩吧！"老先生肯定不知道这里是大诗人韦蟾书写脍炙人口的绝唱的地方，要是知道的话，这园子是否卖给哈代还不好说，要么价格上涨也是很有理由和说法的。哈代多了个心眼，并没有告诉他们所考究到的这些。现在，这个园子的周边全是移民种植的葡萄园，因为这里和法国的波尔多在一条纬线上，葡萄品质优良，所以葡萄园与葡萄酒庄鳞次栉比，星罗棋布。

哈代要这个园子，不是指望它能够发财致富，指望这些是指望不上的。他想，他的意图就是种几棵桃树，看看桃花，这个情结是他阅读唐朝大诗人崔护的《题都城南庄》的背景故事时萌发的。

有天黄昏的时候，夕阳红彤彤的，哈代恰好在城市高楼的卧室窗前，翻到崔护的《题都城南庄》：

> 去年今日此门中，
> 人面桃花相映红。
> 人面不知何处去，
> 桃花依旧笑春风。

一时万千感慨起伏心头，哈代立即在百度里搜索阅读了这首诗的背景。原来是一个缠绵悱恻的爱情故事，感动了哈代。哈代不知道自己怎么眼泪就遏制不住地流了下来，他觉得自己的内心有些奇怪，不知因何会如此多愁善感。但是哭出来的时候，他觉得一下子仿佛把一个什么包袱卸载了，轻松了，不那么压抑了。他在心里认真地追讨产生这种情愫的原因，也许我们每个人都有许多难言与无奈。人生的失意，情感的空缺，内心深处的寂寞与孤独，都会勾起人的无限惆怅。哈代特别渴望自己能有一个自己的田园空间，里面种几棵桃树，在春天里，去看一树桃花。

哈代每个周末都会驾车到郊外看看大漠黄河，看看农村的自然风光。经过多次卧阳岗之行，他下决心购买了老两口的这个小园子。

说起哈代这个人，本来他的名字确实就叫哈代，但是这个名字因为跟写过《还乡》的英国著名作家托马斯·哈代重名了，所以周围的人都很诧异，用盲若无睹，抑或鞭挞戏谑的口吻"哈蛋、哈蛋"地叫他，似乎这样喊出他的名字，就能把哈代桀骜不驯的清高摁在地下，让他变得极其庸常。在这个世上，没有人会顾虑哈代的感受的。哈代也不去反抗，他不知道，这是麻木，还是一种超脱。他有时觉得，他就是一个城市里的局外人。然而，被人忽略，当一个局外人，也避免了许多麻烦和承担。少一些获得，也就会少一些责任。至于别人对他的轻觑、践踏与侮辱，他也已经想明白了，世理就是这样。如果哈代有点身份和地位的话，那些世俗之人还不定怎么巴结他呢，不要说叫个哈代，就是叫个秦始皇他们也会觉得毫不为过，还会像哈巴狗一样摇着尾巴，亦步亦趋地走近他，点头哈腰地逢迎拍马，并亲昵地叫出"哈代先生"。

哈代的园子不大，也不是特别规整，时宽时窄，哈代想把毗邻的一个跟这个差不多大小的园子一并买下来，拓展得更具气象一点，但一想自己也没有太多精力管理和照料它，就又放弃了这一想法。就这样其实挺好的，他想，这对一个偶尔有点雅兴从城里跑到郊外来修修树、除除草、浇浇水的散淡者而言，已经绰绰有余和完全足够了。不知道是谁说过："园子不在大小，有一树桃花足矣！"

园子转让时，原本就有四棵大杏树，四棵大枣树，五棵苹果树，哈代后来又种了七十二棵桃树，象征七十二贤士。

很快，哈代园子的桃树种上已经一年过去了，布谷鸟大声宣告着什么的时候，似乎新的春天的气息就扑面而来了。不过，春天似乎非常短暂，不知不觉漫长炎热的夏季就开始包围了所有的北方。在城里，你只能听见窗外车辆隆隆呼啸而过持续不停的轰鸣，就像大型锅炉里发出的让人头脑嗡嗡作响的噪声，心脏会处于一种悬在半空的紧张状态，似乎这些噪声加重了城市的温度。时间久了，让人心烦意乱。

终于熬到了周末，要去卧阳岗给桃树浇水了，树好久没见水，估计干渴得叶子都软塌塌无精打采地耷拉下来了。经验丰富的人都知道，喝饱水与营养充足的树，叶子是舒展开来的，颜色也是十分鲜艳的。

一起来的还有哈代的三个追随者：飞飞、云云，还有老海。飞飞、云云是哈代的两个学生。老海比哈代要大整整一代呢。哈代觉得平日里在城里失去的尊严，在这三个人身上却得到了满足。也许那些在自己小圈子里指手画脚的人，一经走出他们的小舞台，不要说像哈代这么深受欢迎，也许根本就没人理。一想到这里，哈代开心地笑了。宇宙一定是个圆的，风水轮流转，没必要去争，你在这里失去和受到的亏欠，上天会通过别的地方弥补给你的。仔细观察，一切都是公平的，天地万物宇宙是最公道的。

哈代的这两个学生，说是学生，实际上也没有给他们教过一天书，但他们就把哈代称作老师。哈代其实也想把他们叫老师。有一次真的叫了，在他们的姓氏后面加上"老师"叫了，他们却羞得满脸通红，笑着跑开了，仿佛哈代在捉弄他们。后来，哈代就任由他们，觉得这样反而彼此都自在一些。

　　其实，哈代的这几位追随者，性格都是极其分明的，首先拿飞飞来说吧，飞飞块头高大威猛，黑马大汉的样子，一眼望去就像是一个很有实力的保镖。这个年轻人直来直去的，如果他不待见的什么人侮辱到他，有被暴力的可能。他的浑身的力量是显而易见的，肌肉疙瘩嘟噜的，他的眼睛一翻，人看着立即就愁了。他很有劲儿，当然也特别能吃，哈代每次带他们出来吃饭的时候，那种大海碗，别人吃一碗炒面，飞飞得美美两碗，还得二斤手抓，一点不剩地就吃光了。还有一个细节，就是在吃饭之前，飞飞反正也不管别人，自己先要两瓶可乐或雪碧饮料，一口气喝完，说是压压渴，而后才开始吃饭。哈代有时想，飞飞是不是薛仁贵投胎的，要么就是鲁智深转世的吧。不管是薛仁贵还是鲁智深，反正都是生不逢时。飞飞经常说他对挣小钱兴趣不大，一说到挣钱必扯到房地产等大工程项目上，说："我以前一起合作的都是做房地产的，一动转起来，一次就是大几千万，或一半个亿！"大家都不敢吭声，他悠然自得地接上说，"这两年形势不好，就在等机会，时机成熟了，做一两个项目，一辈子就够了！"既然他以前那么辉煌灿烂，可为啥现在看上去啥都欠缺呢？哈代跟他也探讨过这个问题，可是他说来说去，反而现在还倒欠了别人一半百万。哈代有时想，能欠别人一半百万，那也是一种本事。飞飞每次说到赚钱，都必说到大几千万！"大几千万"成为他的口头禅。还有他经常喜欢大包大揽地给人承诺，说："这么个事情，你交给我，把这算个啥事嘛，简单得跟——样。"但是，往往结局大都会被他搞得一塌糊涂。不是说他没有尽心，他是实实在在地把吃奶的劲儿都使上了，也努力了，但是往往因为准备得不够充分，而事与愿违。哈代是个谨小慎微的人，他干任何事情总会把事情的每个环节都考虑得非常仔细，所以要反复测试和准备，只要哈代愿意做的事情，几乎都万无一失。而飞飞则总是临时磨刀，每次都是快要尿到裤子上的时候才开始找解手的地方。事情的结局，往往虎头蛇尾，这是一定的。这种人，哈代知道是性格使然，也不去批评，就鼓励宽慰他几句。飞飞得到安慰，会变得非常羞愧难当和懊悔，蹲在地上，难过得抠着头发，一蹶不振的样子。除了吃喝，飞飞对别的便宜，倒似乎兴趣不大，也不贪婪不去争，一副特别超然脱俗的样子。最令人啼笑皆非的是，由于他口气太大，动不动就"大几千万"的话出来了，所以，有人就会要他办一些普通人难以企及的事情，于是他就非常坦然而轻松地说："你说的这个事，咱们一定跟进，后续了再说！"他用一句"后续了再说"就轻而易举地把问题化解和把对方打发了。给你一个模棱两可的话，意思就是不是办不到，而是到后面再说，云里雾里的，让你对他抱有一丝幻想。这一点，哈代颇觉得他的高明之处，不由刮目相看。

云云，则是另一种性格的人，他个头矮一点，但也显得很结实，他的样子像一颗秤砣，显得格外有分量，相对而言，他是比较踏实的，会专一于某一项工作，做事比较认真负责，悟性也颇高，有些让你不可轻视和估计不来的能量。他的言语比较少，偶尔说那么几句，但会让你大吃一惊，想不到他能说出这么深刻的一番哲理来！

要说哈代的这位老大哥老海，实事求是地说，他还是有些能力的，但干啥还是有些浮躁，遇到困难的时候，不能够持之以恒地坚持到底。这是他干任何事情都会半途而废的一个致命弱点。如果你指出来，他自己是不会承认的，还认为是你在亵渎他的人格。这还在其次，更严重的是他太爱女人了。爱女人原本是天经地义的，是正常男人都会有这样的冲动。但是他经常爱别人的女人，而且接触没有几分钟，就会轻而易举地爱上人家，特别多情，但是他却没有能力去驾驭，以失败告终。失败了之后，就灰头土脸的，一肚子怨气，那种起初一见钟情兴高采烈的感觉一落千丈，显得心灰意冷，说什么"一切都没有意义"的废话。对他的这个好色且经常失恋的爱好，哈代有一种说不出来的滋味。老海对好吃的，对酒，对女人，对这三样东西都情有独钟。酒和美食倒是偶尔能够吃到，但是女人是个活的东西，变化多端且喜怒无常，真不好把握啊！老海和飞飞有一个共同的特点，就是都把吃嘴抓得要紧，就像农村人常说的，猫儿吃浆子，时常在嘴上挖抓着呢。这个方面，他与哈代的另一位导演朋友有极其相似的地方，这里暂且不说。飞飞在对女人的态度上，客观地讲，与老海是有所区别的，他是发现适合的、有针对性的才会去出手追求，当然至今也还没有女人愿意嫁他。而老海，一个漫天网撒下去，不管是谁的女人，只要长得好看，他都要上去搭讪，都索要人家的电话，都要加个微信，都要骚扰骚扰。有一次在饭馆吃饭，老海看到邻桌有个美女，就说什么也不跟哈代他们一桌坐了，说是热得很，跑过去坐在了美女的跟前。哈代几个勾着头吃饭，不知道他是以什么方法和人家美女搭上话的，换作哈代，觉得是丢人现眼，肯定没有那么大勇气坐过去。但是，老海不仅说上了话，末了还加了微信。对此，哈代有些生气，出了饭馆就忍无可忍地说老海了："你再别给咱们丢人现眼了行吗？你加上人家女人的微信能干个啥吗？你一不是领导，二不是老总，三不是帅哥，一样都占不住，一大把年纪了，你加上美女的微信能干个啥？"

老海还不服气地狡辩道："那也不一定啊，喜欢我的女人多着呢！"

"快一卜老老实实地算了吧，我们几个人的脸都让你一路上丢光了！"哈代不依不饶的。

这一下，也许是把老海的自尊心伤到了，他也生气了："谁丢你的脸了吗？谁丢你的脸了，有啥了不得的！"猪八戒一样嘟嘟囔囔的。

但是，没过一天，老海依旧是老海，我行我素，仿佛对与女人加微信乐此不疲似的。没办法，他在这方面一点都不省劲。

哈代索性就不再干涉了，觉得自己是不是对老海要求有些过了，自己又不是他的领导，更不是法海，管人家个人的事情干吗呢？这样下去朋友就会敬而远之的。

哈代有几天如果不见老海，还会想他的。老海一叫，大家又聚到一起。如果老海不去加女人的微信，知道老海是在硬忍着呢，哈代就不知道出于什么心理，竟然鼓动和怂恿老海去加女人的微信。哈代有时会暗暗埋怨上苍，对老海这么一个对女人情有独钟，有着强烈癖好的人，为什么不把他生在达官贵人家呢？生在贾宝玉那样的家里多合适啊，那才能让老海找到价值和乐趣啊，才会让他有用武之地嘛！可是命运却偏偏如此捉弄老海。

老海有时也会谈到他的几个同学和亲戚，说到人家都成了大官，钱财和女人从来都没有缺过，都满足着呢。他似乎有些羡慕和憧憬地黯然神伤。但是，他的这几个熟人的美好幸福生活在这两年的反腐之中没有一个是能够笑到最后的，一个个皆倒在金钱和女人的手里，有判刑的，有身败名裂的，不一而足。谈到这样的结果，哈代观察到老海竟然有些幸灾乐祸和莫大的逃脱了危险的安慰，吃饭吃得更加津津有味了。这让哈代有些难过。但是，老海的这种安慰也是很短暂的，对女人的心灰意冷也是很短暂的，只要再见到有女人的场合，那些因为得不到女人的欢心而陡生的愤怒又都忘到九霄云外去了，依然像一只可爱的小狗一样围着她们跑来跑去，给她们散个枣、发个糖，勤快地献着殷勤。哈代情不自禁地感叹："怎么是这么一个没出息的男人啊！"

天底下那么多女人，老海仿佛撒的网太大，但最后一个都捞不到，不仅没有捞到，他的结发妻子也被别人网走了，离婚了。也许他的那个网窟窿太大了吧，让美人鱼都顺利脱网了，抑或他的网根本就没什么诱惑力，人家根本就不愿进去。在事业上，老海也是东一榔头，西一棒槌，乱七八糟的。轻浮，浮躁，终究一无所获。当然，人生的幸与不幸谁又能知道呢？

老海经常喜欢提着一个油腻污麻的黑皮包，一端的系带磨得快要断了，包里面还塞着一个手提袋，是他自己用大毛巾缝制的，装的是洗漱用具，说是既可以装洗漱用品，还能擦脸抹汗，一举几得。哈代觉得老海有时有着女人一般缜密的心思，他非常满意于自己缝制的这个毛巾包。哈代看着老海提着装有毛巾包的黑提包，穿着因身体瘦削而穿不起来的长衫，觉得老海真是干错行当了，他应该是一个寺里的学东，抑或乡老什么的：于是提着这个包包，里面再装上记账用的学生娃娃没有写完的作业本子，四路各处转着化钱粮。这是十分合适的。哈代一边打量着老海的提手，一边更加坚定他是天生化钱粮的材料。哈代不敢把自己想的这些告诉老海，如果他知道了，一定会暴跳如雷，说不定会争吵起来。这么想着的时候，哈代承认自己也有许许多多的毛病，觉得每个人都不是完人，都有许多的不幸，说不定，在他们三个人的眼里，他不知该有多么滑稽可笑呢。尽管如此，可大家还是喜欢在一起。

他们四个人从车里走下来，飞飞帮哈代端着茶杯，云云提着哈代装满书籍的书包，两个人一左一右护着中间的哈代，老海紧随其后，一行人走进了哈代的世外桃源。

突然，在一瞬间几个人同时听到了鸟鸣，是百灵鸟婉转的叫声。他们抬起头看到高高的蓝天白云之卜，鹰飞鹞翔，麻雀在近处的树冠上跳来跳去，叽叽喳喳打情骂俏，并像是兴高采烈地商量着要去哪个富汉家的葡萄园里吃大户。哈代的心情完全放松下来。哈代让他们把茶杯和书包放在园子中间一个砖砌的休息台上，然后吩咐两个年轻人到前院的棚子里拿铲草的工具和水泵，顺便把电绳子引出来，把园内机井里的水抽上来饮树。

这个机井，据说过去是一眼甜水泉，水质特别好。但是后来不泛水了，泉眼干涸了。哈代找人在那个水泉跟前重新打了一眼机井，水质绝佳，含着一点绵绵的甜丝丝的感觉。有树，有水，还有一块上好的贺兰石石碑，真可谓是一块风水宝地了。

刚长了一年的桃树，原本哈代他们都没有期待它们能结上桃子，然而有几棵还得特别繁，虽然没有邻居家桃园里的桃子个头大，但也还说得过去。这让他们几个都有些兴奋和小小的激动。

抽水，也是要有些技术和经验的。哈代从邻居家要了两桶水提到机井跟前开始压水。飞飞力气大，主动要求压水泵，老海觉得新鲜，就给帮着往水泵里添水，这样水泵就会产生压力和吸力，方能把机井里的水压上来，等水上来以后，再把电插上，水泵自己就可以工作抽水了。如果一开始就把电插上，水泵只是空转，抽不上来水的。所以，飞飞用手迅速地压泵，老海提着一桶水向水泵里灌水。不知道是他们两个配合不默契，还是把握不了火候，似乎是水快上来了，但就是不出水。那个借水的邻居男人说，可能是水泵里那个胶皮皮碗坏了，压力不大，水上不来。老海和飞飞都开始埋怨皮碗。但是，哈代俯身下去仔细检查，发现皮碗尚好，认为还是人的问题，觉得他们两个要要打打的，没有好好施力，也疏于配合，力量没有用到一起，水上不来。两个人又配合了一会儿，哈代见还是不出水，就推开老海，让飞飞添水，他自己亲自压水泵。哈代从小干过粗活，力量不比飞飞小，他一边就像打汽车轮胎的千斤那样，以平均每秒三四下的频率上下提压水泵，一边指挥飞飞往水泵皮碗那个地方不停地添水。皮碗添进去的水，随着哈代的提压又顺着水泵出水的管子流出来，淌进另一个空桶里，这可以让飞飞用流出的水继续往皮碗里倒水。

这时，太阳已经升高了，毒毒地炙烤着大地，已经被太阳晒得犹如蒸笼的卧阳岗，空气仿佛都被凝固了。

"卧阳岗不愧叫卧阳岗，太阳停在这里不走了似的，晒得人头皮子疼的！"老海说了一句俏皮话。

哈代满头的汗珠子，噼噼啪啪地掉在井口的石头上。可能是全力以赴，一鼓作气，加上双方配合到位，机井下面的水很快就到井口上来了，这时哈代让云云赶快把电插上。电恰逢其时地插上工作开了，机井下面的水就哗啦啦欢快地从水泵的管道里流淌出来了。开头的水稍稍有点浑浊，渐渐地越来越清澈透亮了。哈代捧了一捧流淌出来的井水，清凉入骨，他又捧了一掬放进嘴里，甜丝丝的凉到了人的心里。哈代觉得，干啥都贵在专心致志，贵在认真和持之以恒，只要抓住这几点，火候到了，时机成熟了，就没有不成功的道理。

正中午，太阳最毒的时候，是不适合饮树的。这时候饮树会把树饮死的。任何事物，都得要有个适应环境的过程，比如人在一个醉氧的地方，一下子到达极限缺氧的地方，搞不好会出人命的。树和人都是一样的道理。

机井里面的水流出来，流不远，一部分就又渗入园子地下去了。此时，各种鸟儿好像也躲到自己的窝里面纳凉去了。园子里显得格外安静，太阳晒得桃树的叶子蜷缩起来。

几个人开车到葡萄园的一个农家乐吃了些东西，又回到了园子里。开始铲草了，云云和飞飞都铲得比较踏实；哈代干一会儿，总要休息片刻。

老海说："这会儿太热了，等下午天凉了，用不了多少时间就干完了，活儿又不多！"他把一件外罩脱下来，苫在脸上遮住太阳，就展展地躺在园子中心的水泥平台上，平台晒得像农村羊粪烧的火炕，挺舒服的，尤其是对患有腰腿疼和风湿病的人不无裨益。哈代也学老海躺一会儿，只有飞飞和云云在不停地铲草，尤其是树根下面的草，蔓扯得很长，把树都缠绕住了，有些灌木长得比树都高了。树身的营养全让这些草给拔去了，无精打采地挣扎地活着。哈代铲草的时节，给他们示范了一个样板，在树下铲出一个蓄水的育林坑。飞飞和云云就照着这个样板来干。这两个年轻人总体上来说，还是比较踏实的。老海睡得无聊的时候，起来也学哈代一边示范性地干干，一边指拨指拨两个年轻人，让他们干这儿，干那儿，怎么怎么干，一副十分内行的姿势。老海示范几下，就又会倚老卖老，撇在一边，抽抽烟，或索性走出园子，到周围转着给女人发发微信，打打电话，游览去了。过一会儿，又走回来，少顷，再走出去，这一次老海就不知到哪儿转去了，一直都不见回园子里来。

哈代担心待到下午饮水，树都饮不完了，就帮着两个年轻人抓紧铲草。好不容易熬到了下午有些阴凉的时候，草正好也铲完了，可以给树浇水了。他们三个就把水往树底下引，用铁锹等工具挑了横七竖八的水渠，水就引到树下了。水刚到树下的时候，很快就干了，树坑就像烧红的锅，水倒进去嘶啦一下就炼干了。因为机井里流出的水到不了远处就渗到地下去了，远处的树是饮不到的。他们三个就开始用水桶盛满水，提过去倒进育林坑里。这真是精准扶贫啊！树得到水的滋润，叶子慢慢地就舒展开来，颜色也变得青翠碧绿了。

这时候，鸟儿们不知何时都出来活动了，各种各样的叫声，甚为好听。鸟儿足有五六种之多。喜鹊是大家最喜欢的益鸟，这时也喳喳、喳喳地在园子的杏树杈上，抑或墙头上蹲着鸣叫，好像给他们报告着什么喜事，不由令他们一阵愉悦。

这时，邻居家的那个年轻好看的媳妇子进来拿水桶，一看哈代几个还没有饮完园子的桃树，就帮忙给提着浇水。一看就知道这个媳妇子是个勤劳善良的人。

大家一边干活，一边都盯着看这个媳妇子那柳枝一样的腰肢，在柔软地摇摆着。可是，再一看，媳妇子的身边已经多了一个人，竟然是老海。不知道他是什么时候从天而降的，他的鼻子好像很远很远就能闻见女人的气味似的，不知不觉就摸进园子里来了。老海忙忙地从云云的手里把另一只水桶要了过来，他见那个媳妇子饮哪棵树，他也就跟上饮哪棵树，说是一桶水不够，至少得两桶。老海跟着那个媳妇子满园子欢欢喜喜地跑来跑去，开始又说上俏皮话了："你们不知道，男女搭配，干活不累！"

那个媳妇子听了，就默默地笑一笑，眼睛和嘴角处流淌着温馨可人的意趣。

飞飞说："没见老海这么勤快过，太阳打西边出来了！"

哈代和其余的人就都开心地笑了。

老海像个孩子一样说："你们再这样说，我还不干了！"

哈代说："赶紧好好干，天黑之前，得把树饮完，咱们好回城。"

老海就继续跟着邻居家的媳妇子干，并东拉西扯地说着一些话，后来好像把电话问上了。电话问上，加微信就不用再说了，那是迟早的事嘛。

这一会儿，园子变得极其地祥和，静静的，清风徐来，让哈代他们几个人的脸凉凉的。清澈透亮的水一汪一汪的。西归的日头挂着一身红霞依恋在卧阳岗的墙帽和枣树上。有两只喜鹊从园外的一棵杨树上飞下来，造访哈代的桃园。它们从每个饮过的树坑边迈着轻盈悠闲的步伐——走过，就像两位视察工作的领导，每一处都要认真仔细转着检查一遍。

这引起了哈代的注意。

哈代说:"喜鹊是有神性的鸟,你看主要把云云和飞飞饮过的树都挨个儿检查了一遍,这里面一定有说不清楚的寓意和信息呢!"

老海就有些不服气,不甘示弱地说:"我们两个饮的,喜鹊也过来检查了着呢!"他加重语气添上说,"都转着验收了!"

果不其然,喜鹊把所有浇过水的,带着一种责任和使命感似的,全部一个不落地看了,然后飞到墙头上,发表和给予高度赞扬和肯定似的喳喳喳地讲了一番,然后带着某种说不清楚的寓意似的飞走了。

他们准备归还邻居家的水桶和劳动工具的时候,那个媳妇子说:"你们家这是早桃子,你们试着捏,已经软了,完全能吃了!"

老海第一个摘下一颗尝了,说是甜得跟蜜一样。"真是甜甜的水蜜桃,"他称赞说,"还没吃过这么甜的桃子!"

几个人就都一人吃了一只,确实香甜无比,有一种说不出的仙味。

他们把水桶还给邻居时,经过一村干部家的园子,看见园内桃树上桃子每一枚足有哈代家两个半大,已经熟透了,正在给人出售,老海买了一塑料袋,大家一人拿了一只尝起来,熟是熟透了,却一点都不甜。

邻居两口子告诉他们说,这个村干部家的果木树,每年上的是最好的牛粪肥料,满足了上,另外黄河水下来的时候,他们家园子不淌够是不给别人淌一丁点的。邻居的男人对哈代说:"我看见你家园子干得不行,就把黄河水给你家园子引了一点,被人家又全部堵回到自家园子里去了!"他用嘴努努村干部,接上说,"他们不懂,啥东西都不要过分嘛,结果水太多了,他家有几棵桃树给涝死了。他竟然还问我什么原因,我给憎恶着没说!"

老海说:"这么贪婪的人,你就给不要说!"

哈代想让把死树的原因还是告诉那家人,但顿一顿,不知为何却没能说出口。

万事万物都是一个道理，当你占据了某种得天独厚的位置，把一切好处一点不落地都给自己弄上，且反复地弄，却舍不得给别人匀上一点时，估计是离死不远了。有些是涝死的，有些则是旱死的。老海说："你们看看吧，往往，涝比旱还可怕，还容易死得快。宇宙天地，奇妙就奇妙在这点。人，包括一切生命，都是暗合宇宙天地规律的。规律秩序一旦被破坏，损失的不光是别人！"

大家都明白了这个村干部家的桃子只管个头大，却为什么一点都不甜了。所以，便宜占多了，营养过剩了不见得是一件好事情。

老海把那些买来的桃子撇了不要了，大家回到哈代家的园子，开始一边摘桃子，一边吃，个个桃子都特别甜，糖分太足了，一亏的有一补哩，在这方面失去了，在那方面一定会得以弥补。无须争夺，大自然的机密和施舍给众生的都是最科学最公平合理的。

余晖艳丽无比地洒满了园子的每个角落，树叶的缝隙里流淌着温馨的气息。哈代的身心获得一种从未有过的宁静和休憩。回城的时候，哈代的脑海中突然浮现出今年的那个春天：一树一树的桃花盛开着，也许这桃花比不上崔护当年看到的颜色，但那蔓延开来的红和白，会在以后的春天里继续装点这美丽的卧阳岗。

发表于 2020 年第 2 期《清明》

移民区的警察

　　大家都知道白子民在移民区当警察快二十年了。他长着一副农民的风吹日晒的粗糙脸孔，如果混迹于那些移民中，你根本分不清哪个是警察哪个是移民过来的农民。

　　说实在的，移民区的警察可不是那么好当的，他得是一个事无巨细的多面手，什么柴米油盐、洗衣做饭、治安防范，以及解决好邻里纠纷，乃至于给打工的移民去车间顶顶班、当当临时的保姆等等，这一揽子鸡零狗碎的事情，着急了都得上去掺把手。你不干，你就融合不到这些移民里面去，你就不是移民区里的一员。脱离了群众，人民警察就像鱼儿离开了水，不要说维护治安和破案了，就会把你晾晒在干滩里。所以，白子民那屁颠屁颠的身影，在移民区的巷子里奔命似的来回穿梭，一天到晚累得头在肩膀上耷拉着，抬都抬不起来。当然，他可以成为一个好警察，也可以成为一个不合格的警察，好不好谁也说不了他什么。

　　多年来，移民区里的房屋街巷，经过这些拓荒者的不断改造建设，也在发生着大大小小的变化，可唯独白警官还是那个老样子，还是那一张风吹日晒的脸，还是那一身洗得半新不旧的掉了色的警察服，他可以说基本没啥大变化，倒是累得连裤裆都提不起来了，屁股下面就像堆着一个瘰圈似的包，裤筒边子也踩在脚后跟下面了，他忙得连打理一下自己的外表都没有时间。有人看到他，觉得他一点都不像电视里演的那么威风堂堂的样子，就揶揄说："这是个啥警察？看着和咱们一样，就像是搬迁来的一个移民。"

白警官听了，也不生气，吸溜吸溜地笑一笑，说："本来就是个移民，还什么像不像的，警察事实上就是个普通百姓嘛！"

白警官的老家是庄浪水洛城的，那是甘肃一个比较苦焦的地方，他的口音你只要一听，就能听出来老实、本分，还有纯纯朴朴，泥土里头滚来滚去的那种气息，味道也是土的味道，泥的滋味，你在他那里找不到任何装点粉饰的扮头，更谈不上对移民区的移民们颐指气使了。他是二十多年前当兵的时候，在黑山维稳驻防，没想到他们那一批战友，有好多个都转业分派留在了黑山一带当了警察。白警官也被分在黑山乡下的一个派出所里成了一名普通干警。白警官性格非常柔和，有时候看着腼腆得就像一位很容易心软的妇女，男人心软一世穷，女人心软裤带松。所以，他一直都没有富起来。他喜欢读点文学作品，知道莎士比亚和托尔斯泰，还知道中国有个路遥和莫言，他的床头放的是《平凡的世界》，他说每次看这书就想哭，他说他不敢多看，一回就少看一点，看几页，经常翻着看。他对能写文章的人，佩服得五体投地，见了读书人，就会慌忙站立起来，敬上一个军礼，而后把双手紧紧合十，放在鼻尖对端的位置上，稍稍弯下去些腰，认认真真拜两拜，才撵上前去亲切地握握手。这是相当地尊重知识、尊重人才了。换作别个，只对当官的人才行这么又诚又重的大礼。

大家还记得，一起和白警官从部队转业分派到黑山当警察的那几个年轻人，不知道家里条件如何，但个个都打扮得比大城市的人还洋气，头发油光锃亮的，打的摩丝发胶和啫喱水，脸上一看就是不下苦力、不干农活的人。白警官这几个战友正好和白警官的爱好相反，他们从不爱读书，觉得学语文没有一点用。他们戏谑贾平凹和莫言都是写作文的，把人家的成就说成小娃娃都能完成的工作。他们偏重于武功，经常在工作的派出所一间空房子里拴起沙包，咻咻地打个不停，手上的功夫据自我透露说深得很，拳头打到墙壁上，果然就是一个杵子杵过似的坑坑。他们性格张扬，情商智商都不低，跟领导关系处得蜜调油似的，加之在当地又十分精彩地破获了几起棘手的大案要案，名声顿然好似锣声喤喤地都传到省里头去了。一时，在盛名之下，事业也芝麻开花节节高，所长、副所长的，也都混上了，哪里还瞧得起窝窝囊囊的战友白子民。这样一来，他们就有些把持不住自己了，功利心更重了，对立大功也愈益心切，只要是有利于破案，就手段和胆量变得肆无忌惮。然而，不久就闯下了祸端。一天，他们接到报案，就迅速出击，经过一番摸排，抓回来了一个家在邻县，据说是偷盗了高压电线的嫌疑犯。他们把嫌疑人铐在派出所院子里的单杠上，嫌疑人的脚尖须踮起来方可半吊着站立。就这样审问开始了。日头火辣辣地炙烤着。嫌疑人和警察头上的生汗水一道一阵一阵地漫流着。那个嫌疑人也是个老蔓菁，顽固不化，反正你咋挫整，他死活就是油盐不进，有用的话一句不说，不说倒还在其次，竟以为派出所是他来参观旅游的地方。

这下可把人给惹生气了，就把他又拉进宿舍里去，铐在暖气片上，一边揍一边问他说是不说，坦白不坦白。一个揍累了，另一个再接上抽。就这样给美美地抽了一顿。他们血气方刚的，又都是当过兵的，手上的功夫还那么深，反正打得不轻。如果谁说，警察把人抓进去，在里面都松活得很，那一定是哄人的话，倘是那样，那还如何让犯罪分子感到恐惧和震慑呢？又不是请去吃宴席的，必要的手段那还是要有的，否则你还以为真是去旅游景点旅游了一回。话说那个嫌疑人挨了一顿打之后，想必是该好好交待犯罪的问题了，结果出乎意料的是那个人依旧什么都没说。后来，晚上他们几个因连续作战，都困乏了、累了，就相继到别的宿舍里睡觉去了，兴许那天手上分寸没有把握好，下手狠了一点，嫌疑人到半夜里时就猝然死了。

这一下，白警官的那几个战友，都慌了神，把证据还没弄到手，嫌疑人却没了。这是人命，可不是小事情。人家家里的亲戚朋友们也是一些阔人，关系也比较硬，当然是不可能就此善罢甘休的，加上邻县那个地方的人凝聚力强，都喜欢报团取暖，就纠集了好多人，拉着条幅到白警官所在县的公安局门口集会，要讨一个说法和公道出来。事情一下子就闹大了，社会影响那还是要顾及的，毕竟是牵扯长治久安的问题，是老百姓满不满意的问题。后来，白警官的那几个打人的战友，就都被判刑了，他们原先自豪地争着抢着嫁过来的几位在当地颇为漂亮又能歌善舞的妻子，随着他们的劳改他乡，就都提出离婚了，很快又寻到了新的前景光明的男人走了。人走茶凉，一个人不管当初有多大的权力，失去了权力，连妻子也不再那么愿意追随的。

这件事对白警官的触动很大，他认为干工作，一定要谨小慎微，战战兢兢如履薄冰，要有一颗为老百姓办事的公心，抱着给人民服务的态度，就不会出啥大差错。尽人皆知，白警官每次即便是抓到了犯罪嫌疑人，也从来没见他的话大过，可案子却一件一件落实得特别到位。

"将小、将小，天下走了！"这是白警官爱说的一句话，他的意思是任何时候，一定要把自己拿得小小的，看得低低的，不要要二杆了牛皮劲儿。

第一次见白警官的人，都觉得他其貌不扬，甚至有点窝囊，但是他一直没出过啥差错，竟还不声不响地搞了许多铁案，是经得起时间考验的。他一直都是抱着不求有功但求无过的心态做事情的。所以，他说，

"我没大福的没大祸，平平淡淡就是真！"

后来，因三百公里以外的罗平移民点缺警察，他就被调到罗平这边工作来了。刚来的时候，社会治安特别混乱，可谓一盘散沙，有户的，没户的，管理完全跟不上，流动人口密度十分大。有些头脑灵活，个体经商的就逐渐都变富了，有些残疾的弱势的群体，依然过得比较困难。大部分移民到这里，都是分到了一个三五分地大小的院子。当然院子也不都能分上，有些是分的，有些是投亲靠友借的，有手头活泛一些的人，就干脆从亲戚朋友手里转让买来了。有些移民特别喜欢这个地方，嫌弹老家山大沟深、交通不便，拉个东西都艰难，就从山里逃出来到处乱跑，跑着跑着就跑到罗平这里来了，来了一看，满眼都是荒滩，就一家圈了一个小圈圈，政府也是允许和鼓励支持大家这么干的，因为大部分房屋是自修自建的，远远看上去也没个啥规划，高低大小，乱七八糟的。那些生态移民，还好一点，政府给划分了二亩地，但是有三分之二的人不是生态移民，是没有土地的，就在周边的一些私营化工厂找着打工。这里的劳务市场特别大，你就是一下子涌来一千多人的劳力，很快就能全部消化掉。

这些移民刚来这里拓荒时，还是有些不大习惯，因为太忙了，不忙或不去打工挣钱的话，你就得饿肚子，一天就焦虑得没法说。白警官也感到过烦恼，也有一肚子不舒服，他看到那些刚来的移民心里备感孤独、心慌，甚至有的一时找不到工作，内心十分空虚，一空虚寂寞，就有可能胡作非为，去触犯法律。移民们犯法了，这是白警官最不想看到的。刚来的移民，里面也有些手脚不怎么干净的，经常大法不犯，小法不断，偷鸡摸狗，顺手牵羊，这都是常有的事情。刚搬来那阵子，真的苦，白警官跟大家一样都吃过这种苦，那时候的派出所连个像样的办公的地方都没，就用石头在料场地里垒了一个房子，饭做熟吃饭的时候，饭碗里吹进去的全是沙子和土，有的人就跑了，和白警官一起分到这里来的一个人就当了逃兵，他走的时候说："一辈子人，咋都是个过，何必受这样的罪呢！"

可是，现在这里的楼房也起来了，大约一户人家可以住到五十多平米的楼房里了，水电暖也过来了，房子里的地板砖都铺上了，条件一天天不一样了，有些过好的人就不想走了，打工的，一天也能挣三百元，火爆得很。当然有些人，条件依然如故。日子过好了的人，你赶他们走，他们也不走了呢。

移民区的人都是从最远的山区那边迁移过来的，毕竟迁移来的有多种渠道和途径，政府有序组织搬来的，都登记造册了。那些通过亲戚朋友熟人托说介绍自发到来的，政府也没有过分干涉，反正大家是来了走了走了又来了，凡是政府组织搬来的，在老家那边就把户口销了，户口虽说是销了，但毕竟儿女抑或父母的户还在那一头，劳动居住还是哪儿方便就在哪儿。当然有些乡镇一旦你搬迁了，户销了，人家就非要让你待在移民区，不准你再胡乱跑回来，以免上头检查，不好交代。这就是要能搬得出、稳得住，还要让大家都能致富。话是这么说，但有些农民搬出来不知道干啥好，还是到处胡逛着呢，还不如原先在老家务上二亩庄稼，把生活还能顾住。因为移民区的人来自各个不同的县份、不同的乡镇，你来了他走了，很混乱，乱七八糟的、稀奇古怪的案子都会在这里发生。那样一来，白警官的工作就显得特别繁忙。他经常走村串户地做户籍登记，摸底访查，了解移民的生活情况。

这一天，白子民接到报警，一个叫社把的年轻人来派出所报案说："白警官、白警官，快不得了了，我的女人咋找不见了，已经丢失一天一夜了，还没见回来，电话也关机了，怕是被人暗算了！"

这让白警官也是大吃了一惊。他就慌慌张张从椅子的靠背上把警服套在身上跟上社把就往出走，他想先到当事人的家里去看看，顺便和周围邻居了解一下情况，看看有没有什么线索。他一边跟上走，一边柔声安慰社把说："你先别着急，把情况先介绍说说，你的爱人究竟是什么时候走失的，你要给我说清楚一些！"

正值寒冬腊月的时候，天气阴沉沉、雾蒙蒙的，像是要下雪了，可又永远一丝雪花都不曾落下，就只是一个干巴巴的干冷。这个地区，因为是煤矿和化工厂密集的地方，各种南方来这里建私营厂子的也特别多，所以雾霾比较重，天上老是灰沉沉、脏兮兮的样子，远远的就能闻见一股子类似于硫黄的味道。

略一袋烟的工夫，白警官就来到了社把家的移民房里。这里一律是砖头砌起来的那种薄薄的砖混结构的小房子，外表皮是水泥的，里面是一层砖头。他们坐在大房的一张破烂的单人沙发上，大房里面有一个住人的套间，放着一张简易的木床，旁边有一间小点的耳房是灶房。房里面虽然生着炉子，炉膛里塞着两罐蜂窝煤，但还是冻得人的牙齿舌头胡打战战呢。这样的房子，一股子穿堂风就能够吹透，里面冻得跟个冰井似的。

白警官心里也挺沉重的，他自从来到这里，就一户一户地走访过移民区。这一片都属于他分管的片区，这些移民区的房屋里面究竟是住着人呢，还是僵尸房，他曾经都挨个儿摸排过。当然，有些人没有住，把房子出租给了这里五湖四海来打工的人了。

他们正在说着案情的当儿，周围在家里休息和做饭的移民们就都过来了，都撺着抢着跟白警官说话，也算是反映情况吧。其实，他们说的这些，白警官是管不了的，也是无能为力的，因为那是政府方面的事情，他一个小警察哪能管得了那么多呢。但是，大家都愿意给他说，都把他当成政府的官员，当成最贴心的人。所以，不论白警官有没有能力帮他们办理这些事情，他们也依旧会毫无保留地把需要人帮助他们的事情统统倾诉出来。

　　一个年纪长些的名字叫马旦的人，一见到白警官就发开了满腹的牢骚。原本，这里由国家组织搬来的移民有两种，一种是属于劳务移民，一种是生态移民。白警官知道，生态移民的便宜占得最大，来到这里分了房子，还分上了能够灌溉黄河水的水浇地，一年种上二亩田，踏踏实实的，再做点小生意，日子还是甜甜蜜蜜的。至于劳务移民就没有那么令人神往了，来了的都有些后悔，来的时候一般是给提供就像社把家那样的一套房子，一头奶牛，还有一个工作岗位，说的是庭院经济，实际上也没有多大的院子，如果在里面再养上一头牛，光牛粪的味道就能把人熏死，所以牛养一养就都不见了；说的是解决一个工作岗位，可还不是成了这里的私营化工厂老板的廉价劳动力和长工。

　　"你看啊，白警官，我们过的这是啥日子嘛！"马旦说，"还没见咋呢，妇人娃娃都跟上人跑了！"

　　一听这个话，白子民有一种直觉判断，这是他多年能够感知的第六感觉，他就觉得社把媳妇生命尚未出现什么危险，只是现在有一些麻烦，所以，他的心里突然轻松了一些，没有那么紧张和压抑了。

　　"跟上谁跑了，你看见了知道是谁领上跑的吗？"白警官带着一丝微笑，不急不躁地追着马旦的话问。

　　"看倒是没看见，我们就是这样冒冒失失猜的嘛！"

　　"有啥线索吗？人失踪了，可不是小事啊！"白警官问大家，"知情报了，有奖励，知情不报，按同伙论处！"

　　这些人大多是和社把在一个私营化工厂车间上班的同事，在家的这些人因为身体出现了化工材料过敏的情况，就找人暂时顶班，自己在休息看病。

　　白警官说完，又安抚那些思想不稳定的人说："大家既然都搬来了，就先干着吧，大家都是这里的拓荒者，你不要看不起咱们这些移民，这可都是国家关注的焦点和对象，牵扯到脱贫攻坚的问题，移民搬迁可是脱贫致富的主要组成部分之一，上面大领导最关心关注的就是这个，只要是移民和脱贫方面的消息，那都是有巨大社会反响的。咱们这些人，只能是给咱们的下一代人做牺牲和奉献了，这是咱们的使命和任务，现在肯定是得吃一些苦的，但是你们有没有想过，这里和老家的深山老林相比，首先是宽宽敞敞的，一马的平川，平的展的一眼望不到边，首先，交通是方便的。"

　　他们都信服白警官的话，但状还是要告，移民们纷纷给白警官告起了状。从斜路洼搬来的马左遥，大家挡都挡不住要说，说大家在这里的厂子都快干不下去了，"一个月才一两千元的工资，够吃够喝吗？我们到这里来，就跟蜜蜂一样到处胡飞着呢，厂子里安全措施不到位，动不动大家就过敏了，有些皮肤都烂了，有些浑身起了斑点，有些一天到晚头疼，房子里冻得人天天感冒发烧。上面来上个检查的，厂子里就安排几个带工的头头让汇报，这些人，不干活，工资还比大家高。所以，净说些好话，说些领导爱听的话，说大家现在都富得流油了。这不是在骗人吗？以后要见着大领导了，非把他们的肚子倒了不可，让上面好好了解一下真实情况！"

　　这一说不要紧，大家就都七嘴八舌地给白警官唠叨起来了。社把说："在这里一斤土豆给咱们变成了两块钱，谁能吃得起！"还说是有一个什么菜，竟然是九块钱。白警官没有听清楚是个啥菜，说是他们想吃个老家的土豆，远着也拉不上来，困难特别大。他接上说："他哥的，刚上来的时候，经当地的干部动员说是这里好得就像是天堂，我就稀里糊涂上来了，上来待了一段时间，发现不是说的和想的那么美那么好，现在想回去也不让回去了，我们的户都被人家销了。"

"今年有西伯利亚来的寒流，天气比较冷，那你们今年取暖怎么样啊?"白警官关切地问。

马旦抢着回答:"给了个小炉子，给了两床薄被子，给了一个三尺乘以三尺的碎床，两床薄被子我们两口子盖，晚上冻得我拽过来老婆就冻得牙床打战，老婆拽过去，我就冻得连尿尿都夹不住就光想尿尿!"说得房子里一群妇人女子和娃娃就双手拍打着大腿绊着绊着笑。那些妇人女子也说，可是他们还要逼着我们的男人去上班，说是无论如何，一定都要能稳得住，如果稳不住，都不去上班，旷一个工，以后要扣三个工呢。

"那你们是个啥主张嘛?"白警官问大家。

马旦说:"能有个啥主张，就看白警官能给我们想上啥方子嘛? 我们看是没有啥主张，过一天算一天呗!"

他们说，跟他们一起搬来的有几百户，回去了已经有十来户了。不知是谁家的一个女人说:"有一个叫马刚的娃娃，说是房子里没电，饿着当不住冻着当不住，就跑了。带家(就是带女人娃娃)的原本有取暖费，可不知什么原因，说是名字给漏了，所以没有取暖费了，就没有拉上煤，说法不一。人家嘴甜的，嘴上抹蜜的，咋都好办，说领导的好话，一有好处名字啥时节都漏不了。"

"你们工资最高的是多少? 最低的是多少? 能把妇人娃娃养活住吗?"白警官问，他问得话里有话，慢慢在了解这些女人究竟是为啥突然要玩消失了的，到底是穷着饿着冻着走了，还是被什么人骗了绑架了走了，抑或有什么别的状况。

大多数说她们的男人一个月就能领一千四百元左右，两个月能拿三千元，一天十个小时的班，能休息两个小时。

　　至于上班的那种苦，白警官给张军军顶过一次班，还给张军军的连襟顶过一次班，他比谁都心里清楚。他们一个在化工车间，一个在电石炉厂，到底辛苦到啥程度，白警官心里明得跟镜儿一样。那次，张军军的妇人有病了，男人带着去看病，让白警官无论如何给顶一次班，因为大家平时都相互走动，跟朋友一样，白警官人比较随和，有时来了碰见煮的玉米土豆也会吃上一两个，帮着给有些特别忙的人看看孩子，帮着做个饭，都是常事，他自己也给移民们送这送那的，说白了，大家都是一条船上的，有苦一起吃，有福一起享。所以，他倒是没有介意，觉得大家能找他帮忙，是把他没当外人，加之他也是抱着好奇的心理想去看看车间的状况，看移民们究竟是怎样上班的。白警官毕竟从小在农村长大，啥活都干过，啥苦也吃过。于是，他就跟着那些移民来到了车间，他用那种大号铁锹一口气撇了五六百公斤的熟白灰疙瘩和炭，根本就没有休息的一会会儿时间，也不允许你休息。那次干完胳膊肿了二十多天，如此的劳动强度，但班次却不能倒。那次他顶完班走出车间，感觉天旋地转，晕晕乎乎的，而且汗流多了，就口渴得难受，便想在张军军家烧一壶水喝，结果还没电，他又去给交电费了，一度电六毛钱，交完电费，电来了，但是还没有水，他就又东家串西家地找着要水。这里没有拉自来水，大家吃的还都是压井里面的水，这种水属于地表水，盐碱大，有些苦。他走到一家，找水的时候，看见那家人窗子上密密麻麻爬着像蜜蜂一样大的蚊子，因为旁边有一个不甚干净的湖泊，所以让蚊子成精了。他没有留意，结果给这些蚊子轮番叮咬，它们似乎照着白警官额头的同一个地方咬，就咬得有些中了毒了，起了很大的一个包，好多天都下不去。

　　回想那两次顶班的过程，让白警官依旧历历在目，如果没到过生产一线，很难想象他们是怎么辛苦的，也很难理解这些移民的内心世界的。他觉得那两次顶班让自己差一点就挣死了。

他帮张军军顶班那次，去的是电石厂，进入车间，首先让他感到压力山大的是移民工用的铁锹，就像农民家里扬场的木锨，比那种大铁簸箕还大，握在手里沉甸甸的，大家都是往高温炉里面丢熟石灰疙瘩，往里面扔炭块，丢扔进去这两样东西通过高温炼成水，最后就凝固成一大块一大块的电石，然后再把这些电石运送到精制车间去继续再加工。车间里面温度高，你得把衣服脱了抡圆膀子不停地拼了命地往高温炉里丢白灰疙瘩和炭。一般情况下，一个工点上下来，人绝对会眼冒金星，头重脚轻，腰酸背痛，简直累得要吐血。一旦工作起来，根本没有时间让你停下来，汗水就像雨水一样泼洒，气喘得一口气接不上一口气，那次真的把白警官的个瘦命差点要了。

可是，不管你穿衣服不穿衣服，只要一出汗，让灰尘落到身上，过不了一天，皮肤就开始烂了。在这里，人人都知道，电石炉的危险性有多么大，一旦见水是会爆炸的，那种威力比原子弹还要厉害。所以，移民工干的这些活，基本都有很大的危险性，对健康的危害性特别大。白警官，以他的无可挑剔的毅力和高强度的劳动表现，赢得了车间移民工们的信任，觉得他和他们应该是一搭里的，是可以交心的，就有人说起有个打工的女人曾经在双氰胺车间干了六年，今年前不久就不停地吐血，到处看也没有看好，检查出来心肺上积淀了好多好多的黑杂质，三四天前就走了。厂里也不管，一开始的时候，女工吐血，厂里怕影响别人干活，就把她不要了，赶走了。车间里一个精明点的小伙子告诉白警官说，这个活儿最多只能干一年或者两年，多不能干，多干几年就把命搭进去了。

另一个移民工给白警官说，可是那些基层的移民办的人和厂子里领导层的人却说，这种活儿主要是看适应性，有些人适应得快，有些人适应得慢，适应得快的人就形成了抗体，对身体一点害都没有，大家只要好好干，一般就都适应了。他气愤地说："根本不是他们说的那么回事！"他接上继续说，"事实上，这些人，有的体质和素质好，就抵抗力强，有些体质弱的就病发得快，强的就病发得慢。根本不是他们说的干得越久，就越是有了抗体，就说什么百毒不侵了，这不是在哄我们这些瓜百姓吗！"可是，这些移民只要一到这里，就意味着要有饭吃，要想不饿肚子，那你就得去车间干活，任人家摆布。于是，自己的命运就这样交给了这些私营工厂。那些村干部能捞上好处，就一天知道叫好，说是哪儿哪儿他们又树立了一个样板，又搞成了一个典范。有一个比丈夫劲儿还多的大手大脚的女人，十分严肃地说："我在黑山的时候，大家都知道我怀娃娃怀得快，动不动就轻而易举地怀上了，可是一到这里，你看那车间的毒素大不大，我们一块儿的几个年轻媳妇子，咋么办都不能怀孕了！"说得白警官和里面的一帮移民工都笑起来。

白警官望着他们一个个挣得苍白的面孔，望着他们那破破烂烂像乞丐一样的衣衫，觉得他们就像是一群困难的难民，白警官希望这不是一场噩梦和幻觉。但是，这群人也总是在想，也许这一切都是暂时的，过上几年，一切都会变化的。这是他们唯一的希望！

这些化工厂有精制车间、双氰胺车间、石灰氮车间。白警官也给张军军的连襟顶过一回班，那个是在石灰氮车间，也就是氮气炉车间。石灰氮车间又分前段和后段。白警官知道，如果你不亲自来到这里面，你一辈子想都想不到，前段就是要破电石，怎么破电石的呢？就是用颚破机把运送来的大石块电石粉碎后再送到氮气炉，通过高温烧制成一个整体，待炉里的料峰达到一定高度就从炉底运出去。后段就是要抓紧出炉让后面工序的人再加工。后段也挺复杂的，又分为三平、二平，以及炉底。也就是移民工要各自负责好三楼、二楼和炉底的工作。三平的移民工就是负责填炉里面的缝子，就是拿一根长铁杆在炉眼里面往实里捣，不能让有缝子，也就是防止电石面流到炉底；二楼二平的人是负责看料峰报数字，通常是几个女工在那里负责监督和提醒大家，因为氮气炉底到三平是个大铁罐形状的东西，而二平炉子的一圈均设有猫眼，能够看见三平往下面洒的电石面，三平有料仓，机子定时不间断地往炉子里洒料，三平料仓里的料就是前段颚破的粉碎机子传送上来的，就和磨面机的程序有点相似，当炉子里面的料峰达到一定的高度，二平的那些女工就在猫眼里探身一看，就看到达到了三百或者五百的高度，就报出数字，让炉底工赶紧出来，也就是看着料峰达到三十公分或者五十公分的高度，炉底工就每两人为一组，这两人要从八台炉子里面往外出，就是得把吃奶的劲儿鼓上用风镐镶嵌的钢钎往下打。你们想，五十六台炉子十四个人出，每出下来一台，三平的人就要迅速把洒料机关掉，然后开始填缝子，依然是二人一组，一台炉子八个炉眼得飞快地填捣好，然后再开机洒料。一般炉底出下来的料，又用铲车推送到与炉底连接的车间，用颚破机又粉碎成细面后打包，再送到双氰胺车间继续加工，加工精制成白色的面粉状（没加工好的时候是黑色的），它就是双氰胺了。这就是这些移民工周而复始，一天到晚，一晚到亮不停重复着的伟大的双氰胺的工艺流程！

　　白警官真正的是开了眼界，他做梦都想不到这些移民工竟然能干得那么好，就像是和那些机器融为了一体，恰到好处地运行着。

　　今天，陪着白警官说长道短的这些移民都是在厂子里干着出现身体不适的，在家里休息着。白警官说："你们几个是病了咋的，怎么没有去上班？"其中一个说："企业不行，浑身都烂了！"便把衣服揭起来，亮出肚皮子，白警官一看，浑身烂的，又好像是抹了些黄油什么的想密封住，简直没眼看。有的移民工肿得烂得眼睛都睁不开，说是在车间过敏了，活儿也不能干了，还说是在中秋节的时候，有些厂子还给点月饼啥的呢，有些厂子竟然啥都不给，一问说是上面有政策，不能再乱发放任何的福利了！

白警官说："你们要上卫生院去让大夫看看，究竟看用什么药，你们再别用你们那些土方子了，一定要听医生的。"他添上说，"你们先去看病，我得抓紧找社把的女人去！"

就在白警官一边安慰，一边了解分析着案情，看怎么找到社把女人的时候，有个娃娃说是他发现社把女人被一个开加油站的叫张鹏的小老板领到罗平去了，刚又领回移民区的加油站了。

不等白警官从屋里出去，社把就疯了似的往那个叫张鹏的加油站追。张鹏这个家伙特别不地道，把他们远亲房的一个女子先奸后娶，后来又因为到处乱找女人，两口子就过不下去，离婚了。现在张鹏又不知怎么把社把的女人勾引上了。令白警官头疼的是，这里的许多移民工的媳妇子动不动就被周围的小老板、小个体户哄着睡了。他曾经给那些男人说："你们要把自己的女人爱护好呢，别让人骗上走了！"来到移民区被人骗上领走的女人特别多，走了就不好意思再回来了，有些因为撇不下娃娃，就又羞羞答答地回来了，悄悄窝下再不动弹了。好多女人，埋怨男人，自从到移民点，把她们关心得少了，把她们不管了。男人们就说："都累得只要一跌倒就睡着了，啥都不知道了，让人怎么关心呢？"

"唉，就是，浑身都烂成那么个了，能顾上关心吗？"一个女人心疼理解地说。

女人也是人，也需要人爱护关心，所以外面有人甜言蜜语引诱一下，再买点东西给上点钱就跟上人跑了。这一点，白警官都是掌握了的。另外，大家都知道，社把的女人长得是有一点姿色，但是有点勺、有点瓜头不合适，不太正常，是个这里人常说的"半眼汉、半臂"，意思是不甚健全的残疾人。

白警官跟着社把紧追慢赶，一到加油站，社把就和那个张鹏打起来了。张鹏特别嚣张，好像他还有理了，说是社把的女人追求的他，他有啥办法，反过来追着打社把。

白警官喊着让张鹏和社把他们两个住手，说你们再动手，打伤人坐牢是跑不脱的。

两个人就停下来了，白子民对张鹏说："你跟我去一趟派出所！"

张鹏说，他走了加油站今天一个娃娃请假不在，他离不开。白子民说："那就在你的办公室谈吧！"就进了办公室坐下沟通。张鹏还不让社把把女人领走。白子民说，"你这是犯法，你知道吗？人家两口子又没离婚，另外，社把女人头不合适你知道吗？一把一把的在吃精神病的镇静药你知道吗？她不是一个有正常意志能力的人，一旦人家告你强奸，你肯定是要坐牢的！"

"她有病，这个我还真的不知道，看着正常着呢！"

"这种病是一阵一阵的，看着现在正常着呢，说不正常的时候就立马不正常了！"

张鹏的头勾下了，额头上汗都出来了。

白警官说："张鹏，你不要在移民点胡闹，不要欺负这些老实巴交的老百姓，我给你说，我手里悄没声息送进班房子的人不在少数，你看着我一天裤裆都拉不起来，我办的案子保证比你睡的女人多，你如果不听我的劝告，你这个加油站恐怕是就开不成了，你想你一被批捕，你的加油站能不塌伙吗？"

张鹏嘴皮都打起冷战。

白子民又把社把叫到另一个房子说："这个事情你是咋想的？"

"我不知道，你说咋办就咋办吧！"

　　"说实话，这种事情，在咱们移民区也不是啥新鲜事情，你把这些人都不能全部抓着让坐牢去吧，再说一个巴掌拍不响，人家也不知道你的女人是个残疾人的，"他接着说，"我让他给你们赔点钱，你给女人抓药吃去，你看行吗？"

　　社把就点点头，表示同意了。

　　白警官就又把利害关系给张鹏比来比去说了，张鹏也愿意拿点钱作为补偿，就给了两千块钱。这个事情就这么解决了。

　　回来的时候，天依旧阴沉沉、灰蒙蒙的，干冷干冷的。社把害怕女人又被谁叼上跑了似的，挽着她的手，领着在前面走。白子民跟在后面护送着他们！

发表于 2021 年第 6 期《青年作家》

师 傅

引 子

我们骄傲的土地上，

到处是师傅走过的足迹。

巍峨的黑山生长着野菊花、牛蒡和马莲草，

雄鹰高飞，骏马纵横，

花在静静地开，

血在浇灌，泪在洗涤。

哎呀，师傅，你是我们的长辈！

哎呀，师傅，你去了哪里为何还没有回来？

哎呀，无论是回来还是永久地离开，

谁都再没有见过你恼悔。

一

黑山深处的太阳，就像一轮大火球，在天上滚动，一头小黑驴呱嗒、呱嗒迈动四蹄在轻盈地走着。

被人们尊抬的师傅，名为什布隆迪尼。他是一位赫赫有名的民间行吟诗人。师傅背着背夹，脚穿一双破麻鞋，高声朗诵着优美的诗歌跟在这头小黑驴的后面沙踏沙踏在黑山的大地上走着。

师傅生在显贵世家，从小衣食无忧。但师傅和常人不一样，他不好美食、不好美衣、不好美居，不爱荣华富贵的生活，他吃的粗茶淡饭，过着节衣缩食、清凉苦修的生活。

师傅结婚的时候有一件克里尼袍衣，他仅在结婚的那一天穿过一次，婚后即脱下来叠了放回箱子里了，从此再没有拿出来过。

路边草丛里的野菊花和打碗花已经被太阳晒蔫了，耷拉着脑袋，贴在地皮子上，只有一蓬蓬牛蒡花却顽强坚韧地开着，它就像黑山大地上的人一样抗争着、坚守着，一茬一茬，在沟崖野洼里不屈不挠地站立着挺拔着。

师傅走到乌尔顿，这里山大沟深，草长得有半人多深。有一户农民把师傅接到他们家中让打个尖儿。

师傅在乌尔顿凿了两间窑洞住了下来，大家很纳闷，觉得放着荣华富贵的生活不过，却在这荒山野岭上凿洞而栖，这又何苦呢？师傅就是在这荒野的寒窑破屋里，一边读书一边迎送那艰难的日月；他要在饥寒交迫的考验中坚守人道。

有了落脚的地方，师傅打发贴心的人去家里把妻子和儿子也接过来，一起和他过这朴素的生活。

二

后来，在黑山走过来一支红色的队伍，他们衣衫褴褛，但纪律严明，不拿群众的一针一线，跟国民党的兵形成鲜明对比，国民党的队伍纪律松散，冲进老百姓家里，看到什么就拿什么，你不给，他们就抢。而那支穷苦人民的队伍，却争着抢着给老百姓干活儿，搡磨、扫院、挑水，啥活儿苦就奔着干啥活儿。师傅平时走到谁家也是帮人家干这干那，所以他对这支队伍充满了好感。这支红色队伍，继续往东去了，他们一路边走边撒下传单，号召黑山群众团结一致，把日本侵略者赶出国门去，争取民族独立，争取民主和解放。

日本对华大举进攻了，国民党军队全线溃退，国家到了生死存亡的危急关头。但国民党却奉行"攘外必先安内"的政策。

当局命令胡宗南和西北军政长官朱绍良及其所辖马家军从南北两面夹击围堵红色队伍，有望将红色队伍围歼在黑山一线。

虽然西北马家军对红色队伍大下杀手，却在黑山一线屡屡受挫，"围剿"收效甚微。红色队伍因有当地百姓的掩护，已陆续跳出了国民党的包围圈，向陕北方向去了。

南京方面对第八战区司令长官朱绍良甚为不满，认为他"剿匪"不力，再次下达命令，督促他将黑山一线作为彻底打败红色队伍的战略基地，在此加紧构筑工事，修建围堵反共防线，以期全面围歼红色队伍。

为做好这一部署，国民党严行保甲制度，大办地方民团，向黑山人民月月要粮捐，日日征民夫，夜夜抓壮丁。黑山的百姓被折腾得十室九空，有的钻进大山的土洞里不敢出来，吃不上、喝不上，以草根、树皮和一种名为辣辣的野草维系生命。那些未逃走的男人，统统被国民党一绳子捆去，逼迫修筑反共工事去了。

国民党一面征民夫、抓壮丁，一面大肆敛财。那些拔兵的、催粮要款的，以"剿匪"为名，开始闷头发大财，对黑山的老百姓实施敲骨吸髓般的剥削和压迫。国民党到处设置了拦路抢劫的关卡，公共场合，包括道路、旷野，本是大家共有的公共资源，就像阳光和空气，但这些场所均被地方势力弄过去，变成收费的地方，黑山的百姓每走一步路都能碰见上税的和收费的。有钱有势的人，不仅不纳税，还和官兵们沆瀣一气，合伙发国难财，不论是道路、桥梁，还是站马的场所，抑或上路的牲口，还有独轮的推车子，以及买卖鸡鸭鹅的等等，总之一切场所和能够动弹的物什，都得收费和缴费。可收来的钱并没有为民所用，却水一样流进了那些地方财团和达官贵人的私人腰包。

苦难深重的黑山人民，承受着无尽的折磨，但民怨沸腾的心声却被欺上瞒下者虐压，永难抵达朝廷，那些一无所有的农民百姓，皆被抓去当了劳工，日夜给国民党修筑反共工事。黑山大地，民不聊生，大家在私下里悄悄编成顺口溜来诅咒国民党官兵："不怕贼来抢，就怕兵来到。明是官兵夜是匪，兵比匪还坏！"

黑山百姓被糟蹋得十室九空，国民党士兵还干出许多令人不齿的事情，竟集体轮奸黑山的妇女，这样的事件已经不是一次两次，而是屡屡发生。

黑山人民对腐朽的当局厌恶至极，但大家强抑怒火，后来他们就想到了师傅，只有师傅能够把大家的心聚到一起，只有他能够带着大家寻找到活路。于是，黑山百姓便成群结伙去乌尔顿找师傅诉苦，希望能得到他的帮助和护苦，并希望师傅最好能带着大家反抗暴政。

国民党的恶行罄竹难书，这激起了心向弱者的师傅产生了反抗的决心。他给当局写了一封信，告知黑山人民不愿修那些打内耗的反共基地，希望当局同意他们组建地方抗日武装，名曰"黑山抗日工作团"，请求自己亲率队伍，开赴前线抗击日本侵略者去。

西北军政长官赶紧向南京方面报告。当局却指责是包藏祸心，不允许师傅他们组建武装力量，他们担心师傅跟红色队伍打成一片，届时遥相呼应，那红色的力量岂不是就更壮大了吗？让西北军政长官朱绍良赶快派兵把师傅等首要人物抓起来，严加审问看是否跟红色队伍有什么瓜葛和往来。

师傅早已看穿，若再继续这样对日本采取不抵抗措施，一经侵略者站稳脚跟，大家都将沦为亡国奴。这些，让有爱国爱民之心的一介书生师傅忧心如焚，他曾目睹日寇侵华的种种罪行，也受一二·九运动的鼓舞，对日本帝国主义入侵自己的家园，吞并华北的阴谋非常恼恨，他公开指责当局这种"攘外必先安内"政策的错误性，还斥责当局让黑山老百姓修筑反共工事，完全是劳财害命的事情。师傅说："不抵抗侵略者，却发动内战，实不得人心。"因此他积极响应红色队伍的号召，呼吁大家团结起来斗争，并一心抗日，他认为只有这样才能救人于水火，老百姓方才有生路。他那诗人固有的不肯向邪恶低头和坚决不愿向侵略者妥协的倔强性格鼓荡着他大声疾呼："受苦受难的黑山兄弟姊妹们，大家团结起来，共同反抗日本侵略者，推翻蒋家王朝帝制，争取民族独立和人民自由解放。"

不久，在黑山许多村子里，孩子们在麦场和村巷里一边追逐打闹，一边唱着一首儿歌："民国的贼呀么不见了，西北的男子出现了，同心协力呀么打老蒋呀，一心一意么保家乡，赶走那日本的野心狼啊，定将红旗高高扬！"这种儿歌听上去像唱，但接近于朗诵，有一些旋律和韵味在里面，却朗朗上口。这些童谣就是师傅走村串巷行吟唱诗的时候，现编现教给孩子们的。

很快，这些儿歌和童谣仿佛一夜之间传遍了黑山的沟沟岔岔，村村落落，几近家喻户晓。老百姓都开始动起来了，他们找铁匠在家里叮叮当当地打起了月牙斧头，打好的斧头给安上一个长木把儿，就成了当下最新式的拿手武器。这种平时在家里劈柴、钉钉、砸楔子、做木活的斧头，一经安上一根五尺来长的名曰黑山舜子的木把，就成了战力无穷的好兵器。这类做斧头把的木棍柔韧性极强，放进炕洞的炕灰里面烫软，把弯曲的地方压直压展，再把皮子和结疤取掉，就成了又坚硬又牢固的斧头把儿，在战斗中就不易折断。这种长把子斧头，据说是黑山人在古时候的常用武器：上山抵御狼虫虎豹，就都全凭这样一把利斧。所以，一直到民国时期，外界把黑山一带的人都叫斧头客，说那些斧头客可不要轻易招惹，惹恼了手里的斧头可是不好办的。据说在唐朝的时候，唐王有一支秘密军队，在历次征战的时候，发挥了重要作用，这支攻无不克战无不胜的铁军，个个使用的就是这种家用劈柴的月牙斧头。后来这支铁军的后裔就流落到了黑山一带，就是现在这些农民的先辈。因此，黑山一带的人，被称作黄土中的铁军的后裔，他们看到红色队伍经过的时候旗帜上面绣着的是镰刀和锤头，一眼望过去就感到异样亲切，即刻认为这是自己人来了，他们很快把红色队伍旗帜上的元素一综合，就打造起了现在的这种月牙形的斧头，拿在手里掂量掂量，感到有一种红色队伍旗帜上散发出来的精神和力量，这些元素鼓舞他们生发出坚如磐石的信念，以及战斗到底的决心。据说黑山人拿起这样的斧头打起交手仗来，比那些俄罗斯的哥萨克还要英勇，个个如下山的猛虎，尤其打起贴身的肉搏战，一个人能打一二十个敌人都不感到困难，这样的战士令敌人闻风丧胆。

就在大家秘密行动，准备响应红色队伍的号召，武装起来要跟着红色队伍去打日本的时候，有一些畏惧忌惮国民党统治的人，给师傅说："你一介柔弱书生，民间的一个行吟诗人，最好不要和当局对着干，你这无疑是以卵击石，非让黑山落得个白骨累累不可！"

还有一些好心人劝说师傅道："你带上一群农民跟日本的正规军开打，就像是领着一群绵羊去跟一群恶狼打架，那岂不是白白送死吗？"

　　还有一些亲蒋分子，更是冷嘲热讽和挖苦师傅说："别跟当局作对了，当局不允许你们去打日本，你们更不要去帮助红色队伍打日本了，你们不听话，还要跟当局对着干，下场不会好。你们知道美国吗？那可是世界上武器最美的国家，当局的靠山是世界上武器最先进的美国，人家的部队全是美式机械化的装备，你们真是举的碌碡打月亮哩，不知道天高地厚，有些不自量力啊，你的农民军怎么能抵挡住日本人和蒋介石的兵山将海呢？"

　　师傅淡淡地一笑，说如果所有的人都是这么个想法，那这个国家迟早要被日本人灭亡和占领。师傅坐在乌尔顿窑洞的土炕上，蹙额低头，闭上眼睛，他听着山风吹打草木的声音，耳边就像是大海的涛声一阵一阵滚过一样，他进入一种深深的冥想和参悟状态。一会儿，师傅微微睁开了眼睛，平静如水地说："这样的暴政，于民无利。现在，只有红色队伍和老百姓是一条心，是在真心抗日，咱们得帮红色队伍打日本去，只有抵御外侮，一起把日本人赶出国门才是正道！"

　　有人说："日本的力量已经够强大了，现在国民党又追着打红色队伍，咱们帮红色队伍，就是反对国民党和日本人呀，恐怕咱们这些没有枪炮的农民反对不过！"

　　师傅恼怒的样子，忽地站立起来，说："哎呀，这个压迫人的世道，气死我了。"他又缓缓地蹲下去，再一次立起来，一只手掌按抚在另一只手掌上，深恶痛绝地说，"我如果不是怕悖逆天道，真想把这个失去人道的世界一脚踢着翻过去。"

　　大家知道，师傅对民间底层百姓所受疾苦了如指掌，他作为一名行吟诗人，多年走村过坊，做过细致入微的农民调查，他亲身体验并广泛接触了下层人民的种种苦难，写过许多类似于杜甫那种深深同情底层劳动人民的诗篇，对"朱门酒肉臭，路有冻死骨"的社会现状极为伤心。

所以，在行走吟唱那些打动人心的诗歌篇章的时候，始终带着一颗悲天怜人的心肠。

有一天，乌尔顿来了一个人，背着一褡裢炒熟的大豆来看望师傅，这是一个对师傅忠心耿耿的汉子，他说："师傅，我听说你的处境很危险，你在乌尔顿不能住了，跟上我到双林沟去避一避吧！"这是双林沟居住的一户山民。

师傅面带微笑，淡定自若，他看了看这个为他着急担心的人说："不要怕，老百姓都向着咱们的。"他沉思了一下又说，"我听说双林沟靠近大山，那里有原始森林，确实可以避一避，但我走了，朋友们和这里的人就要遭殃了。"他眉毛一收，接上说，"我有两箱子书籍和一些资料，如果你觉得方便，可以用我的小黑驴驮过去寄放在你家里，最好是有闲置的窑洞，可以放在里面藏起来，如果形势紧张的时候，就把崖面子挖塌，掩埋起来，等将来平安了，再拿出来。"

那个人说："正好我是骑着牲口来的，现在就可以运过去了！"当天，这个人就和师傅一起把两箱子书籍和一些贵重资料用这人的一头土黄骡子驮上向双林沟进发。他们在接近双林沟时，地势缓缓升高，蜿蜒逶迤，岭上草木有半人多高，再向上攀登，就紧靠着大山，大山里是原始森林，有些树木约两个人手拉手都圈不起来，各种各样的飞禽走兽都藏身密林间，这里成为野生动物栖息的乐园。古时候，这里也是不服封建王化的英雄好汉们隐身的地方。师傅骑在他的小黑驴上，跟在这个耿直忠诚的黑马大汉的后面走着，一路上，草木把小道和人全都遮蔽在里面，尤其是从远处向这里看，只能看见草木一如大海上的波浪线，一波一波地翻滚着、荡漾着，里面的人却看不见踪迹。

临近傍晚时分，师傅他们终于到达了这个满脸麻子的大汉家中，这里仿佛只居住着他们一户人。一排窑洞依着山崖潜伏在草木中。山泉水从窑洞旁边的石头缝里汩汩地流出来，在低处的牛蒡花和草丛里缓慢地蠕动着，流向山间开满野菊花的水沟。窑洞的前面被人工的土墙圈起来，圈成一个院落，以示这里是人居住的领地，避免野兽随意闯入。

这户人的先辈过去皆是武艺超群的拳棒手，在纯粹的冷兵器时代，这个继承老人武功秘籍的汉子一个人打二十多个普通壮汉就跟秋风扫落叶一样简单容易。在清朝的时候，他们的先辈参加了革命党，心向孙中山，曾被清朝官府四处缉拿，被逼进了这大山深处，直到埋葬在了这里。这个麻脸硬汉，虽然算是远离人迹和是非旋涡的中心，但他的骨子里对于被侮辱和被伤害的烙印依稀尚存。时间可以让肉体一天天老去，但改变不了他们反抗压迫、不甘于被封建奴役的悲惨命运，他们的血管里依旧汩汩地流淌着一股强劲的热血。这个汉子家的院墙外围的草长得比土墙还高，院落完全是掩隐在草木里面的。即便是在飞机上观察，也是看不到有人在这里居住着的。这里的植被实在太茂盛了，据说成吉思汗当年走到这里，就再也不想前进了。尤其是夏天季节，大汗兴高采烈地把行宫搭建在这双林沟的山下，开始避暑和狩猎。

话说师傅在双林沟这个农民家里住了几天，吩咐让把那两只装满重要书籍资料的木箱子藏在了这家人房背子后头紧靠山崖下面的一个窑洞里，然后又返回了乌尔顿。回来后，师傅对妻子说："双林沟我去看了，那里山大林大，人烟稀少，将来没事就不说了，如果有什么事，你就在那里避一避吧。"

妻子长长地叹了一口气说，她一切听从师傅的安排。

师傅已经抱定了视死如归的决心，他抱着泼一腔子血的念头，想着他这个书生就是要和那对外妥协、对内镇压的反动当局斗上一斗，他说："舍得一身剐，敢把皇帝扯下马，我要让他们知道黑山人的一身浩然气。"

特务分子发现了师傅的串联和活动，就报告给了第八战区司令长官朱绍良，朱找人一合计，说这是造反的行为啊，认为这下可算是找到对师傅动手的好机会和把柄了，就对手下说："这个人不经当局允许，自己带人要去打日本，打日本是虚，跟红色队伍勾结是实，这可是犯王法哪。"

派谁去抓师傅呢？这成了一件棘手的问题。最后有人建议还是把这个艰巨的任务交给东路交通司令吧，让他想办法去，正好也考验一下这位交通司令是否对党国忠心。因为这位司令据说跟师傅沾亲带故，有血缘关系，跟黑山人的渊源极深，加之手下兵多将广，所以让他去抓捕师傅最合适不过，这样也好让他死心塌地效忠党国。

这位交通司令，心里清楚，但他深知师傅在黑山群众的眼里可不是个简单人物，倘若来硬的，势必会激起民变，不仅人抓不回来，无法给上司交差，还把亲戚朋友们全都得罪了，同时也把民心失了，无论从哪一方面都是吃力不讨好的差事。他思前想后，就给师傅写了一封委婉的信函，让师傅赶快赴兰，大致意思是说："速来兰州，澄清是非，解除误会，以避不利！"否则，当局会让黑山的老百姓，"血流成河，乃至家人、邻居和村民皆要受牵连"！

司令派自己的亲信袁团长带了一连人马从兰州出发，赴黑山明着是请师傅，实则是捕师傅去的。

这一天，师傅从巴蛋沟出发，一路行吟诗篇到达北台上，后又到文塘、李家嘴，再到唐家庄，唐家庄上的大富汉马保长一家人商量，说是也请师傅来家里诵读诗篇，让娃娃大人也接受一下文学艺术的陶冶和洗礼，尤其是主儿家的大儿子和老太太一致主张请师傅到家里去。可这个富汉马保长有些不把师傅放在眼里，说："请着成，不请着也成！"

于是，羊羔子宰下了，马保长去请师傅，师傅笑了笑，说："去也成，不去也成！"马保长大惊失色，脸上一阵红，一阵白，不知如何是好，师傅闭上的眼睛慢慢睁开了说，"让明天来家里的客人吃你家的羊羔子去吧！"

第二天，果不其然，袁团长带着一连人马，首先来到了马保长家，吃了他家的羊羔肉，结果一个不够，又宰了几只，才够吃。

袁团长见了师傅，说他在黑山转来转去，总算打探到师傅在这里。这个姓袁的虽然身为团长，但见到儒雅和自带气场的师傅什布隆迪尼，就把腰不由自主地弯下去了，给深深地鞠了一个躬。虽然，他有一连荷枪实弹的人马，但是黑山的老百姓根本把他们这些人没有放在眼里，如果大家不答应这一连人马显然是无法带走师傅的，恐怕他的团部倾巢出动了，也未必在黑山就能吃得开。所以，袁团长对师傅毕恭毕敬，尽力讨好和笼络，对师傅说："在下只是奉命行事，冒犯了您老人家的虎威，请您多多谅解，千万不要为难我们这些下面的人。"

师傅天真无邪地笑一笑，说："下民易虐，上苍难欺。放心，我是不会为难你们的！"

袁团长一边打量师傅，一边感到非常惊讶，他怎么也没有想到这位声名远播、大名鼎鼎的什布隆迪尼会是这样的一个看上去土土的山民，但言谈举止和气质，却又非等闲之辈。这个姓袁的，算得上是交通司令手下的一员猛将，小时候也是从黑山走出去的，但他并没有当面见过师傅，听到的全部都是师傅的一些故事和传说，今天见师傅穿着一双烂麻鞋，一件粗布织的蓝衣裳，腰里还系着一根草蓑子，就有些匪夷所思，他知道师傅的出身不是普通平凡的家庭，不缺吃不缺穿的，可师傅却视富贵如粪土，走出了鸿门之外，落在了荒山野岭。袁团长往黑山走的时节，就在脑海里想象着师傅究竟是什么样子的，是怎样的一位文人义士呢？一开始他还以为师傅一定是过着锦衣玉食的生活，没想到是这样一副寒酸贫困的模样，心想师傅原本家里修有上好的房屋，白米白面清油羊羔肉堆山浪地，却竟然带着妻儿家小跟富贵的家庭决裂了，住在山上的寒窑里面过着叫花子一样的生活。他还听说师傅常常背着背夹，让小黑驴驮着他的诗歌典籍，带着妻子和儿子，四方游走和漂泊，给那些需要和向往文学的群众朗诵诗歌乐章。这朗诵深深影响了黑山的老老少少，这些诗篇深入了人们的骨血，因此黑山的每个孩子从小都是朗诵诗歌的高手，个个都有文人的气息，人人都有艺术的细胞和天分。

袁团长还想，师傅既然敢跟当局叫板，一定是个阴沉冷峻令人望而心生畏惧的人。但此刻，师傅就站在他的面前，却是一个显得有些落魄，面带慈祥和微笑，显得非常和蔼可亲的青年，尽管和他是初次相见，但却并不使人觉得疏远和陌生。师傅的面容完全是一副开放性和接纳型的样子，他始终都带着灿烂的笑容和阳光般的色彩。但是，唯独他那一双左右距离相对较宽的杏眼，却显得炯炯有神，有着洞察秋毫的穿透力和光芒感。更令袁团长感到暗暗称奇的是，师傅能让黑山千千万万的老百姓像蜜蜂追随蜂王一样去追随着他，大家围在他的身边，就像嗷嗷待哺的婴儿扑在母亲的怀里一样亲爱着和喜欢着自己的师傅。

袁团长的眼睛碰到师傅目光的时候，就不由把头惭愧地低了下去，并在心里已经臣服于师傅了。

天空突然变阴了，乌云将唐庄周围的山头笼罩起来，山头顶的崖壁上卷起一股子冷风，吹得飞沙走石的，黄土坷垃哗啦啦滚落下来，整个崖面子也仿佛摇摇欲坠。片刻的工夫，头顶上黑云压顶，冷气袭人，一股阴气森森和令人毛骨悚然的气氛包围了四周。过了不大工夫，从来干旱得淌着黄土的黑山地面上落下了一场子雨水。此时，男女老幼，成百上千的人围着他们的师傅，怨怅地望着天空。

师傅对那些人说："我的朋友们，听我的话，你们千万不要乱动，

大家都先回去吧，"师傅也看了看天空的雨幕，又语重心长地对大家说，
"只有我去了兰州，才能避免大家不为我受连累，不为我而流血牺牲。
无论事大事小，都由我一人承担，你们赶快回去把庄农都务好！"师傅
选择了委曲求全，他牵着他的小黑驴，驮着他紧要的常用的诗词典籍，
带上妻子和孩子，在袁团长一连人马的押解下，冒着渐渐变大的漫天飘
飞的如泣如诉般的雨幕向兰州进发。乡亲们冒着大雨依依不舍他们的
师傅，大家送了一程又一程，舍不得离去。师傅说："你们再不要送了，
送君千里终须一别，你们等着，我还要再回来的！"百姓才停下来，站
在高处望着师傅远去的背影。

　　当师傅一行走到新店子川里的时候，被一户农民挡住了，说是邀
请师傅去家里吃一口吃的。雨时紧时慢地下着，路途也开始变得泥泞不
堪，师傅看这些士兵泡在雨水里，有些于心不忍，就说那就去这个亲戚
家避避雨，休息吃点东西，待雨小了再走。

　　袁团长就和师傅的家人去了这个师傅的亲戚家休息。师傅却在这家
人门前的麦场里来来回回地踱步，眼睛时不时望一望北面的山梁。袁团
长留着几个士兵在场沿边上持枪站岗看守。过了一会儿，一条黑山的好
汉骑一匹雪白的大马从北山顶的小路上笔直地飞驰下来。那几个国民党
士兵立即警惕起来，战战兢兢，如临大敌般握紧了手中的枪。师傅对那
几个士兵说："你们不要害怕，没有我的话，他们不会伤害你们的！"转
眼间，骑白马者就到了师傅跟前，好汉跳下马背，给师傅作揖打拱，随
之递过来师傅的母亲给师傅捎来的一条白毛巾，说是渐入秋凉，又逢
苦雨，让师傅一定把头捂住，不要受了寒。师傅接过毛巾，脸上沉了
一下，似乎心里掠过一丝疼痛，他把毛巾裹在头上，对捎东西的好汉说，
"你回去告诉我母亲，就说我一切都好着呢，让她不要着急！"这些黑
山的英雄好汉，都是打猎出身的山民，个个身手矫健，有时候把野兔都

能追着抓住，他们都以听师傅的话和跟随师傅而感到满足。师傅送走了那人，方才进到亲戚家的院子对妻子说："你和娃娃，就在亲戚家里坐着，再哪里都不要去，等我到兰州安排妥当了，再派人来接你们！"然后他又对袁团长说，"雨已经变小了，天也慢慢晴过来了，现在咱们出发吧。"

师傅被国民党的队伍押解着沿兴隆、静宁一路向兰州去了！

三

师傅到达兰州以后，袁团长向顶头上司交差的时候，禁不住有些扬扬得意，他强压着心头的自豪快活，认为自己完成了一项艰巨的任务，期待着上司对他有所奖励。

朱绍良为之大喜，认为在南京那边自己也算是立下了一大功，至于下一步怎么将师傅置于死地，得用点心机，他找来一群穿长袍马褂的老人开始计议，大家群策群力，展开讨论，最后有人对朱绍良说："咱们现在是笼络人心的时节，这位什布隆迪尼虽说是一介文人，只会行吟诗章，但这人在黑山百姓的心目中地位相当高，影响非常大，如果他真的有个三长两短，彻底会激怒黑山百姓，到那时候他们个个都会因这个人而拼命。尤其是在你也许已经忘记了这档子事的时候，他们会像飞蛾扑火那般前仆后继地来复仇。这样一来，等于给我们自己增加麻烦，倘若再逼迫那些人全部都倒向红色队伍，到时候我们不仅要对付红色队伍，同时还将要面对狼虫虎豹一样的刁民，孰轻孰重，还要仔细定夺！"

尽管信息有些闭塞，但师傅这位行吟诗人，毕竟是一方名流，声名远扬，所以社会各方名人大腕闻讯后，惺惺相惜，奔走相告，四处呼吁，让当局放了行吟诗人什布隆迪尼。

在那些有影响力的文化名流的奔走和斡旋下，朱绍良作出让步，重新审视这个看上去文文弱弱的书生，他没想到师傅在大家的心里竟有如此高的地位、这么大的影响力，不禁暗暗琢磨要干掉这个人还得从长计议，如果没有确凿的把握和证据，是不能随便给这个人定罪的，他对交通司令说："你先把他给我好好看管在你的司令部里，哪儿也别让他去，我会随时来提审的。无论如何不能再让他逃回黑山去。"他一面让交通司令按照他的命令行事，一面暗中又安排许多特务，对师傅和交通司令他们的一举一动进行密切监视。朱绍良对谁都防着一手，一面利用，一面当贼防着，聪明人都知道自己将来无论如何，都会落个雄无下场、奸也无下场的结局。朱绍良认为，只要把师傅软禁起来，黑山的老百姓就会群龙无首，自然就掀不起浪花，等时机成熟再徐徐图之。

因此，师傅就被软禁在兰州的交通司令部公馆里。因外界把师傅传说得神乎其神，甚至说他能飞檐走壁，洞察天机，所以朱绍良给派了多层明岗暗哨，昼夜监视着师傅，防止这个书生逃跑了。他三天两头派人来提审师傅，逼问师傅是怎么跟红色队伍联络的，具体都跟谁联系。

师傅什么都不说，只是闭目塞耳，不理不睬。后来，朱绍良亲自提审，师傅都只是跟他坐而论道，谈哲学，交流文学艺术，朱没有办法，最后只好灰溜溜地走掉了。

师傅在交通司令部的公馆里白天黑夜均在诵读他随身携带的那些诗篇典籍，大多数时间是在闭目静思和参悟。看管和站岗的士兵其中有两个山东人，一听师傅是个大文豪，提笔能写，出口成章，对师傅甚为敬重，因此凡从黑山过来看望师傅的人，他们都统统给予了通融和帮助，并想方设法让他们跟师傅接头见面。其中，有一位老会宁老汉跑得最勤，这个老人言语不多，但十分踏实可靠，对师傅赤胆忠心。他是一位教书的先生，一到假期便来兰州租的车马店，几乎是守候在兰州照顾师傅的。

<h2 style="text-align:center">四</h2>

师傅所在的交通司令部的高墙大院，普通百姓在这里只能望而却步。每年春夏蔷薇花开，公馆外的高墙上就变得特别漂亮。正值秋天，花朵开败凋零了，那些爬山虎的叶子全变红变黄了，在墙壁上显得格外凄切和苍凉。师傅望着那些即将掉入泥土碾作尘的黄叶会久久发呆。后来有一天，家族中有一个在兰州读书的堂弟来看望他，师傅说出思念孩子及家人的想法。堂弟十分同情，说哥哥有事尽管吩咐。师傅就打发让他去黑山把嫂子跟侄儿一并接来。堂弟就骑快马去黑山接人去了。

大约到了冬季十一月份中旬，天气变得凛冽，寒风刺骨，兰州一味干冷，却半朵雪花都不曾落下。有一天，师傅正在公馆颂诗，妻子和儿子竟站到他的面前，这让师傅一阵欣喜和安慰，一家人总算是团聚了。儿子见到父亲高兴得哭出声来。

话说师傅的这个儿子，真是青出于蓝而胜于蓝，其聪明程度和记忆力都快赶上师傅了。他曾在师傅走村过庄行吟朗诵诗篇的过程中，一直都跟随着师傅，师傅骑着小黑驴，儿子就被黑山的庄稼汉子们背在背子里，有时架在肩膀上，这孩子在大人的肩膀上也学着师傅的样子和声气朗诵那动人的诗篇。这孩子的书法也非常引人注目。他经常用一种在墙壁上可以写字的排刷，蘸上桶子里的水在地上和土墙上练字，他用毛笔应邀在一户人家的门框上写下了一副对联："知人知面不知心，知江知海不知深。"那时候，这个孩子还只有八九岁，但他写的字却遒劲有力，至今还保存在那家人的门框上。

冬天的兰州，天气依旧干冷干冷的，师傅的儿子也许是水土不服，也可能是气候的变化，竟得了一个呼吸道感染的疾病。师傅和妻子因是不让外出，无法出去给孩子抓药，就委托一位在朱绍良身边做事的熟人给请个大夫看看，就请来了一位国民党的胡军医给孩子瞧病，看后开了几服中药，药抓回来在沙罐里熬好，等温凉之后，师傅的妻子有些犹豫，说："掌柜的，你说这药……好着呢吗？"她顿一顿接上说，"给娃娃敢喝吗？"

师傅把头勾下去，沉吟不语，过了片刻说："娃娃难受得厉害，让喝上吧，这么小的个娃娃，他们不会把他咋的！"

娃娃的嗓子"呼噜、呼噜"地响着，发出难受的声音。

师傅的妻子就小心翼翼地把药从孩子干裂的嘴巴里灌了下去，孩子吃力地吞咽着已经被母亲用嘴吹温的药汤。

药吃上没有片刻工夫，孩子变得烦躁不安，脚蹬手抓，身子跌绊得人摁都摁不住，难受得牙齿咬得咯嘣嘣地响，似乎痛苦到了一个极限，眼睛向上面翻，身子持续地抽搐扭动了大约一刻钟，鼻子口里憋得血都流出来了，呼吸逐渐越来越困难，并变得越来越微弱。师傅把孩子紧紧抱在怀里，诵念着那些古老的诗词乐章，以此来安抚孩子那痛苦挣扎的肉体。

孩子的脉搏最终停止了跳动，孩子就在师傅的怀里永远地合上了双眼。

女人泣不成声，一声声呼唤着孩子的乳名，但无论怎么叫他，却再也不能睁眼看一下自己的父母了。女人哭了整整一夜。第二天，师傅给孩子灌了水，卷在粗白布片里，准备去安葬了。

冬天的严寒尚未过去，春天的迹象还看不到一丝影子，兰州依然是那么干巴巴地寒冷，雪还是没有落下一片，天气阴沉沉的，微微地刮起一股裹挟着潮气的黄风土雾。

师傅和他的忠实的跟随者老会宁老汉等几个老人在几名士兵的押解下，去墓地给儿子打好了坟，地面的浮层被冻住的，挖开上面的冻土层，继续再挖下去，下面的土变得松软多了。

师傅跪趴着将孩子的埋体迎进坟墓，一举一动似乎都带着对孩子的一丝亏欠，他一次又一次摸着四围的坟壁。他想，这是在考验和磨砺他的信念和意志吗？他开始朗诵起了那动人的长长的诗歌典章。那曾经令黑山人熟悉的颂诗，隐隐约约带着沙哑的悲腔从坟坑里飘了上来，在深邃得不知虚实的风中时隐时现，时弱时强，令人心碎。

时间已经过去了很久，师傅就像一盏冬季孤凉的灯苗在坟坑里守护着自己的儿子，他想多陪孩子一会儿。老会宁老汉在坟坑上面催他上来：“师傅、师傅，快上来吧！”师傅依然不肯从坟坑的偏堂窑里爬出来，他跪在亡子的身边，心艰难地在坟坑里面挣扎和徘徊着，那盏灵魂般的灯火苗仿佛被风吹得明明灭灭地闪烁着。有好多时刻，他都希望这偏堂窑儿能突然塌陷下来，把他和孩子一起埋在里面算了，让他永远地陪伴着孩子，好远离这让人厌恶的肮脏的阳世。

直到外面飘起了白色的雪花儿，士兵们在上面催促的时候，师傅才揩干眼泪，慢慢地爬出偏堂。他站立起来，被老会宁老汉他们自坟沿上伸手拽出了坟坑。他们埋了孩子，士兵又押着师傅往交通司令部的公馆里步履沉重地走去，师傅不禁抬头看了一眼远处，顿觉恍若隔世，一切的景物，都像是重新更换了外衣，披戴了一层薄纱，统统地变白了，这是兰州今年的第一场大雪，这犹如是天地给亡人穿戴的孝布。

五

有一天，从边区来了两个人，跟师傅接上了头。他们交谈了一会儿之后，师傅那张阴云密布了好久的脸上终于展露出了一点色彩。两个从陕北来的人走后，师傅开始振作了起来，不停通过来探望他的人询问黑山的情况。就在这时候，老会宁老汉回了一趟黑山返回来了，他详细报告了自从师傅走后，黑山发生的一系列事情。原来自从师傅被软禁之后，国民党的地方常备队在贾县长的带领下对那里的人民实施了更加残酷的压迫，只要是发现逃兵的和逃粮逃款的，轻则打得皮开肉绽，血肉横飞，重则抽筋扒皮，乃至活埋，家中的妇女们则被拉到打麦场上，让士兵集体轮奸。老百姓的房子许多都被拆除了。国民党的行为激起了黑山广大百姓的公愤，遂集体联名提出书面抗议，大家认为："清朝帝制推翻，现在到了民国，实行三民主义、人人平等国策，县长大人竟用独夫民贼的方式方法，对待老百姓。"奉劝他，"如不及早改正和收回成命，一定上告国民政府，一切后果，均由县长大人自己承担。有言在先，后果自负。"

县长接到抗议书后，怒火万丈，立即带领常备队到处抓捕在抗议书上签名的人。抓住后，即严刑拷打，但凡反抗者，一律致残。县长大人带着他的常备队和当地民团会师之后，赛着抓打群众、赛着抢掠财物、赛着强奸妇女，说是要杀一儆百。血腥的场面，激起了群众的武力对抗。形势十分严峻，大家又一次想起他们深爱的师傅，就派老会宁老汉去兰州讨口信，让师傅给个准话。

师傅听完，在地上走来走去，走了一会儿，他像是下了最后的决心，揭起衣衫外罩，把里面的白粗布汗衫撕下一块，咬破手指，用淋漓飞溅的鲜血在上面写下了："大事闹起，有进无退，向延安靠拢！"血书写好，让老会宁深藏其身，连夜返回黑山去，叫一定交给他的弟弟，并当众宣布血书内容。

六

师傅的弟弟和徒弟接到师傅的来信，当众宣布，于是便发起了声势浩大的第一次武装暴动。农民起义军拿着斧头、镰刀和锤子，还有部分刀矛及从国民党队伍里抢来的少量枪支弹药，大家从黑山最高的山头黑窑洞梁上出发，腰里绑着干炒面袋子，背着炒熟的豌豆，有些背着麻子和麦子混合炒熟的麻麦，开始正式与国民党反动军队浴血奋战了。农民起义军一路过关斩将，斧头镰刀就像雪片一样舞动着，打得敌人闻风丧胆。

师傅的弟弟，率领人马按照师傅血笔中的指示，向着红色队伍的方向前行和靠近，就在途中，他派人探明国民党的马家军来势汹汹，对起义军已经形成了包围圈，尤其是马家军的骑兵，人家有花马队、黑马队、红马队、白马队，都已经按照序列层层逼近。马家军以骑兵著称，战力非凡，号称"中国的哥萨克"，他们马上劈刺的技术已经到了出神入化的地步，在一眨眼间，战马就已跃身眼前，锋利无比的马刀像小鸟一样"唧"的一声就钻入对手身体。

为突破敌人的包围圈，起义军决定出击距离较近的国民党部队。农民军拿着原始的棍棒刀斧打败了眼前包围他们的一支劲旅，缴获了许多武器弹药，装备了自己。随之，又转战到成吉思汗曾经套马的梁杆上，迂回到敌人的后方，但敌人早在这里设下十面埋伏，起义军扑进了敌人的怀中，两厢短兵相接，白刃相见，交锋中，战斗非常之残酷激烈，加上天降大雪，战场变得泥泞不堪，冰倒雪滑，人喊马嘶，乱成了一锅粥，起义军又在山坡下面，处于仰攻的态势，眼看仗就要败了。

就在这千钧一发的时候，起义军团长马五十子，脱了上衣，不畏寒冬腊月的寒冷，精着背子，光了膀子，手持双刃，大吼一声："黑山的亲人们哪，跟我上路啊！"他从一道坎子下面腾空而起，跃出掩体，全身流淌着泥和雪水，还有他身上流淌着不知道是敌人的还是自己的血，向山上扑去，起义军受到马团长的鼓舞，都一个个跟疯了一样，提着老斧头水浪般往山上泼去，接连冲破了敌人多道防线，摧毁了敌人的两处机枪阵地，大家紧随马团长其后，迅猛冲锋，掩杀过去，斧劈刀砍。激烈的战斗一直持续了两天两夜，双方好几百人都战死在了可汗曾经的套马山上，终于把敌人之一部从套马山梁的梁杆上打了下去，生生迫其逃回县城。但起义军团长马五十子因全身被子弹打穿，导致失血过多而壮烈牺牲，他倒在冰雪覆盖的可汗的套马梁上，寒风呜呜地狼一样嚎叫着，师傅的弟弟脱下自己的衣裳苫在折了的这员起义军的铁血猛将马五十子的身上。

集体的赞美的诗词再一次颂响，在这风雪萧瑟的山梁上飘忽不定。

朱绍良得知起义军的人马就要冲出他们的包围圈投向红色队伍去了，就赶紧派了宣抚团开始了他们的诱降活动，他们给所有的起义者又是封官，又是许愿，同时威逼起义者的家属，说是如果不投降，就把师傅的父亲一家三十多口人解赴兰州，生命将会不保。

在这种内外交困和压力之下，师傅的弟弟和师傅的徒弟只好接受谈判。不久，二人先后被捕，押赴兰州，师傅的徒弟在狱中受尽折磨，经历了最严酷的刑罚：穿了火套裤，腿子都烧得抽搐在一起，无法站立，被士兵架着拖在地上走，审判者逼他说出师傅就是起义的幕后操纵者，但师傅的徒弟宁死不屈，拒不说出一个字，他大骂披着人皮的骗子手，诅咒他们不得善终。他的话语犹如一则则谶言，在他牺牲的若干年后，竟然都一一应验了。

不久，师傅的徒弟被解回黑山游街示众后遭到杀害，师傅的弟弟也被秘密枪杀于甘省的红山根。

七

南京那边已经授意朱绍良，准备将师傅这位民间行吟诗人找机会秘密杀害。师傅已经预感到了自己的危险。觉得与其束手待毙，毋如拼死一搏。他决心逃离虎口，起兵一战，即便是不能动摇国民党的反动统治，但也可以缓解红色队伍的压力，让他们得以喘息。于是，师傅通过两位看守他的山东好汉的帮助，传信给经常来看望他的老会宁老汉，联系到了黑山的亲信。不久，黑山的马喜春、马福邦、马玉华、马德春、老会宁、丁良臣、王文杰等人准备好了从马家军骑兵那里夺得的马匹，选择好了路线，在兰州河北的庙滩子等候师傅，只派老会宁一人去跟师傅接头。因为老会宁是个老汉，国民党特务和站岗的士兵知道他是师傅的徒弟，经常来看望和服侍自己的老师，送吃送喝，对他也就放松了警惕，那两位山东的国民党士兵，业已成了他们的内应，所以事情比较顺利。

晚上午夜时分，窗外寒气砭骨，就在这天夜里，碰巧日本人把靠近兰州看上去像是比较繁华的一座叫靖远的县级古城当作兰州给轰炸了，后又重新调整坐标找到了兰州位置，一阵猛烈的狂轰滥炸。日本飞机乘着夜幕的掩护来回旋着磨磨轰炸兰州，成捆成捆的炸弹投向兰州城，顿时兰州古城变成了一片汪洋火海。人们连衣服都顾不上穿齐整，就从家里跑出来四散逃命。师傅到院中岗楼前叫来正好当夜值班的那两个山东士兵，说："二位好汉，多谢在难中时的关照。我现在得走了，再待下去肯定只有死路一条。我这里有老乡们凑到的一点银钱，你们两个带上赶紧回老家治点家业，好好过日子去，反正我走了，你们也待不成了。"

二人说，外面明岗暗哨，里八层，外八层，不好走脱。

师傅说："这些人是困不住我的，你们去把我的小黑驴牵来在司令部拐弯的安全处等我们一下，我马上就出来了！"两位山东好汉说："小心着，里里外外都有荷枪实弹的岗哨和看守。"

师傅说："这些你们不必担心，你们只管等候！"二人立即转身到专门喂牲口的后院牵了小黑驴从后门出去，在巷子里心情不安地等着师傅。

老会宁对师傅说："师傅，要不，曹（咱们）再等几天，我们多带些人过来把您抢回去？"师傅已经穿上了他的粗布青棉袄和蓝线麻鞋，扎紧了裤腿，说："你看你这个老汉，咱们要听从命运的催赶哩，再等命都等没了，更不能让乡亲们来这里送命！"说完，师傅便又一次背起了他的背夹和诗词典籍，出发了。他让妻子和老会宁紧跟在他的后面，步连步走到大门口，门是锁着的。师傅拿了经常在自己的肩膀上搭着的一条洗涮揩脸的白手巾，把水洒在上面，提着水珠淋漓的白手巾隔着门缝抢着甩了三下，前面大门外面的锁子吧嗒一声就掉在了地上，好像他的手巾一抢就是一个暗号，外面有提前安排好的什么人给迅速打开了锁子似的。师傅轻声地拉开了门，带他们就到了院子的外面。外面寒风飕飕，令人浑身瑟缩发抖。房梁顶上的士兵，被日本人的炸弹吓得不知道跑哪儿去了，可能是躲藏起来了吧。师傅他们走到巷子，见到了那两位山东好汉，那两个人对师傅非常崇敬和喜欢，看着他仿佛背着一背子苦难的背夹，以及他那纯粹的行吟诗人的打扮，不禁心生同情和怜惜之情，执意说是不想回山东了，要跟着师傅一路上保护他，把他护送到黑山去。

师傅不允，说："你们两个回老家好好过日子去，你们的使命已经完成了。快走吧，再不走就走不脱了。"两位好汉给师傅作揖打拱后，道了再见，就和师傅分手回老家去了。

师傅和妻子及老会宁三人牵着不叫不闹的小黑驴就向河北的庙滩子匆忙行进，走不多远，司令部的枪声和警报就响作一片。敌人发现走了西部要犯，遂乱作一团，开始出动骑兵和摩托车队分头追赶师傅一行。师傅他们趁着混乱到达了河北的庙滩子。庙滩子位于古老的黄河之北，是由黄河长期的冲积扇面而形成的，湟水汇入这里之后，又浩浩荡荡流经西固、七里河到达金城关峡的白马拉缰，在这里由水浪形成了一道白马拉缰绳般的奇景，使之造就一处天然峡谷，致使河道变窄。冬季以外的季节，黄河水石相激，声如雷鸣，汹涌的波涛激浪动人心魄。黄河，古老的母亲河，蜿蜒奔流，那些从五湖四海来兰州运木材的、贩毛皮的客商多在这里打尖落脚。这个庙滩子曾经是古代兰州通向四面八方的驿站的主要通道，甚至算得上是咽喉通衢，所以，这里也是车马店最为集中的地方。

等候在河北庙滩子接应的马喜春一行，这些日夜兼程从黑山赶来这里打算抢回师傅的草莽英雄，终于见到了他们的师傅，一个个喜出望外，高兴得落下了泪水。寒暄了几句，说是等得差点都着急死了，说完就各自骑上马匹，师傅则坚持骑他的小黑驴。大家走到黄河的南桥边，因天阴，夜又黑得很，黑山人叫刀扎黑，寒风吹得人牙齿上下磕碰，嘎吱作响。即便是师傅身边最英勇无畏的人，毕竟前路那无法预知的黑暗永远潜伏着不可估摸的恐怖。这个季节，黄河一到早上和夜里就会结成冰，到白天太阳出来的时候又会慢慢解冻，成片成片的大块冰板相互碰撞着，缓缓顺流而下，那场面非常壮观，看得人心潮澎湃，不禁心跳加快。许多老爷爷会选择在这样的一个下午，带着孙子来这里观看一截一截形状各异的冰板在黄色混浊的河道里奔涌向前的场景，那种冰块和冰块你推我搡的盛大壮观场面，就像千军万马，浩浩荡荡，真是仿佛那压抑的孤独太久，只争朝夕，冰板表面看似平稳沉着，但却是群情激愤，按捺不住似的推推撞撞，去赶往下一段粉身碎骨及涅槃重生的旅途。

　　然而，此刻的黄河在夜里还处于冰冻状态，冰被冻得挤在了一起，隆起来跟大肚子婆娘一样，中间隆起的地方裂开了许多横七竖八的口子。大家在黑暗中听见冰面时不时发出"嚓、嚓、嚓"錾裂开来似的响声，像有什么东西欲要钻出冰面来的架势。

　　师傅一行人乔装打扮了一下，不敢再多停留，混在逃跑的群众和四散奔逃的客商中，避开了特务的追捕，盘上了皋兰山，三绕两绕，便沿着定西官川的羊肠小道，日夜兼程向黑山进发。此刻，黑山的好汉们感觉恰便似那脱扣苍鹰、离笼狡兔、摘网的腾蛟，一个个犹如龙入大海，鸟上青霄。

　　师傅他们奔跑了几天几夜，终于回到了大家日思夜想、魂牵梦萦的黑山。师傅背着他的一背夹诗词典籍，一路匆匆，一路匆匆，在走向他的人生诗篇的另一个高峰。他们途经大坪、土窝子、滥泥河流域的叶家寨廓。在叶家寨廓，有老百姓听见师傅来了，就在半路上等着，请到家里让朗诵一段好久都没有听到和享受了的诗篇乐章。师傅去朗诵了，主儿家条件还可以，已经把羊绑起来准备要宰了。师傅把羊丢开了，说是好好养着让下羊羔子去。然后就跪在炕上给朗诵了华美的诗歌乐章。

　　随后，师傅在一行人的护送下，背起背夹，又起身了，他没有去乌尔顿和双林沟，却赶着小黑驴绕着山梁畔走了一天时间直奔相对隐蔽，且不易被人察觉的长满一湾又一湾蒿草的艾蒿湾，这里只住着少许几户人家。艾蒿湾的漫山遍野里都生长着一种名为艾蒿和黄蒿的野生植物，这两种毛蒿子好像赛着长似的，有些长得有一人多高，这几家人都居住在依山傍洼挖的窑洞里面，那样子看着像是住在悬崖峭壁之上。沟底里有一眼泉水，喝起来甜丝丝的。师傅决定就在艾蒿湾这里发动由他亲自领导的第二次武装起义。

八

第八战区司令长官朱绍良听说师傅逃走了，惊吓得耳朵嗡嗡地响，太阳穴锥子戳一样疼，因为他正准备看如何除掉师傅呢，没想到这计划尚未来得及实施却泡汤了。他急急召开军政会议，讨论师傅究竟去往何方。

大家分析说可能会逃往云贵高原，师傅会借助他行吟诗人的身份，潜伏活动，传播红色队伍撒下的传单中的言论，蛊惑人心。有的说，因为他只需潜回黑山，振臂一呼，黑山的人无不积极响应，以命相赴，何必再到云贵高原去搞串联。还有人说，他要是带上少数亲信直奔边区，投奔红色队伍，扰乱我方对红色队伍的"围剿"行动，对咱们也是贻害无穷。大家讨论来讨论去，根据师傅平日接触的人和行事作风，得出回黑山立即聚众造反是最有可能的。于是，朱绍良命令驻扎在黑山就近的八十一军"老讨吃"的部队，十七军高桂滋部，五十七军刘安祺部共三个军，以百里连营的形式，步步紧逼，进行四面包抄，欲消灭师傅等人于黑山的黄土山区，不能使一人一马进入红色边区。

九

师傅住在艾蒿湾黄土崖背头顶上的一间窑洞里。窑洞前面的沟底下，有一眼泉水，师傅亲自下去提水沐浴。师傅居住的窑洞台子头顶，有一户富汉，户主马树林过去跟随师傅，也会朗诵一些基本的诗句典籍，他发誓说他甘愿把家中所有家产一律舍散送给受苦人以后，要跟上伺候师傅哩，说是只要能跟着师傅，去要馍馍上刀山他也愿意。

师傅一行人在艾蒿湾的窑洞里商议了下一步的计划，他决心要兴兵出山，反蒋抗日。时间刻不容缓，得快速向所有可靠的黑山人发出昭告。于是，师傅派人邀请崖背头顶居住的马树林到他住的窑洞里来相商。没想到马树林早就开始准备了，他已经套上毛驴在磨道里拉上石磨磨了一小山嘴子白面了，家人在忙着蒸馒头、炸油香、煮肉，他正要请师傅前来吟诵诗歌乐章，让南来北往的人到家中一面听师傅颂诗，一面商议大计，事情干办得非常盛大。马树林耕种的窑洞前面两山之间的山川道里那成百亩土地，都是师傅的一个叔叔家的套庄里的地，由于师傅叔叔家田地多，也种不过来，便舍散给老百姓耕种，马树林家种的比较多。老百姓一听师傅在马树林家朗诵诗歌，便纷纷来听，大家听完师傅的诗歌吟诵，吃了油香、肉菜，也都知道师傅这次回来是要亲自带大家起义的，就把口信捎回各个村庄。口信发出后，人们就像压抑太久的火山熔岩，一下子沸腾起来了，大家从四面八方，像蜜蜂奔向圣洁的泉水，成群结队赶往艾蒿湾集结。来参加起义的，年长的有六十多岁的老汉，年轻的有十三四岁的娃娃，都说不怕死在仗上，就怕死在炕上。那些曾被国民党抓去当兵的黑山男儿都连夜逃回来，投到师傅的麾下。

师傅在艾蒿湾竖起了红旗，人们飞马各庄，驰报八坊，召集天下英雄豪杰。师傅提出国之为大，要兴兵出山抗击外辱，救国救民，跟着红色队伍为受压迫的人民争民主、争自由。不数日，各村各庄各坊义士好汉，如雨骤集。

有一个四十多岁的男人送娃娃来参加起义队伍，到了窑洞跟前，让儿子在外面等候，自己先进窑去向师傅问安汇报。师傅说："我知道这次你是不去，你是专门送娃娃来的嘛，你让娃娃进来我看看！"这个男人非常吃惊，心说我们一家子人在家里商量让儿子参加师傅的队伍去，自己留下来照看家里，师傅却能够通过观察洞悉，真乃非凡之人啊！那人就把儿子叫进窑洞，亲手交给了师傅。师傅问小伙子：多大了？是自愿要参加这次起义的吗？小伙子说，他今年十八岁了，是自愿参加起义军的。他还给师傅讲了他为啥要参加这次起义的原因，原来小伙子有一次拉着他家的毛驴去集市上赶集，毛驴在乡公所门口站了一会儿，人家就来收费上税，他没钱，人家就来了几个保安团的人抓了他去毒打，还要把他送到修反红工事那里当苦力去。本来是大家共有的地方，凭什么不让站大家的骑乘，每个空地竟都成了那些有权有势的人发财的地方，搞得老百姓出门无立锥之地。

师傅点点头，认为大家都已经逐渐自我觉悟了，像睡狮一样终于醒来了。

各个村庄的人由各村自发选出一个领头的好汉，带着大家到艾蒿湾集中，有些把家里的粮食都拉来了，有些送一些钱物给起义军。来参加的人，都自己带着一把月牙斧子，有些带着自家的骡马。这些人，平时都是地地道道的农民，一旦发生战争，面对兵燹匪患，他们便立即卸下耕地的耕马，马变成了战马，人变成了战士，一律提上砍柴的斧子开始起来保卫家乡了。黑山人最喜欢和钟情的武器就是手里的斧子。斧子的历史和文化源远流长，在原始社会，从磨制的石斧开始，人类把斧头作为劳动的工具，可以劈柴，也可以对付凶残食人的野兽，大家均离不开斧子，一直到冷兵器时代，斧子便被引入到战争，成为战斗的武器，而且经过验证，斧子在实战中效果特别好，尤其是可以轻松破开盔甲，杀伤面积大，可以一击毙命。

很快，艾蒿湾就聚集了成千上万的人马。这是师傅的人马。师傅这位文质彬彬的行吟诗人在艾蒿湾的九条沟开始点将阅兵了。

　　有一个名字叫狼儿子的，他就是师傅最信任的得力干将马喜春的大儿子，由于他不满国民党队伍对百姓的欺压，就逃出来投奔师傅来了。之前，他在国民党队伍里当过排长，懂得一些军事知识，又生得人高马大，身强力壮，师傅留在身边当了警卫排长。他父亲马喜春外号叫老狼，一次，他家羊圈跳进来三头狼，正在咬一只羊，牛羊可是这些穷人的命根子啊，情急中，马喜春赤手空拳扑上去救羊，狼就翻起来咬他，他把头往后一仰，一把抓住狼的脖子抡了一圈，摔在给羊饮水的石槽之上，当场就把这头狼给摔死了，另外两头狼从后面扑上来，其中一头一口就把马喜春的耳朵坠子咬掉了，马喜春一猫腰，就把身上的老羊皮袄脱下来，一皮袄就把这头狼压在皮袄下面捂住，一顿激烈的拳脚给活活打死了，剩最后一头狡猾的头狼立即跳墙逃走了。从此，人们就叫马喜春为"狼咬"，再后来他们的娃娃就被黑山人叫大狼儿子、二狼儿子、三狼儿子等等，一直生到最小的那个碎狼儿子的时候，没想到这个孩子没有生育能力，狼咬就不想要了，加上生活困难，想丢了算了，就给师傅说了。师傅听了，反对他这么做，说："那可是一条生命啊，万万使不得，他长大了给你放羊总可以吧！"老狼听从了师傅的话，就把这个孩子给养大了。当然，他则由人们称呼的狼咬变成了名副其实的老狼。

　　有一个赫赛来投，他曾手拿两把匕首，轮换扎住堡城墙面，从几丈高的土堡城墙上飞一般跑上去，他两只胳膊卷着竹篾席子能够像鸟一样飞下城墙，口里还要喊上："抗日救国，打倒把人当狗看待的国民政府！"他几次被国民党队伍设计抓了去当兵，鞭打绳锁，但都被他勇敢地逃脱了，国民党马家军队伍就称他是长着翅膀的黑山飞虎。

　　还有一个麻乃子，因给马家队伍当差，受排挤和欺压，他怒而反抗，被拉去枪杀时，他一怒之下杀死了骑兵排长，抢夺了马家军的战马跑回了黑山。师傅问他："听说你骑马是一把好手，能否骑马让大家看看？"大家就在九条沟的一片空地上，麻乃子把从马家骑兵排长手里夺来的一匹腿上长着飞毛的战马抽了两鞭子，马短促地嘶鸣一声，开始撒开四蹄飞奔起来，马跑出半箭距离时，麻乃子才起身追马，马跑得蹄腕子上的毛飘起来了，蹄子就像踩着烟尘在空中飞翔一样，麻乃子闪电般追上了战马，很快就跟马在并并齐赛跑了，跑着跑着，麻乃子一个空翻就骑在没有鞍鞯的光背子战马身上。这个麻乃子一骑在马上，就像变成了另一个人似的，越发神气活现，他在马背上上下翻飞，师傅见了，脱口称赞："真是一员猛将，你们看他：骑在马上真英耀，就像那鱼儿水上漂。东杀西斩北南战，黑山峰高射大雕。"大家也都拍手叫好。

麻乃子在马背上做各种高难度的动作，倒挂金钟、金鸡独立，他的身子就像是焊在马身上一样跌不下来，战马在山洼的蒿草边狂飙，麻乃子钻在马肚子下面不见了，他突然掏出两把二十响的盒子枪，一前一后挥了两下，枪响，两只飞鸟便应声落地。他们这些常在刀刃上舔血、玩枪如捉吃饭筷子的黑山好汉们，夜间都是瞄着打过燃烧的香头子的人，枪法个个都百发百中，枪响香头即灭；还有，他们能在夜晚听声开枪，子弹能够在有效射程范围准确无误地打进人的嘴巴里去。

有一个人，长把子斧头抡起来，你只能见一道白光把人围在里面，有人舀了一马勺泉水泼过去，水竟然没能泼进去，全部被斧头挡在了外面。

双林沟的那户麻脸山民也来了，说是终于盼来了跟师傅一起同敌人战斗的这一天。师傅觉得带着妻子行军打仗不方便，就派人把妻子送到双林沟这户山民家里给这个人的妻子做伴，同时也好隐藏起来。

各路英雄都展示了自己的本领，真是好手里面称好手，红心里面夺红心，喝彩声不绝于耳。师傅根据每个人的本领点兵点将，整顿和检阅了兵马，共编了一个旅，四个团，旅长是师傅最信赖的老将狼咬马喜春，也是师傅曾经在黑山的邻居，一团团长马正荣、二团团长咸成华、三团团长马凤岐、四团团长王文杰，起义军以各村各庄组建了营、连、排、班，自己选出负责人，并模仿红色队伍的做法拟订相关的口号。

师傅说："生而为人，国之为大，国民党再这样下去，我们的国家必将被日本人所占领，所以我们要起来战斗，打出山去，誓死不做亡国奴！"

所有的人都异口同声地说："誓死不做亡国奴！"

黑山的男儿，听从师傅的调遣，开始了新的征程。

十

当夜，起义军派遣几支小队，分头拔掉了八十一军马家军驻扎在黑山的五六个据点。八十一军中大部分是河州人，河州人的仗最硬，起义军伤亡惨重，有二百多人战死。其中在攻打八只窑据点时，这里驻守着一个营的骑兵部队，骑兵是马家军王牌中的王牌，而马家军中的马仲英部在新疆，连俄罗斯的哥萨克骑兵都败在了他的手下，其野性、彪悍、凶残比哥萨克有过之而无不及。起义军对敌人进行了奇袭，当时敌人还在营房里耍赌。起义军冲进去后，大喝一声："缴枪不杀！"马家军的骑兵军还没反应过来，一个个都定住了似的，可是营长的婆姨是个黑山女人，她不怕死，这女人认为嫁给谁就是谁的人，就得为他舍命。所以，她乘人不备从男人枪套里抽出盒子枪，双手抱枪扣动了扳机，朝一名起义军战士的胯子上钻了一枪，起义战士当场被打翻了，女人的嘴里还嘶叫着："掌柜的，赶快打呀，枪缴了，你也就不得活了呀。"敌人反应过来，迅速投入战斗。几个小时过去，起义军就被打死了几十个人，有十多个被俘虏了押在马家军营房边的一个土窑窑里。第二天，敌营长马文奎把俘虏的起义军的战士，命令士兵当羊羔子一样一个一个宰了，还有几个竟被活埋了。在另外的几个据点，起义军均打了胜仗。总而言之，首战告捷，起义军虽然付出巨大代价，但别的据点都夺得了许多枪械和武器弹药，装备了自己，同时也扫清了身边的障碍。

师傅命令起义军向东路的红色队伍迅速靠拢过去。师傅背上了背夹，骑上了毛驴，在特务连的保护下跟着队伍行进。有个叫马希杰的娃娃，只有十二三岁，他过去经常给师傅牵驴，学习朗诵诗歌乐章，非常贴心，他给师傅牵着小黑驴，也要跟上起义队伍前行。师傅说："你回去，你还小着呢，就不去了。"师傅推着这个娃娃的后背，把他撵走了。

师傅带着起义队伍浩浩荡荡经过诗仙嘴、北南词村、红土文曲庄，沿途群众夹道欢迎，送来慰问品。师傅让他麾下的将领马喜春致答谢词。老马说："我是个大老粗，不会讲话，咱们黑山这个地方嘛，人老祖辈都是靠天吃饭，雨水好，就有饭吃，五谷杂粮里数有土豆长得好，只要是听过师傅念诵过诗歌的，多少也都能念几句诗歌，就连咱们这里生长的野草和牛蒡花，风一吹，呜啦啦的，都像是在诵念诗篇，我们尽管条件所限，没有读书的地方，但我们能够口耳相传，一传就是几千年，黑山精神，就是咱们这些人用血点点换来的。现在，日本人打进来了，国民党又欺压咱们，还不让咱们去保卫自己的家园，那我们只有起来干了，大家说对不对呀？我的话完了。"所有的人异口同声说："对！"

师傅让人散发他拟订的传单，张贴告民书，声言起义军是人民的队伍，目的就是要反蒋抗日，行军中沿途不拿群众的一针一线。起义军一路对百姓秋毫无犯，所作所为令沿途群众竖指称赞，纷纷响应和支持。

起义军经过朗诵古风盛行的满诗村，又到大湾村，过何家洼时，遭遇敌人的围追堵截，国民党马家军约一个团的兵力率先抢占了就近的堡子滩高地，挡住了起义军向红色队伍靠拢的东进通道。起义军以二三百人为一个梯队，拿枪者冲锋在前，执斧头和刀矛棍棒者紧随其后，车轮般轮番突击，连攻数次皆不能奏效。三个多小时就这样过去了，由于敌人占据有利地形，加上火力太猛，均未打开通道。就在这万分艰难时刻，敌人又调来了一个团，从大湾绕到起义军背后猛攻，使得起义军腹背受敌，形势非常严峻。起义军又一次组织了五六百人的敢死队，选择了堡子滩另一面的大炮山进行强攻。敌人不让起义军接近，依旧凭借精良的武器弹药，远距离射杀起义军。起义军折了许多人马，却未得手。一直到了夜晚，天空阴沉沉的，突然下起了倾盆大雨，堡子滩的这一团敌人业已被消耗得差不多了，然而敌人后续跟进，又增补了一个团的兵力，乘坐着汽车翻越十盘山到达了堡子滩阵地，并拉走了他们的伤员。就在这时，夜更黑了，雨更大了，起义军在敌人交接布防之时，冒着大雨再次发起全体攻击，这一次，大家不声不响，以黑夜为掩护，以月牙斧头队冲锋在最前面，乘其不备，奔到敌人跟前就砍，大家在泥水里跟敌人进行着殊死搏斗，肉搏战打得眼睛都红了，个个滚成泥疙瘩、泥蛋蛋、泥榔头，最后打得谁也认不得谁了，只能以暗号和口令加以辨识。这一次，敌人的武器弹药因打起交手仗而难以发挥其威力，几乎全军覆没。但起义军也伤亡惨重，约几百人战死疆场，行使警卫任务的特务连也伤亡了一大半人，大狼儿子的腿子上也中了一枪，子弹穿过了大腿的软肉，血流不止。

雨停了，空气中弥漫着一股血腥味。一会儿，黑云好像慢慢退到了大山的另一面，一线月亮升起来了，光亮让周围的山影和树木露出它们诡谲的面容和虚幻的影状。夜凉如水，起义军继续奔行在路上。特务连长大狼儿子一瘸一拐地跟着队伍跑着，他疼得难受，就坐在一个地坎子下面，背靠着坎子歇缓了一下，师傅看见了，让老会宁用火烧了一些棉花灰填塞在狼儿子的伤口上，血依旧从填着棉花灰的伤口里渗淌出来。师傅命令冶老九牵来一匹战马让狼儿子骑上。狼儿子也顾不得疼痛了，借助坎子跳上马背，打马前进。师傅让冶老九跟在狼儿子的马后面给关顾着。

敌人将所有的力量都部署配置在通向红色队伍的这条东行的道路上。现在，敌人是已经顾不上"围剿"红色队伍了，他们调派周边所有部队对付起师傅的起义军了。

起义军刚走不远，又遭遇两个团敌人的阻击，起义军唱着战斗的时候才朗诵的诗歌短章，以崇高不怕牺牲的精神，手持月牙斧头，乘着夜幕冲进敌人的阵地，砍瓜切菜一般，几个小时下来，连破敌人数道封锁线，把两个团的敌人以摧枯拉朽之势打退了，缴获了长短枪上千支，战马二百多匹，让敌人领教了起义军斧头镰刀的厉害。起义军刚刚杀开一条通道，但敌人步步设防，源源不断调来兵源，不容起义军休整，就又一次陷入敌人的重重包围圈。起义军一仗接着一仗，一路血战，大家连吃一口带在身上炒熟的干面团子及喝一口凉水的工夫都没有。一路之上，黑山大地上每一株小草的根部几乎都被起义军的鲜血喂饱和浇灌过。

就这样，起义军辗转苦战和血战了一个多月时间，愈战愈勇，周边闻讯参加进来的人也越来越多，当然也有被打散脱离了队伍的起义军。师傅派往东路和红色队伍接头的人，被马家军的骑兵军接二连三地截杀了。起义军无法和红色队伍取得联系，被逼无奈，只好向东南开进，向树木茂盛的十盘山东南方向的大山林里运动。这样，敌人就摸不清起义队伍的意图，待时机成熟再向东挺进，寻找红色队伍去。师傅判断，只要大家一进入十盘山东南方位那莽莽苍苍的原始森林，就等于进入了天然的密林和丹霞地貌形成的石头大山的屏障，那里一如自然城堡，易守难攻，进可以与敌周旋，退可与红色队伍会师，是起义军的理想去处。

于是，师傅命令起义军做好翻越终年积雪的十盘山的准备。当队伍运动到十盘山下面的和尚铺时，天上开始又一次阴云密布，一会儿就下起了毛毛细雨，起义军冒着斜风吹刮的雨珠子跑步前行，雨水被风吹进起义军的眼睛里，冰疼冰疼的。尽管已经进入白天赶羊出圈的时分，但大山重重，草木葱茏，眼前一派雨雾茫茫，远处几近模糊不清，起义军的眼睛被风雨吹打得睁都有些睁不开。

沿途有百姓从家里跑出来给起义军送煮熟的土豆和鸡蛋等熟食，并给起义军通风报信。起义军获知五十七军刘安祺部在前面设置了多重关卡，要将起义军决心消灭在十盘山下。前有伏兵，后有追兵，师傅却从容淡定，鼓舞大家只要杀开一条血路，方能获得重生。

师傅亲调一连连长丁良臣组织侦察性冲锋了一次，敌人在每个山头都配置了至少三挺机关枪，在山坡的栈道上也有几挺机关枪。一连的人马布成散兵线穿插并冲击，敌人发现了，机关枪在不同的制高点同时吼叫起来，子弹像麻包里倒豆子一样往山下泼，起义军冒着枪林弹雨摸清了敌人的武器配置情况和一个个火力点。敌人的子弹堆得像小山丘一样高，牛羊肉和白面锅盔一袋子一袋子垒得像麦摞一样高，用骆驼蓬草苫盖着，看样子这些堵截的守敌要在这里跟起义军打持久战了。

雨比先前又大了一点。马上就要冲关了，老狼马喜春旅长给儿子交待就是死也一定要保护好师傅，有人给师傅送来两把盒子枪，说是让师傅护身和督战用，师傅甩手递给了警卫排长狼儿子马思义，说："思义，我一介书生，朗诵诗歌还行，哪里会打枪呢，但是我可以走在最前面为大家挡子弹！"师傅说罢，就带头冲在最前面。

师傅的徒弟带头齐声高赞起人即将告别这个世界在赴死的临别时才会诵读的一段诗歌篇章的节选，在这最紧张的关头，那些诗篇只简约地诵念出只有在黑山人的秘史中才会记载的那两个单音节的词，就像是令人九死也不悔的陶醉的号子一样，震动着人的心脏。在风雨和密集的枪炮声中，这两个单音节的词听上去，就像是把顺序颠倒了过来，即前面的那个字音变成了后面的字音，后面的字音又变成了前面的那个字音，让人冲锋的力量似乎更加强烈了。一时，起义军就像是被一种无形的号角催赶着，疯了一样，直奔向那光荣的道路上去。就在这最危险的关头，大家犹如火苗和人肉炸弹一样争先恐后地扑上前去，唯恐自己错过了这么贵重的时刻。诗词声、冲杀声、枪炮声，以及雨雾蒙蒙中英勇无畏迎着子弹飞奔向前的战士，汇集成一幅恢宏无比和波澜壮阔的画卷。

师傅身先士卒，他始终都坚持出现在队伍的最前头，起义军受到鼓舞和感染，无不舍生忘死，月牙斧头就像从天而降的飞刀飞剑斩杀开了一条触目惊心的血路。就这样，起义军一口气接连冲破了敌人的十二道生死关卡，把五十七军一部打得落花流水。这一仗下来，敌人对这些被诗歌乐章武装和洗礼过的农民战士感到毛骨悚然，在灵魂被彻底征服的同时，也深深感到竟把这样一批骨头硬得能够当古箫吹出动人音乐的人推向自己的对立面，禁不住对他们自己未来的前途感到了一丝丝担忧和绝望。

平地里追着能够抓住野兔的麻乃子一个人提着斧头在风雨中追着一大群敌人，他往前一扑，国民党的队伍一半千人就像大海退潮时的水浪一样顺着沟底闪下去半片，真是兵败如山倒哇，他追上了一个正要骑马逃跑的人，看着像个当官的，麻乃子大喝一声："缴枪不杀！"那个人看上去个头美实得像一个粗壮的柱子，麻乃子站在跟前，头才能勉强够到人家的腋窝那个地方，但这却一点都不妨碍麻乃子上去下掉他的枪。这个大个子军官，吓得脸色黄透了，黄得像黄纸，头上的汗水从脸上不断漫下来，他根本来不及上马，盒子枪就被麻乃子下了，只惊恐懊丧地说了一句："好人，你把我放过行吗？我家里还有一个瘫痪的八十岁的老娘哩！"麻乃子一听老娘，就心一软，说："把马缰绳丢开你快走，我今天发个善心，不杀你了，你赶紧顺沟里溜，后面我们的人要是追过来，你就跑不脱了，赶紧回家好好孝顺老娘去，再不要出来欺压老百姓了！"那人松开马缰绳，转身顺着沟就跑了。麻乃子纵身一跃，已跨上马背，马鞍边挂着一顶遮雨的草帽子，他顺手扣在自己的头上，打马向潮湿打滑的山梁上返回。

　　小雨珠淅淅沥沥地飘着，打在麻乃子头上的草帽子上，一会儿雨珠又顺着草帽子的帽檐滚落在地上。麻乃子腿子用力一夹，马就开始竖起耳朵，张开簸箕一样的血盆大口，连着发出"嗯哼哼——嗯哼哼——"两声长长的嘶鸣，马抻着长长的脖子向山梁顶上奋力奔跑。这是一匹毛色光滑的枣红马，蹄腕上的飞毛就像燕子的尾巴，奔跑起来跟腾云驾雾似的。麻乃子骑马吼一声登上了山坡，他打马斜刺里冲入山梁杆上的起义军队伍当中。这时有起义军战士不认识，当成了迷失方向的敌人，就用黑山的方言大喊大叫："欧啦（那儿）一个、欧啦（那儿）一个！"一群起义军战士提着斧头直往马跟前扑来，麻乃子一手提着长把子斧头，一手举起盒子枪，学刚才那个起义军的话戏谑道："啦（那）儿一个、啦（那）儿一个。你们说，我是啦（哪）里的一个？敌人都顺沟跑了，好马好枪都在沟里，敌人等着交呢，你们不往沟里追，我与下面的敌人血战，从敌人手里拿命换来的东西，你们要来抢我的吗？你们过来试试吧！"他扬了扬手里的盒子枪。那些人都笑起来，说："哦，原来是曹们（咱们）的人、曹（咱）的人！"麻乃子骑着马飞奔找到师傅，跳下马背，说是给师傅把这匹马敬献给去。师傅打量了一下这匹枣红色的战马，说这真是一匹好马，让送给会骑马打仗的士兵，他自己骑他的小黑驴就行了。师傅对老狼说："这个人行啊，这个人给安一员战将吧。"麻乃子当场就被任命为起义军某营的营长了。麻乃子升了官，脸上洋溢着青春的微笑，把头上的草帽子拿下来顺手递赠给了一名起义军战士，高高兴兴地去他的军营带兵去了。

起义军胜利登顶并翻越了海拔近三千米的十盘山。之所以叫十盘山，就是绕着山攀登，盘给十下，才能登顶。盘一下，大约得好几十分钟呢。山上寒风刺骨，云雾缭绕，在冷风和雨夹雪混合飘洒的十盘山顶峰，起义军周身被雨雪、汗水，以及血迹包裹了。大家望着层峦叠翠的十盘山，眼前密林掩映，一派虎踞龙盘的苍茫景象，感慨万千。起义军先前在战斗的时候，身上的汗水、雨水和血迹把人的浑身整个浸洗了一遍，当遇到山顶急剧下降的冷空气和寒流之后，身上的汗水、雨水和血迹又很快冻成了冰状，连头发边子都结成了冰溜子。但起义军马不停蹄，继续跑步行进，大家依靠自身的热量又将身上的冻冰化成了液态，从衣服边子上吧嗒吧嗒掉在水花乱溅的路途中。

警卫连的人保护着指挥部的人及家属，牵着师傅的小黑驴，紧随在队伍后面前行。起义军先后到达了泾水河岸的北山梁和野鸡山，在这两地，起义军分别又遭遇强敌堵截，起义军顾不上休息，仍处于战斗的亢奋状态，在师傅的指挥下再次与敌激战。战斗一直持续到黑夜，疲惫不堪的起义军以超人顽强的意志力支撑着血肉之躯，迎战以逸待劳的国民党精锐之师，有些起义军打着打着，竟然怀里抱着自己的小斧头站着睡着了，刚刚丢了个盹，却被远处的乏子弹打在身上疼醒了，扛起自己的小斧头又开始投入到冲锋的行列。

袁团长的骑兵团受命一路尾追而来，他们与刘安祺的一个步兵团在黄花一带会合后，妄图从两翼快速夹击起义军。袁团长有些举棋不定，他对师傅的起义军既害怕，又心有不甘，很像草原上的鬣狗二哥暗暗尾随着。他的心理比较复杂，一面妄想表现出自己在积极"围剿"起义军，一面作为一个黑山出生的人，又不想把事做绝，尤其是担心将来有一天见到师傅的亲朋故旧会是一件十分尴尬的事情。但他作为一名军人，只能服从上级的命令。所以，从心理上他是处于一种矛盾和纠结的状态。但是，功名利禄又不断地诱惑着他，站在良心和道义的一面，他认为师傅是对的，但站在荣华富贵的一面，他又痛恨师傅给他们带来的麻烦，阻挠他们"围剿"红色队伍。师傅对他也留着情面，不主动打击他的人马。但当敌步兵团和袁团长的骑兵团快要逼近起义军时，师傅指挥大家杀了一个回马枪，猛然迎头痛击，一个冲锋过去，袁团长和刘安祺部被打得抱头鼠窜，丢下几十具尸体逃走了。师傅说："这些助纣为虐的家伙，不思国之大义，让他们也领教一下我们镰刀斧头的厉害。"

敌人退去，不久，又整顿军马折回来继续尾随，突然从马槽和红土崾岘再次扑来，起义军在野鸡山设伏阻击，又是一个冲锋过去，歼敌数百人。

起义军一路过关斩将，缴获了大量的武器弹药和战马。起义军人人努力向前，又一次打出了黑山人的黄土旱海铁军的铮铮风骨，沿途不断有人加入到起义军中来，队伍扩充为五个团。义军越过了野鸡山，继续向东南挺进。

起义军一鼓作气，在泾河源一带，顺带打掉了盘踞大山莽林勾结当地国民党保安团靠打家劫舍为生、危害百姓的两股土匪势力，百姓看到后拍手称快。

之后，起义军顺利到达了靠近老龙潭原始森林东面的白面河扎下了营盘，师傅的指挥部驻扎在南山脚下的南庄子上。这时，又有附近许多村民闻讯赶来，加入到起义军中，张川、龙镇一带有上千人也翻越十盘山的一条只有猎人知道的小径，赶过来加入了起义军。一时起义军变得声势浩大，在白面河的沙石沟里喊声震天地练起了兵，有气壮山河之势，师傅在白面河再一次阅兵，这是他继艾蒿湾阅兵之后第二次检阅起义军队伍，并在这里整训部队。起义军已由先前的五个团，扩充为八个团。师傅安排占据了周围主要山头，并作了各个阵地上的布防。

师傅在白面河举行了规模空前的悼念先后战死疆场的起义军将士的活动，为他们集体诵读了最美的诗歌乐章。在诵诗的过程中，师傅突然想起杜甫《蜀相》中的一句"出师未捷身先死，长使英雄泪满襟"的断肠般名句，禁不住眼泪打湿褴褛的蓝粗布衣衫。

许多起义军将领见状，也都泪流满面。师傅说："这些死去的战士，他们为了保家卫国，用生命阐释了国之大者。他们是为争得人的民主自由、平等和公道而战，虽死犹生。"他略作停顿，又带着悲怆的腔调说，"为了拯救国家和民族危亡，我愿意步这些战士的后尘！"

"为国家而战！"起义军的声音在白面河山川久久回荡。声音被种入了黑山的大地深处。师傅这位衣衫褴褛的战士，他的名字被纯朴的泥土擦亮了，这些睡醒了的雄狮的吼叫，声震着寰宇。

十一

起义军饮马白面河，欣赏着老龙潭的灵山秀水，欣赏着从原始密林中冉冉升起的日头和鸦背驮着夕阳的美好景色，沉浸在炮火刀斧停歇下来的短暂寂静中。这是他们用性命换来的片刻的祥和。

居安思危的师傅派人加紧和红色队伍联系，准备跃过马东山、会师庙儿掌的计划。派出去的几拨人，一次次均被马家军的骑兵巡逻队所截获，都壮烈牺牲。马家军在这里盘踞多年，到处都是他们的地里鬼。师傅非常焦急，他书也读不进去，就牵着他的小黑驴，在四个警卫人员的陪同下，去找水饮驴。在路上，他们看到起义军战士牵着自己的战马去往一个涝坝滩的水涝坝里去饮马。这是一座下大雨而积攒的雨水形成的大涝坝，尽管水坝里的水已经澄清了，变得深蓝深蓝的，但里面依旧散发出一股马尿和牛羊粪便的酸腐腥臊的味道。然牲口却并不嫌弃，头一猛子勾下去，吱儿吱儿地喝得十分香甜。

在回来的路上，师傅听说红色队伍派了两个人过来了，且有一封特别重要的信函要亲手交给师傅。师傅兴奋异常，到指挥部拆开信封一看，只有一张白纸包着一根红线，师傅感到很纳闷，那两个送信的人也感到很诧异。因为他们也没有看信的内容，没想到他们冒着生命的危险带来的竟是一张白纸。大家都百思不得其解。后来师傅拍拍脑门，说，"这是一封真正意义上的保密的信，是怕被国民党的人截获，只能用这种含蓄的方式，其意思是白纸就是白区，红线就是起义军，那边是要让咱们留在白区继续坚持斗争哩。"师傅说，考验我们的时候到了，只要国民党搞统一战线，一致对付外侵打日本，不再欺压老百姓，大家可以坐下来商量，等打走了日本侵略者，咱们自己人的事情好办，到那时，我，可以解甲归田。"师傅打发了红色队伍的人，开始研究下一步斗争的计划。

南京方面给兰州的朱绍良和西安的胡宗南都下达了死命令，务必要将起义军消灭在白面河和老龙潭一线，否则让红色队伍又多了一道防线，"围剿"红色队伍的大业何时才能画上句号呢？

朱绍良只得再次找来那一伙贪图荣华和喜欢攀附权贵的智囊团，细细琢磨商量了一番，觉得以目前周边的力量很难将起义军这团大火迅速扑灭，得先将他们稳住，不能让他们运动起来，只要他们死守在白面河不走，这样就可以把他们摁在这个四处无援的死角，一个不剩地消灭。

第二天国民党谈判慰问的代表团就往黑山的白面河赶。同时，国民党部队把起义军与外界的一切消息源完全切断了，并封锁得死死的，不让起义军跟外界有一丝一毫的联系，尤其是不能让他们跟红色队伍再有任何往来，然后开始秘密地调集重兵向白面河集结。这一次，南京方面还特别命令胡宗南部务必配合朱绍良部将起义军一举消灭在白面河一隅。

国民党谈判代表依旧是原班人马，还是上次欺骗了师傅的弟弟和师傅徒弟的那一杆说客。他们来的时候带着各种各样的慰问品，有布匹、白砂糖，还有好多箱子茶叶，对师傅一个劲说他们就是奔着"和平"这两个字来的，他们这一辈子要做的工作就是"和平"这两个字。老狼对师傅建议说："咱们把这些骗子手一绳子捆了，全部用老刀子抹了算了。"

师傅说："咱们是正义之师，为国而战，为了那些受欺压的几万万同胞而战，岂能像土匪流寇那般胡乱杀人，我们不是野蛮人，杀人不是我们的目的，我也不会因为个人仇怨去报私仇的。人家既是代表国民党来谈判的，我们就要以礼相待。"师傅接着说，"咱们起义军光明磊落，不搞阴谋，将来不要给后人留下指摘的污点。再说，两厢交兵，不斩来使，古已有之，咱们也不破这个规矩！"咸成华接口说："师傅说得太好了，咱们先把国民党的白砂糖、茶叶喝上再说，这么热的个天，把咱们在这个湾湾子里窝着受罪着咋哩？"

起义军向国民党代表团提出了要以国家大局为出发点，只要对外抗日就谈判，另外提出给起义军再配发一些好的装备。反正，起义军提出什么要求，代表团就都满口答应。

在这期间，由于师傅放松了对起义军和起义军将领的严格管束，大家显得比较松散，纪律性也不强，到处游荡着，代表团中那几个老奸巨猾的人就接触到了起义军中一些意志不坚定的将领。譬如贪图享乐的三团团长咸成华和八团团长皆被宣抚代表团中的人重金收买了，每人给了一布袋子金条和白元，把咸成华和八团团长两个人高兴得开始念起国民党的好来了。代表团答应事情成了，咸成华和八团团长都升任为八战区杨德亮手下的师长，说国民党的官实际上要比你们现在的官大好几倍呢。他们嘱咐咸成华，啥时候都不能暴露自己的身份。咸成华感觉自己已经把师长当上了，高兴得去偷偷摸摸地藏他的金条和白元去了，生怕被师傅等人发现，嘴里还悄悄自言自语："打仗不就是为过个好日子嘛，好日子已经提前过上了，还打啥仗哩。"八团团长说："日本人把咱们的国家占领就占领了呗，只要咱们有钱花就行了。"

国民党代表团在白面河旅游玩耍折腾了十几天，预计他们的三个军和胡宗南的一个整编师已经快接近起义军的阵地了，这帮人以回去汇报为借口，集体溜之大吉了。

代表团走后，那些被收买的起义军将士，嚷嚷着说天气热得很，把代表团送来的白砂糖和茶叶给大家分给喝上点。师傅见大家叫唤着要喝茶，便让把几箱子茶叶和白砂糖抬出来放在院子里，问众人说："你们说茶叶大家抢了好哩，还是散着分了好哩？"

大家都说："散了好，散了好！"还添上说，"抢的话，有些能抢上，有些抢不上嘛，还是散最好！"

师傅听了"散了"两个字，就把头默默地勾下去了，心情特别沉重。突然，他看见大家把茶叶和白砂糖都已经一人分了一份，就又问众人道："你们看一看这茶叶，这是好茶嘛瞎茶？"

众人都笑起来说，"看师傅说的，师傅给大家分的嘛，那肯定是好茶，咋能是瞎茶呢。"

师傅忧伤地说："这一回，我咋觉着是瞎茶！"因为在黑山，茶和苴是谐音，瞎茶意即是瞎苴，意思是苴口和即将发生的事情有些不妙。因为当众人说"散了"的时候，师傅立马有一种不祥的预感，他想起阳明先生的格物致知，以及人心就是天心，也就是天意，司马懿父子被困上方谷，眼看就要葬身火海，一场大雨就让他们死里逃生，这就是每个人的命运和归宿，小的靠打拼，大的由天定。师傅是有敬畏之心的人，所以他心里有自己的等当。

代表团撤到平凉继续一边旅游，一边听消息。敌人调动了八十一军马家军"老讨吃"的部队，还有刘安祺的五十七军，杨德亮的十七军，共三个军，还有胡宗南的一个整编师，他们从关山边境扎了百里连营，胡宗南这一个整编师的先遣队也是一群特殊装备的特务部队，他们化装成割麦子的麦客子提前到达了白面河，对起义军松散的布防作了详细侦察，对这即将发生的大战已经是胸有成竹了。

十二

三天之后的早晨，白面河一线的山梁畔上，烟雾拉得严严的。鸡下架的时候，刮起了一阵黄风土雾，那个土雾的感觉就像是地震引起的一样，半面子山都看不清了。

就在这时候，八团的阵地上有些骚动。在起义军所有的阵地中，最是八团的阵地高。突然有八个国民党战士，每个人手里抱着一支冲锋枪，起义军看得显显的，那八个人从山梁上的燕麦地里飞一般奔跑下来了，他们以迅雷不及掩耳之势抢占和趴在八团这边的阵地上的一个草摊摊子里。八团的人一枪都没打，哗地一下就闪开了。兵就这样散了，斧头镰刀和枪一丢，转回身就跑开了。对面几个起义军团的阵地上的人一看，心里想：此时此刻，只要八团有人举枪射击，这八个敌人一个都不得活。可八团的人一枪不放就散伙了，所有的起义军将士就像箍着的一口气被人戳了一刀子把气放了似的，一下子把劲儿也走了一样，心都乏了。这正是因为收受了金银财宝，叛变了的八团团长对自己的士兵一番蛊惑和散布的谣言起了作用，八团的人心早就散了。

　　那八个国民党士兵几排子枪一打，对面山顶上，敌人的旗手的旗子绕了几下，敌人从四面八方把起义军围得铁桶一般，与此同时敌人的号声就开始响成一片，山顶上的敌人就像汹涌的波涛一样漫了过来，把所有的山顶黄压压地全部覆盖了。

　　这时，敌人的号声更加刺耳了，八团的人跑得一个都没剩，受到咸成华和国民党代表团拉拢收买的那些起义军的心也跟上动摇了，带着那么个逃跑和溜劲儿。打仗就像锅里蒸馍馍，就是箍着一口气，气放了，气跑了，那种精气神就走了，精气神一散，就意味着要吃败仗了。

　　敌人的号声过后，人们的耳朵被密集的枪炮声给彻底震木了，刚看到身边人的眼睛讶异地睁着，嘴大张着，无数的枪声变成决堤的洪流声，耳朵里就像有几百万人在同时发出"呀——啊！呀——啊！"这样一种恐怖的声音，整个山川回荡着崖娃娃的回声，迫击炮一发接一发在眼皮子底下"轰隆、轰隆"地爆炸着，掀起漫天的尘土。稍微远一点的阵地上迫击炮"核冷、核冷"的声音也是不绝于耳，这种枪炮的声音从发出之后，就再没有停下来过。

　　到了赶羊时分，周围被子弹打过的洋麦地里的洋麦穗子就跟冰雹打了的一样凄惨，白面河山川所有树上的树叶子和树股子都被打着撅断和掉落了，就像被人一枚一枚摘着扔向了天空，随着子弹射击纷纷扬扬乱飞的蝴蝶一样在空中飞舞着，大地上所有的花草在短短的时间里仿佛全部被枪炮给埋葬了，被枪炮打得又重新钻回土皮子里面去了似的，一枚都找不见了。顿时，五黄六月，整个大地变成了一派冬天凄凉的景象，那个惨状不敢用眼睛去看。子弹打得起义军的头都抬不起来，身子根本不敢往起伸，刚一探头，命就丢了。那一阵，就是从空中飞过一只苍蝇，也会被子弹打落下来，鸟儿就更飞不过去了。要想穿过这片炮弹和子弹严密交织起来的死亡区域，几乎是比登天还难。起义军只能贴着地皮子滚着走，那就全靠造化了。

农民们在田里种的洋麦穗子已经有一拃长了，现在所有的麦穗子一个都找不见了，统统被打落在地。有一个起义军战士躲在一个坎子下面的土簸箕里，他拿着一把水连珠枪，刚把水连珠的枪头往起一伸，枪管立时就被子弹打着撅断了。

这时候，阴沉沉的天空下起了大雨，珠子般的雨点开始从天空往下猛泼。由于突然天降大雨，密集的枪炮把起义军的阵地打得淤积起来一道土墙，就像是人工拿铁锹和镢头背起来的一道地埂子。有些起义军无处躲藏，他们就身子一直往下滚，有些滚进了粗壮一些的林地里面，以大树作为掩体，向敌人开枪还击；有些起义军战士滚进了一个个被雨水冲刷形成的窟圈里，躲了起来。

被国民党愚弄和再次上当受骗的起义军陷入了重重包围的绝境。尽管起义军中也有不怕死的黑山勇士，但他们大多手持原始的刀矛斧棒，难以远距离对抗敌人的重炮的猛轰和机关枪的扫射。

时间一久，起义军南山阵地就失守了，敌人乘机抢占了南山阵地，居高临下用重炮和重机枪继续狠狠地扫射。起义军防守全线崩溃，败退和被压缩在一个平洼地带，无法伸展和运动，只能贴着地面蹲着，或趴伏着。

又一次到了生死存亡的时刻。

在南山角下指挥部的师傅说："看来该我亲自上了。"旅长老狼马喜春说："师傅，你先缓着，我先上，只要你在这里坐镇，人心就不会涣散。"老狼马喜春和师傅是曾经门连门的邻居，他是看着师傅长大的，他虽然没有多少文化，但他崇尚有学问的师傅，他比师傅年长，但他爱师傅胜过爱他自己，为了师傅他可以上刀山下火海，他心疼师傅，并让儿子把师傅跟着保护好。

老狼带着手下悍将三团团长马凤岐飞一般跑到了阵地上，开始组织反击，并希望能杀开一条血路冲出去。

满山遍野都是起义军的尸体，带兵的大多数都已经战死了，建制也已经打散。起义军一级一级的建制都是根据每个村庄所带来的人数进行编排的，谁带来的就由谁负责领导。组织纪律性不强，现在被打散后，已然显得有些凌乱。老狼已经和师傅几夜都没有合眼了，眼睛布满瘀血，他蹲在阵地上，对起义军战士说："沙沟、上下老虎沟、黑窑洞、上下白崖、小坡、六道沟、九条沟、艾蒿湾、土家河、羊庄、满诗、东沟一带的，咱们一步临近的邻居们，过来我看还有多少人。"那些被点到的村庄的人就跪着围拢过来，老狼继续说："曹（咱）组成一个敢死队，先跟着我上，等曹（咱）们都战死了，他们后面的人再组成第二批敢死队上，曹（咱）们要听从师傅的话，誓死不做亡国奴，一定要打开一条缺口，让起义军突围出去，就是剩下一人一马，也绝不能投降！"

有一位从南方上来给人做活的半大老汉，因看不惯大家被欺压，也参加了起义军，他凑过来说："我也要参加敢死队呢旅长。"老狼脸上的肌肉抽搐了一下，望着那个人的眼睛点头默许，随之向大家挥了一下手，临时组织的起义军敢死队员就在泥泞不堪的山洼上冒着泼洒的枪林弹雨连滚带爬地往上冲锋。有一人身子刚往起来一展，"哪"的一声，一颗子弹就从脖子里打了进去，脖子就像被刀子宰了一样，血沫子咕嘟嘟地往出冒，疼得在地上两只手乱抠，把地面抠了两道深壕。

大家都紧张地忙着对付敌人，哪里还顾得上伤员。起义军快速爬滚到敌人跟前时，才猛地跳起来奔上去乱砍。起义军有许多枪法准的，瞄着打机枪手，几乎是弹无虚发。但起义军枪支有限，弹药严重不足，只能用原始的斧头和棍棒对抗敌人。敢死队抱着一死的决心，竟然奇迹般接连两次打退了敌人排山倒海般的进攻。当然，起义军每组织一次反击，就有许多战士倒在了血泊之中，跟那些牛蒡花和野菊花一道长眠地下，再也起不来了。

老会宁老汉也参加了这次战斗，他的烂麻鞋不知道什么时候跑丢了，陷进泥洞里面去了，精脚片子在大雨里冲锋，怀里抱着他的显得有些沉重的小斧头，嘶哑着嗓门没命地喊着："冲啊，上啊、上啊！"突然，一颗野子弹从他张大的嘴巴里打了进去，炸开了后脑勺，子弹穿了出去，他就在山洼上骨碌碌地一直滚下沟底里去了。这个忠厚的老汉，再也不能陪伴他那可亲可敬的师傅了。

双林沟的那位好汉，还有麻乃子等等全部战死在打开缺口的山梁上。天上的雨在死命往地上浇，人的血在向天上泼，老龙潭流下来的河水被起义军战士的血染成了红色的，在殷殷黏稠地流淌着。

在这两次反击战中，师傅的心腹爱将老狼和三团团长马凤岐都双双战死疆场，他们两个把血一起泼在了白面河的南山洼里。他们就像师傅幼年曾在云贵高原吟诗时栖居的门前种植的两棵心爱的竹子，竹子最雅的时候，就是被风吹雨打的时候，在这样的时刻，人才能听到竹节里面发出的一种像金属敲击出来的音色。

师傅在指挥部听到他最心爱的大将相继战死，就低下头，就像在等待着什么似的沉默着不语，他缄默了良久，身边的人从师傅的眼神里看出来他从未有过的孤独。师傅把头抬起来，又仰望了一会儿苍茫的天空。有人报告说，二团团长咸成华带着他的心腹，还有八团的一部分人都按照国民党和谈代表团中有人给指点的路径相继从一个小豁口溜走了，说是有好多人都在溜着呢。实际上，除了国民党还想继续利用的几个叛徒暂时没有被枪杀之外，其余从那条以暗语沟通故意放开逃跑叛徒的缺口跑出去的那些变节者，刚一过山谷，就被埋伏在那里的敌人从背后统统打了黑枪。

有人对师傅说了，让他也从那条背叛起义军将士的路上过去投降了去。师傅说："大家选择活下去，我不拦挡，现在是各讨方便的时候了。但我绝不投降。"他接上说，"有人为高官厚禄，而选择苟且偷生，这些皆不能使我羡慕，我绝不当亡国奴，我要配合红色队伍北上抗日，我要成为唤醒人民这头睡狮的先行者。为之，我宁鸣而死，不默而生！"他又一次背起了他的背夹，背夹里放着他经常随身携带的最贵重的诗歌典籍，问身边寸步不离的几个追随者道："哪儿的仗最硬？"师傅那天穿了两个烂麻鞋，身底下是一件白粗布汗衫，上面是一件青布马甲，还有青粗布裤子，青帽子，裤腿用布带扎着哩，他一直顺着仗最硬的地方，迎着枪炮和战火往上走，身边跟着三四个人，那几个人拽着他的衣衫，挽着他的胳膊紧紧地跟着。子弹一刻不停地泼着，打得地上被雨浸泡的泥皮子溅起几丈多高。珠子雨也跟上泼着哩。飞翔的子弹把倾斜的雨幕撕扯成了无数的碎片。雨点和子弹绵密地向已经下透的松软的土地上倾注着，水洼冒着热气腾腾的血泡，汇集成血的河流，挣扎着爬入下面的沟渠里去了。

师傅一上阵来，顿时杀声震天，天空突然响了一声炸雷，有人说是枪炮的声音，但是闪电中又是一声雷鸣。风雨交加，电闪雷鸣，一片咆哮的怒吼声。天地发出轰轰隆隆的响动，好像是天空巨大的陨石从悬崖上跌落到大海里去了。那些战死的起义军将士，就像是手里提着血衣向天上飞奔，后面的卢罕（灵魂）追赶着前面的卢罕（灵魂）。

师傅他吟唱着那最美的诗歌乐章的句子走向仗最硬的地方，他迎着战火和震耳欲聋的密集的枪炮子弹走去。人们看见天空中有敌人的飞机，扔下的一束一束的炸弹。

有人看见师傅身边跟着几个人在沿着山梁畔往山顶上走，他一只手抱着受伤的胳膊，抱着的那只胳膊袖口里流着血。他们就问师傅现在怎么办，师傅说："你们不要管我了，都各自想办法冲出去，你们能冲出去的就想办法赶紧冲出去。"这时候流弹打中了警卫排长狼儿子，他疼得跌坐在地上，师傅对他说："思义，你听我的命令，你赶紧带着大家向老龙潭方向突围。我在这里吸引着敌人，我给大家挡子弹！"狼儿子一转身，师傅迎着炮火就上去了，狼儿子把脸转过来时，师傅却不见了，他四处找寻，也没有找见师傅，就顺着山梁滚下去，滚到下面一个窟圈里，把用死人苦着的几个还能走动的伤员带上，喊了一声："跟我走！"就带着冶老九和剩下的起义军战士往西边的老龙潭方向飞奔。他们侥幸逃出了敌人的包围圈，幸亏守卫在竹林寺路口的一位颇有正义感的国民党连长白振华，他也是黑山人，眼看自己的乡亲们被一锅端了，就特别气愤，骂道："野粮食吃的个胡宗南，你的手还伸得长得很，你打我的乡亲，我就打你的部队！"他命令士兵全部把枪口对准胡宗南的部队一顿猛揍，把国民党的部队打糊涂了，说是自己人怎么打起自己人来了。白振华嘿儿嘿儿地笑着说："谁和你们是自己人，我咋听声音好像连你们吃的不是一条河里的水。"

狼儿子乘机带着起义军冲出去了，大家越过竹林寺山口，终于突出了重围，在过一条小河子时，大家跪趴在河沟里喝起了水，因失了血的人心里渴得就像着了火似的，他们趴下"咕嘟、咕嘟"地喝着水，就听见远处飞来的野子弹和乏子弹"啪嗒、啪嗒，吧唧、吧唧"地掉在身边流淌的河水里。

出来的人，都不知道师傅的去向。有人说，师傅把身边搀扶他的一个人的手摘开了，让他赶紧跟马思义向老龙潭方向冲出去，这个人说，他看见师傅马上要走过一个山梁畔，过去那边是一道弯，弯里种着几亩洋麦，但是就在他一眨眼的工夫，师傅却不见了。跟着师傅的那几个人也都不见了，起义军战士跑过去把那个洋麦地找着翻过了，都没有找见，就哭上向老龙潭方向走了。

师傅到底是被炮火埋了，还是去了哪里，没有一个人看见。只是第二天有人在那道山梁畔的地埂子边上发现了两个坟堆，却不知道里面埋的是谁，谁也说不上来。埋人的人是否也已战死了？都不得而知。

仗打了一天，接近黄昏的时候，雨停了，残阳如血，没有被大地吸收的水分闪着红色的光亮，日头就像一颗巨大的血豆豆儿挂在天边上。

这时候，有人看见陪伴师傅半生的坐骑小黑驴挣脱羁绊，拖着缰绳，从山下跑上了南山阵地，它不管不顾，迎着漫天的炮火，沿着师傅走过的路线和足迹从容淡定地走上去，炮火与厮杀好像停顿了那么片刻，天地和峡谷变得可怕的寂静，整个山沟里好像只能听见小黑驴的蹄子叩击大地"呱嗒、呱嗒"的声音。短暂的停顿过后，厮杀和炮火又一次响起，小黑驴昂首挺胸，一直走入汹涌的炮火之中，像一道黑色的精灵一样也消失不见了。

战斗一直持续到晚上，有些起义军战士滚进树林里，身子紧紧压在地上。后来趁着夜色都从老龙潭竹林寺的方向逃脱了，没有跑脱的，让敌人抓住，二十个一组二十个一组，全部被老马刀剁了。

师傅就是从那一天走了，就再也没有回来。

牡 丹

好多年过去，每次想起那个名字叫牡丹的大姐姐，就会情不自禁地想到电影《红牡丹》中的那位女主人公，并把她们两个的样子紧紧地联系在一起，对比一番。现实中的那个牡丹差一点成为了我的大嫂。电影中也好，现实中也罢，这两个女人都很好看，都和马戏团多少有点瓜葛。归根结底，她们两个都有着去追求自己自由幸福的勇气。

我们这里的人，方言重，一叫牡丹，就变成了"毛丹"。

记得那时我还是一个孩子，我的姨娘，就是母亲的妹妹——来我家浪亲戚。我们这里把走亲戚，叫浪亲戚或者浪门子，也就是去别人家里做客。姨娘是和外婆一起来的。这位名字叫燕儿的姨妈是外婆最小的女儿。外婆和出嫁后的燕儿姨娘的家，相距甚近，都在县城的边上，属于城郊，而我们居住的黑山，相对要偏远一些。

燕儿姨娘时常有口无心地对我说："你们这些乡里棒啊！乡里棒，揣热炕，你们就知道揣热炕！"在燕儿姨娘看来，好像我们只知道炕热不热。然而，尽管他们是城里人，在我却看不出一点优越性来。印象里，当时城里人好像普遍都没粮食吃，而乡下的农民，却有田种，一年能打下足够吃的粮食。我们家收的麦子时常用编织的麦草蒌拴在一个专门的仓房里。两个巨大的麦拴子几近挨到屋顶上了，粮食似乎怎么吃都吃不完。粮食拴子，就像一座小金字塔似的，一圈一圈地箍上屋顶去。仓门的背后，还有两个方方正正的泥缸缸子，里面装的是五谷杂粮和秋田粮，仓门口也有泥缸，里面是做甜馍馍的马灰苕籽儿。灰苕的叶茎可以当野菜，籽儿可以当粮食，把籽儿放到石磨上推成面粉，跟玉麦面搁在一起，做成的甜馍馍，油津津香喷喷的，又甜又酥。这些灰苕籽儿都是母亲带着哥哥姐姐们自田野里一把一把捋回来的。马灰苕，估计有些城里人不了解，这是生长在我们这里的一种野草。在饥荒的年代，这些野草曾帮乡亲们渡过了难关，也给我们儿时留下浓墨重彩的痕迹。后院，还有一口洋芋窖，里面有四季都能吃上的土豆。返回前院，靠南墙根那边，是一座硬柴的小山峰。这些硬柴，即使烧到来年冬天也烧不完。这是大哥努从东大山一捆一捆背回来的。

东大山，是一个郁郁葱葱的原始森林，里面是各种野生动物的栖息地。我们有时不敢相信，在外围如此荒凉的黑山深处，竟然隐藏着一片莽莽苍苍的野森林。

大哥努半夜三四点钟就起来了，公鸡叫头一遍，村子里那些打柴的壮年男子便会隔着墙头喊大哥："起来了——努，走了，努！"

努一下子从睡梦中惊醒，立即应和一声："等一下，等等我，马上就出来啦。"努慌慌张张地穿上衣服，脸也顾不上洗，拿上斧子、绳子等家当，带上准备好的馍馍就跑出去了。

大家在一个叫牙茬骨台台子的地方聚集，然后匆匆忙忙往大山里赶。

牙茬骨台台子，这是村民们茶余饭后说闲话拉家常的地方。一有闲暇，村里人就三三两两陆续集中在牙茬骨台台子上拉闲话，从道听途说那些国内外的新闻和稀奇古怪的事情，一直说到谁家的母牛下了一头牛犊子，谁家的草驴下了一匹骡子等等，就好像这里是一个新闻发布中心，是村民们了解国家大事和各种马路（小道）消息的地方。

去东大山打柴，自然是异常辛苦的，如果去得迟了，即便是把柴打上，也是回不来的。因为天一黑，再背上一捆硬柴，加上山大沟深，路途坎坷，又饿又乏，弄不好就会从崖壁上掉下去的。所以，大家只要看见我家院子里那一山硬柴，就知道我大哥努该是多么的勤劳勇敢了，他让我们在冬季无数个风雪交加的夜晚，享受到燃烧的柴火呼呼哐叫着舔舐炉膛的油画般的情景。

在一个又一个寒冷而绵长的冬天，外婆、姨娘还有母亲的两个姑姑，以及她家的孩子们就会结伴来到黑山过冬。他们说，黑山的火炕永远都是烫烫的；还说，在黑山能吃到鸡蛋和长面饭。

记得有一年，外婆和姨娘从冬天一直待到了春天，然后又接上了夏天。这次她们待得也真是够长的了。但我们觉得亲戚来了，有诸多的好处，比如母亲管教我们的时候，在气头上会用捆草的皮绳头抽打孩子们。但亲戚一来，就把她拉开了，或者挡着她打不到我们；还有，家里有什么好吃的东西，母亲会统统拿出来款待亲戚，这样我们也会跟着享用一回。

那时候，人们走个亲戚是非常不容易的，感觉路途十分遥远，条件好的，会骑上一头毛驴，在路上骑一骑，再从驴上下来走一走，从半夜三更起身，再到半夜三更方才能到达目的地。如果亲戚在相距上百里的地方，有时走不到，还会在中途的某个村子里借上一宿。比如，像我的已经过世的杨坊城的姑奶奶、六道沟九条沟里的姑奶奶，这样旅途不易的亲戚，浪一趟是多么的艰辛啊！母亲与她们，侄女与姑姑的那种骨肉情谊和十指连心的关系，都融入到漫长的行走和等待中了。因此，在过去的那个交通不便、通信落后的年代，亲人彼此见面后的那种亲切感，是无法用言语来表述的。母亲的姑姑每次要回家去的时候，都要抱住母亲放大悲声哭一场，好像她的这个远嫁到黑山的侄女多么可怜！人往往在哭别人的时候同时也是在哭自己。当亲人们一个一个离去，母亲就一点一点又变得孤独和凄凉了，就又会成为一种漫漫的无休止的等待和盼望，盼望娘家人能再次到来，好再围着火炉叙上一叙。那种彼此的扯心，那种牵肠挂肚的纠结，就像多年以后我等待一位名字叫嫦娥的女子的一封信件一样望眼欲穿。正是因为这种古老而原始的情感寄托，以及距离的阻隔和旅途的漫长，才使人觉得人与人之间那种真挚而纯洁的感情，那种浓浓的化不开的情谊的珍贵。

就在亲戚们相聚黑山我家不愿散去的那个夏日的午后，燕儿姨娘突发奇想，说出一个激动人心的好事情。她说："干脆我把我的小姑子红毛丹（牡丹）介绍给咱们家的努当媳妇算了。他们看着是多好的一对呀！"姨娘抒发起感情来了。

外婆接过话头说："这确实是个好很的事情，但从辈分上来说，红毛丹（牡丹）和你一辈，努（我大哥）呢，小着一辈，人怕说闲话呢吧？"

燕儿姨娘心直口快："欧（那）他们有啥说的呢，毛丹（牡丹）和咱们的努年龄帮肩（相仿），又没有血缘上的关系，额（我）们以后各论各的，这样一来就亲上加亲了，不就更亲了吗？"姨娘的辩驳似乎合着逻辑情理。

亲上加亲，往往是一些人认为的最理想的婚姻，喜欢结一桩一桩的姑舅亲，喜欢盘根错节，亲戚套亲戚。毕竟肥水不流外人田，觉得肉烂了都在自家的锅里呢。

外婆喜欢听燕儿姨娘的话，她接过话说："你如果觉得能成，额（我）看也能成，这也刚刚是个好茬口，毛丹（牡丹）找咱们家的努，额（我）觉着这真是一对好姻缘！"

燕儿姨娘能言善辩，自信地说："额（我）办的事情，那咋能不好呢嘛，毛丹（牡丹）找上咱家的努，那以后的日子就是在米缸和面罐里面滚蛋蛋呢。"

这件事在我，觉得甚为有趣，还有就是如此一来，外婆和姨娘她们就会来得更加频繁了，这就像她在我们家安插了一个内线，我家的情况，姨娘们可以随时掌握。

我的母亲平时就喜欢听他们娘家人的话，也不管牡丹究竟长得如何，人品怎样，还有努是否愿意，竟却乐得眉开眼笑，一连声说："能行、能行，这好得很嘛，我听燕儿的！"她觉得听她妹子的话，是百分之百的正确。

燕儿姨娘和母亲几个人在大房台子上拿着小板凳面对面围成一个小圈圈坐着，正叽叽咕咕地商量研究给大哥努说媳妇当媒的事情。我机灵地凑上去听着，观察着一切。

大哥努的个子比较矮，但身体却像草原汉子一样结实，他两只手托着下巴，蹲在他们身边，眼睛缝儿眯眯着，带着一丝傻笑，全神贯注地听着。幸福是不好控制的假象。努每听到振奋人心的地方，都会情不自禁地猛地一下站起来，两只拳头紧紧握住，拳心向里抱着，胳膊交叉压住胸口，他亢奋得缩着脖子，陶醉地闭上眼睛，抽筋那样浑身打战发抖，仿佛一不小心那颗剧烈震荡的小心脏就会从胸膛里蹦跶出来。

姨娘已经开始设想和规划起未来了，她把红牡丹嫁到我们家以后那光明的前景，还有未来二十年后的规划都筹谋得一片辉煌。

努听着听着，好像再也无法克制自己，亢奋得如一只弹起来的毛蛋，两只胳膊捂着心脏，腿子抽筋一般在燕儿姨娘的外围转了一圈，又一圈，接着转到姨娘的前面，用拳头支着下巴，身心匍匐地继续听下去。

这是一个酝酿姻缘的好日子，院子的头顶上，天特别蓝，云彩就像雪白的棉花团一样堆积如山,那些山丘一样的云时而温柔地聚拢,时而又祥和地散开;几只喜鹊"恰恰恰"地在房脊和门前的柳树冠上喊叫着,仿佛是在叫喜呢;院南墙根下,堆着硬柴的地方,几只肥硕的母鸡挤在一起,期待和商量着一般,好像在讨论要承担一些重要的接待我未来的大嫂红牡丹的任务似的——不定它们其中的某几只就会被宰了,成为郑重其事招待红牡丹等亲戚贵客们的盘中餐了。真的,此时此刻,整个农家小院,暖洋洋的,大人们正你一言我一语合计着努的婚姻大事。

不等母亲问及红牡丹的模样,燕儿姨娘就开始描述她的美丽了。她说:"红毛丹(牡丹)真个好看死了,她就像一朵红艳艳的牡丹花儿!"姨娘用手比画着花儿的模样。

我是第一次听说"漂亮"这个洋气的词,觉得让人心里痒痒的,非常舒服。其实,我们黑山的人,形容女人和姑娘好看,不用"漂亮"这个词,而用的是"干净"这两个字。我曾无数次思量他们为什么要用"干净"呢?有时候想着想着,就会会心地一笑。

入乡随俗,母亲开始习惯性地问:"你们家的红毛丹(牡丹)真个长得很干净吗?"

"额(我)的姐姐呀,以后你可不能再说是额(我)们家的毛丹(牡丹),你要说是曹们(一种被我们这里人称作南杆的方言,咱们的意思)家的毛丹(牡丹)了,一定要说是曹们家的那个红毛丹(牡丹)。曹们家的那个红毛丹(牡丹)啊,那个干净呀:一双眼睛就像一对环环,脸盘子就像商店里的一只大洋盘,面庞就像雪花膏搽过的一样,那个线条,就像修剪过的春上的杨柳树树,额(我)都没办法形容了,谁一看保准都能看得上!"燕儿姨娘好像是在思考红牡丹更加好看的地方,她用手按住嘴,抿抿一笑,说:"红毛丹(牡丹),她是那种能够生出顿亚(世界)上最漂亮娃娃的姑娘!"姨娘习惯把"好看"说成"漂亮",

把身材说成"身道"，我们觉得姨娘的语言土洋结合，活色生香，极为有趣。不像我们黑山人，形容女人"好看"，一直都用的是"干净"这个词。那时候总是觉得我们黑山人说话太土气了。

当然，外婆是见过红牡丹的，她也一个劲儿点头，表示双手赞成姨娘的话，意思是燕儿姨娘的话大家应该完全相信，有她可以为证的。

努听入迷了。

我也尽力想象着我生平见过的所有的花儿，那些令人眼花缭乱的样子，尤其是邻居家园子被他们视作宝贝一样的牡丹花，有些花苞打开了，恰似太阳光下的瓷碗碗一样熠熠生辉；有些含苞欲放，仿佛女孩子似笑非笑的嘴唇。我是那么焦急和快乐，仿佛比哥哥还着急地盼望着能早点见到我们的大嫂红牡丹。

随后，姨娘提议说："媒人嘛，得请上两个，额（我）算一个，杨坊城希尔姑姑的儿子主麻子姑舅算一个。"她故作淡定地挠了一下头发，接上说，"首先，我认为还是先让两个娃娃见上个面，让他们自己瞅，主要还得看两个娃娃的，看瞅得上瞅不上！"燕儿姨娘说的瞅对象，那时才刚刚时兴起来。

我也特别期待哥哥和红牡丹瞅一下对象。

"就是、就是，还是要让两个娃娃瞅一下的！"外婆重复着姨娘的话。

突然，母亲仿佛想起来了什么，担心地说："不知道你的公公婆婆愿不愿意，人家可是城里的人，咱们可是在黑山！"

"额（我）的个姐姐呀，你放心，大人的事情你包在妹子身上，额（我）的话他们保准听呢，这个，额（我）还是有些把握的！"姨娘很要强，且性子躁，脾气犟，固执起来几头牛都拉不回，他们家的事，基本是姨娘做主的。

姨娘的丈夫名字叫个存存子，他在姨娘跟前从来大气都不敢出。所以，我们的存存子姨夫是这个顿亚（世界）上最不幸的一个男人，因为他遇上姨娘这样争强好胜的女人，注定是一个悲剧，他经常被姨娘揪头衔毛的，受了一辈子女人的气，他的一生是被燕儿姨娘压迫的一生。所以，燕儿姨娘在这里充满自信，显得把握十足和信心满满的样子。燕儿姨娘自从来到了我们家里，对我们家的事情，也是参与性越来越强，时常能感觉到她的主人翁意识，无论是当面还是躲在母亲的背后，都能感受到她的积极干预和参与主导各种事情的身影。

这时，燕儿姨娘扭头看了一眼我大哥，以母亲的口气指拨和吩咐起努来了："马上都要娶城里的姑娘了，还不赶紧把身上的瞎毛病改一改。你看看，你要把腰板儿给我挺得直直的！"说着，姨娘的一只手掌在大哥的肚子前面拦着，另一只手掌在大哥的腰间和背部拍了几下说，"一个年轻轻的小伙子，还没见怎的，就扎下一副放羊娃娃的姿势。"

三天之后，姨娘就和外婆两个带着使命回县城里去了，她们商量好了，要把我们未来的大嫂红牡丹带到黑山来和大哥努瞅对象呢。她们走了的那段时间，我等得特别心焦，盼她们能早点回来。

大约过了半个月，姨娘和外婆说话算话，她们真的带着一个我从来都没有见过，全身洋溢着雪花膏味道，显得新潮洋气，且手上抹着棒棒油的姑娘来到了黑山。那个半土半洋的大姑娘，她就是红牡丹。红牡丹和姨娘当初讲给我们听的样子，以及跟我想象中的略微有些差异。说实话，现实比想象更接地气，红牡丹穿着一件米黄色汗衫，扎着一个马尾辫，头上还戴着一顶有帽舌头的紫色帽子。帽子戴在红牡丹的头上就有了一股青春的活力与热烈的气氛。

红牡丹除了脚上穿的一双高跟鞋，还备了一双白球鞋。

我觉得红牡丹真是挺好看的，她显得那么与众不同，她的脸盘子很丰满，大眼睛，耳朵上是两个后来我在电视里看到的印度女人戴的那种吊环一样的大耳环，但可能是染色的塑料制品。红牡丹的皮肤略略有一点红苹果似的高原红。但是，这一丝丝红，更让人感到她丰满健康。

当晚就把给村里羊把式白振武带着牧放的一只羯羊羔子请人给宰倒了。确实，红牡丹姑娘一来，鸡蛋面片子、鸡蛋浆水长面都已经指不住事了，已彻底换成了羊羔肉和肉臊子长面了，再就是一院子的鸡，陆续宰着吃。

母亲还觉得不够丰盛，就打发努去集市上跟集，再买点好的。大哥那段时间，就像是一款把电充足了的电动玩具，活蹦乱跳的，兴奋得快要停不下来了。他去李俊街上跟集，以前上自行车的动作是一只脚踩住脚踏子，腿子要从后面绕过去骑上车子，可是这次他从门口的坡坡子上推着车子刚到巷子里，就一个丈子跳到了自行车上。平时，大哥走集市上少说也得个把小时，可是那天去跟集来回不到半个钟头，就把缺的东西都置办回来了。

大哥旋风子一样回来后，姨娘问他："努，你给你对象买啥好东西了没有？"

大哥点点头，努买了当时最好看的花手绢。大哥那么不善于交际的一个人，怎么突然变得情商高起来了，这都是我们现在想起来匪夷所思的事情。

姨娘说，那你去送给红牡丹吧，问她能不能看得上你，问问人家愿不愿意嫁给你。

我寸步不离地尾随着努，紧紧盯着他，观察着努的一举一动，我看见他在大房的门背后把那只好看的花手绢塞给了红牡丹，还问她愿不愿意。

红牡丹笑着说："你说的愿不愿意啥呀？"

"当我的女人啊！"努说得特别蠢笨，脸都红透了。

　　红牡丹看着努憨厚朴实的样子，觉得好玩和怜惜似的，只点了点头，叹息一声，说："愿意！"

　　努说："那就，不许变心！"

　　红牡丹又叹息一声，重重地点点头，说："不变！"她好像把以前翻过去了一页似的，突然变得非常开心的样子。

　　努高兴得架起轻功似的，一蹦子从大房里跳到了院子当中，又飞快地跑到了大门上，差点被院子里的苹果树给绊倒了。他跑到灶房里，望着母亲，激动得话都不会说了。

　　姨娘见了努，问他："答应了吗？"

　　努结结巴巴的，一个劲儿地点着头。

　　"她以后就是你的媳妇了，你可要好好对人家！"

　　努把头点得跟鸡啄米似的。

　　其实，一路上燕儿姨娘早就跟红牡丹商量好了的，只要我大哥努不是一个勺子，就都会同意的，因为红牡丹家里据我后来了解，是比较困难的，尤其是缺粮少吃的。所以，她既然能来，答应这桩婚事自是姨娘交代好了的。

　　燕儿姨娘不停地夸赞红牡丹，说："你们看看红毛丹（牡丹）的腔板子（胸部），饱格生生的，就像两个凉粉碗坨子，给咱们家生个胖娃娃肯定能吃个饱奶！"

　　一下子把全家人都说得眉开眼笑的，我也禁不住往红牡丹的胸脯上好奇地看了一眼，感到十分满意和开心。

　　接下来，母亲为了让红牡丹看看我们家的殷实，让她知道今年我们将会迎来又一个丰收年，就让努带领大姐二姐和我们一群，陪着我们未来的大嫂红牡丹去观摩下川里我们家长势喜人的粮食。

　　在十万大山包裹的黑山，怎么还有川呢？大家有所不知，这个黑山沙沟的村子，周围是密不透风的一层一层围着的大山，但是中间是个小盆地，我们把地势平坦低洼的地方称作川，且根据高低变化有上川和下川一说；在上川里，村子里的人打了一道很宏伟的拦洪坝，坝里面的水倚着两边的山峰而蓄积，水量完全够下川里上千亩的粮田浇灌。村民在农业社兴修水库的时候，就修了这里的拦洪坝，还挑了好多用来灌溉粮田的人工水渠，水渠边沿还种植了一棵接一棵的柳树，现在的柳树都已经成材，完全能当檩条了。每当渠水哗哗作响流向田里的时候，渠沿边的柳树枝条就在微风中轻盈地摇曳，甚是浪漫，树上的布谷鸟叫声亦亲切悠扬，让人觉得黑山的风景煞是宜人！

大哥大姐一人骑一把自行车，大哥前面车梁上架的我，后面捎着我们未来的大嫂红牡丹，大姐车子后面带着二姐，大姐嘴里哼着《我们的生活充满阳光》的曲子，几个人驶向下川里的麦田。中途要经过碱水沟沟子和羊圈拐子。碱水沟沟那个地方下雨天流下的红胶泥，天晴晒干后就变得像石头一样坚硬，且弄得路面凸凹不平，车子到那里就把人抖得牙花子疼。再继续往下走，就到了羊圈拐子，农业合作社的时候，那里依山挖了一些窑洞，外面打了围墙，被当作圈羊的羊圈。过了羊圈拐子，再骑一段舒坦的沙石路，就到达水壕背后的粮食田里了。车子被立到水壕边，我们在努的带领下一头扎进我家的麦田里。麦子种下去出来之后是根据播种的楼垄长上来的，人走进去可以小心翼翼地走在麦子的垄背上，这样就不会踩踏到麦子了。

田里的麦穗子长得又粗又长，约有一大拃，已经看见麦芒了。庄稼汉常说：麦子见芒，四十天左右上场！看来已经离收割越来越近了。放眼整个周边的麦田，不知道为什么，我们家的麦子普遍比邻居家的要高，麦穗也比他们的大。村子里有些人调侃说：连粮食也是看面子长着呢，而且一眼看上去特别明显。其实，现在回想，还是大哥的庄农务得扎实，农家肥上得恰到好处。

我们学大哥把麦穗扳倒，摁在手心里揉一揉，都能揉出带着甜丝丝味道，以及样子笑哈哈的麦粒来。麦子的颗粒非常大，正是需要在太阳的光合作用下加油增长面粉和面筋的时候了。我看见大哥揉了两个麦穗头的麦子，放到了红牡丹的手里让她尝尝。红牡丹把大哥揉出来的香甜的麦子倒进了嘴里咀嚼着，似乎在体会着一种生活的味道。

这里全是水田，麦秆长到大哥他们的胸脯上了，我走进田里，麦子深得在田外面就找不见我了。我把头极力地抬起来，看见大哥和红牡丹他们的头和半个身子在晃动。他们两个人离得那么近，两个姐姐则好像有意识地要离他们两个远一点。我钻到离他们越来越近的地方，看见红牡丹突然把头上的帽子抹下来，一下子扣在了努的头上，然后转过身去装作逃跑的样子，并发出咯咯咯的笑声。努却傻乎乎的，竟然不知道此刻她需要他去追赶。那是我第一次听见那么富有磁性的女人的笑声。

努好像有些害羞，似乎不懂得女人需要的那种她跑你追的浪漫劲儿。

牡丹见努没有追过来，就停下来，长长地叹息了一声，开始在拨弄麦秆上的一只名叫花媳妇的瓢虫。

这时候，大哥头上戴着红牡丹的红帽子，显得十分滑稽，他竟然莫名其妙地唱出了："山里的个野鸡娃，红冠子，我给我的妹子呀打簪子，三丹红花开！"

我觉得努的歌声似乎不合时宜，不应该在这时候唱，他的声音仿佛打破了一种说不清的氛围。

我们走出麦田，又骑着自行车去看了荞麦。瓢儿（一种野果子）红，荞麦明，说的就是当这种叫瓢儿的野果子变红能吃的时节，荞麦就要从土里钻出来了。现在的荞麦，也已经长高了，而且正是漂亮的时候，荞麦花就像千千万万的灯苗一样充满了爱和温馨。

清明过了十三天，就到土旺跟前了。胡麻是在土旺跟里种的，努经常给我们说：土旺种胡麻，七股八棵杈，意思是在这个时候种的胡麻，将来结的果实是最得力的，浑身都会长满胡麻籽儿。

一块一块的粮田观摩完之后，红牡丹觉得特别充实和满意。一路上高兴得轻轻地哼着小曲。回来的时候，我感觉有些匆忙，应该在柳绿花红的粮食田里多待一会儿的呀！实际上，我感觉红牡丹也想多待一会儿的。可是大哥好像不会安排，很快就结束了田园风光的游览和观摩。

回到家之后，发生了一些什么，在我的记忆中好像变得特别模糊。只是觉得红牡丹她们又待了不多的时日，姨娘就带着她回县城去了。然后，我们这边就准备了各色情份子，带了定亲的礼物和彩礼去红牡丹家定亲了。好像去的人特别多，亲戚里面有杨坊城的主麻子姑舅爸、尔布子姑舅爸、穆罕子姑舅爸，还有东沟里的喜曼子姑舅爸，一大群人浩浩荡荡去红牡丹家定亲去了，说是在这个冬天就把红牡丹大嫂迎娶进门呢。他们认为冬上炸的油香和做的待客食品不容易放坏。我也觉得越快越好，那样我们就能经常看见红牡丹了。

然而，就在那年割麦子的时间，县城里召开了物资交流大会，来了一帮子马戏团的人，他们在县城的市场里支的摊子表演马戏。据说红牡丹也去看马戏团表演了，不知道怎么她就认识了马戏团里面的一个男演员，等到交流会结束，马戏团不见了，我们的未来的大嫂红牡丹也不见了。后来听说红牡丹跟上马戏团的人跑了。

记得电影《红牡丹》里的女主人公，最后逃脱了别人设计的魔爪，寻找自己的幸福去了。而现实中的差点被姨娘忽悠着变成我们的大嫂的红牡丹姑娘也是跟上马戏团的人走了。真正的现实与生活，永远都是在不断地重复着荒诞人生。我感觉这一切，就像是生活设计好的一样。当时，我们全家都觉得莫名失落，好像一只金凤凰就要落户栖息于我们沙沟黑山了，但是突然却又飞走了，毫不犹豫头也不回地飞走了。

努的伤心是不言而喻的，他把头包住在炕上睡了三天，起来的时候我发现眼皮肿肿的。

我们邻居家的那个男人背着手在牙茬骨台台子上嘲笑说："嘴上没毛，办事不牢，一群女人娃娃，能把事情办成吗？"

时间已经很久了，不知红牡丹和他们的马戏团现在还好吗？

发表于 2021 年第 10 期《作品》

夏季的牧野

马群转移到山间的一个断陷的盆地里，牧草快要把人淹没了，山间的乔木高大挺拔，阻断了牧马少年伊斯哈格的视线。他一声接一声地吆喝着马群。"嘟儿——驾，嘟儿——驾！"那声音在山谷里阳刚气十足地回荡着，穿透力越过了山包。中亚大地被马蹄踩踏得震颤起来，发出隆隆的声响，地上的草棵被马蹄砸得趴倒了，贴在地皮子上，片刻，那些跌倒的草棵又跌死绊活地挣扎着翻起来，半立半卧着，但经过一番大自然的抚慰，牧草很快就又恢复了生机勃勃的样子，在微风下轻轻地摇曳。

这片草原的生命力是非常旺盛的，从古至今，牲口们轮番踩踏，但是只要你给予它时间，一场雨水浇灌过后，风一吹，牧草就又一次从地皮子下面嗖嗖地飙上来。牧草郁郁葱葱，密集得像浪绳一样，简直能把马儿们的腿子浪倒；河谷里鲜花五彩斑斓，金黄色的花卉满眼都是，有如夏夜灿烂的星空。这里到处都是中药材，马儿吃的就是中药材，所以，皮毛油光水滑的，十四五岁的牧马人伊斯哈格骑在他的专用坐骑黑豹的背上，就像骑在绸缎披挂的肉垫子上，享受着王一般的待遇。只有在草原上，伊斯哈格跟他放牧的马群在一起的时节，他才有王的感觉。

清澈的蓝乌乌的喀纳斯河像宝石一样从这里滚过，河的两岸有层层叠叠的野生的乔木，直插入云端。伊斯哈格沿着河岸穿越丛林和牧野，内心就会被这里的景色陶醉，最终自己也融入其中，成为大自然的一部分。

有一头骡子和一头母驴就混迹于伊斯哈格放牧的这群马群当中，它们自顾自地吃着牧野的青草。在夏之季，雨水适中，中亚大地的草原一派苍茫，只有浩瀚无垠的大海才能和这无边无际的草原有得一比。

现在正是牧草营养最佳的季节，也是马儿们上膘最快的时节。伊斯哈格发现马群就像吸着长面饭一样，贪婪而香香地吃着牧野里的长草。马儿们总是不怎么搭理这头跻身于它们当中的骡子，好像它这样的一个另类在这里是不受大家欢迎的。当然，骡子仿佛知趣地尽量不去讨好和亲近马群，跟马儿们保持若即若离的关系。过分的讨好或亲近则会被人家无端地轻视。骡子也有骡子的性格和脾气，它跟一头母驴正身子靠近着，心无旁骛地吃着峡谷深处的牧草。它们似乎是有些孤独地躲在一个不被马群打扰的安静的草窝子里，尽情地享受着大自然的馈赠。只有大自然是最宽厚和最仁慈的，它们和空气一样，对万物都是一视同仁。

骡子和驴有它们自己的天地。这头骡子是土黄色的，如果不是中亚大地这看不到尽头的草海那绿色的植被衬托出它的像黄土一样的颜色，你是很难发现它朴素的泥土一样的身影的。这头黑里泛青的母驴，则是骡子的妈妈。伊斯哈格他们把母驴叫草驴，草原上的人把母驴都叫草驴，把公驴叫作叫驴，把母马叫骒马，把公马叫儿马，把阉割了的马叫骟马，骟了的马是没有生育能力的。在一大群马匹当中，有些儿马，命运会让它们失去做一匹真正的儿马的资格，到一两岁的时候，那些在草原上游走的骟匠们会背着一个木箱箱，来给它们做节育手术了，他们从箱子的牛皮褡裢里抽出锋利的鱼形的小钢刀，还要用一盆清水把钢刀冲洗一下，再把儿马的那个地方冲洗干净，骟匠把尚有余腥的刀子用牙齿咬在嘴里，那手法熟练得简直令人瞠目结舌，好像那黑脸骟匠的手只是"啪"地一拍，发出一声响，两个鹅卵石一样的蛋蛋就已经掉落在了地上。

伊斯哈格每次看骟马，感觉既紧张又同情，有些细节他都不敢睁开眼睛仔细地观看，他觉得骟匠的刀子真的太锋利了，使他不由得用双手护住自己的裤裆。

但是，雇主艾布说："这些儿马，如果不早早骟了，就会因为争夺骒马而整天撕咬打架，成为马群中不安定团结的因素，更不要指望它们安分守己和老实本分了。"是的，儿马在马群中动不动就会变得十分狂躁，随意地尥蹶子，总是喜欢把头昂得高高的，脖子伸得长长的，四处寻找恋爱的目标，会和别的公马同时追逐一匹母马，为之几匹儿马就会发生战争，互相又踢又咬，撕扯得皮开肉绽，鲜血淋漓，甚至有把腿子都踢跛踢断的。儿马大多数性子都比较烈，像火焰一样，内心在毕毕剥剥地燃烧着，激动起来嘶声恐怖，暴跳如雷，"嗯哼哼，嗯哼哼"的嘶鸣声惊天动地的，会拼了命翻山越岭地追赶一匹骒马，马群会因为这些儿马四散奔逃。这样一来，真是累坏了牧马少年伊斯哈格，马群因此便再也不好管理了。为了收拢马群，伊斯哈格骑着他的专用坐骑黑豹，这匹浑身乌黑速度迅捷的小骒马，得追上一天，才能把马儿们找寻回来，吆到一起。其实，要说那些被阉割了的儿马，它们长得也并不好看，个头又瘦小，形象又猥琐，毛色还邋里邋遢。伊斯哈格既同情它们被阉割的遭遇，同时也对它们疯狂追逐骒马的行为而有些愤愤不平。

高大英俊、草原雄鹰一样的艾布说："这样的儿马嘛，是不适合留种的，会让马群的档次拉低。"在雇主艾布的眼里，这些儿马骟过以后，可以卖给那些需要驮拉骑乘的人家，成为家中的一个劳动力。被骟了的马，性子都比较温和绵善，再也没有了天然的野性，一个个皆会变成傻里傻气的样子，在马群中一眼就能认出来，好像一年四季都乏塌塌的。这是没有办法的，一切游戏规则都是由人类制定的，偌大的马群只能有一匹最威武最霸气、引领群马的儿马，这样的儿马将成为马群中的头马，是真正的马王，所有的骒马也都将是它的妻妾。

伊斯哈格记得很清楚，那头草驴后面靠左边的那只蹄子长得分外地长，就像人的大脚片子，如果把它不修理成驴蹄子的圆碗坨模样，它还会继续向前生长，那则会影响到它的行走。一头驴有一只蹄子变长，像人的脚片子的形状，看上去都觉得怪异。伊斯哈格曾见过村子里有一位非常美丽的阿依拉（大婶），她就是一只脚长，一只脚短，是有名的长脚妇，长脚妇不像长嘴妇，她特别贤惠善良，还很大方，她家地窝子后面有一片果园，每当果子成熟，她都会摘来半麻袋，摆放在门口，给邻居周围的巴郎子们散发。只是长脚阿依拉走路不甚协调，每走一步都会磕磕绊绊的。这头驴也是这样，走路的时节，腿子需要向外面一绕，再一弹，方才收回来迈向前去，给人就像是拄着拐杖栽棱栽棱地拐着，慢慢行进的小儿麻痹症患者。艾布说："这头草驴说白了，就是一个有缺陷的残疾驴，不要指望它能有什么贡献了。"

伊斯哈格自从给艾布家牧马以来，目睹和见证了这头草驴的前前后后。它是从孖蛋子手里得来的，因为孖蛋子从艾布这里买过马，但账没有结清，可能这几年贩牲口他不仅没有赚到钱，还赔了钱。后来听说这驴就是他贩牲口时处理不掉的一头长蹄子的残疾驴。驴是孖蛋子买马的时候，人家有个卖马的人搭给他的，就像市场上买了一件东西，人家为了让顾客满意，觉得对方略微有点吃亏，就给再添点什么东西。所以，这长蹄子草驴就是孖蛋子买马的时候，人家给他搭的一个附属品。可是再卖的时候，却没有一个人愿意要它，送给别人都不要，都觉得麻烦，认为这头驴完全像它那多余的蹄子一样成为一个累赘，回去不仅什么也干不了，还得个人操心，得拿草喂它，得把它赶到草原上去放牧。就这样，这头驴倒像成了人的一块心病，给谁都没有人要。尕蛋子耍奸心就把长蹄子草驴吆到艾布家里来了。

那天日头落了山，伊斯哈格骑在热烘烘的黑豹的背上驱赶着马群从草场上回来，他跳下黑豹，把马群刚刚赶进马厩，就听见尕蛋子拉着那头黑里泛青、毛色还算干净的草驴，站在院子前面的空地上对艾布说：

"阿卡（哥哥），这驴你要吗不要？你若不要，那以后可别再跟我提还钱的事啦。"他好像变得很有理，让人误以为是艾布把他的什么欠下了，他接上说，"我就这么一头毛驴子了，要钱嘛，真的没有。"他压低了声气，"就别嫌弃了，它可是一头年轻的草驴，说不定还能给你下一头耕地的骡驹子哩。"

艾布是草原上的有钱人，他说："你不还钱算了，毛驴子嘛，我不要，你拉走！"

"你不要，我拉回去没人喂，也没人放，总不能让它饿死吧。"

艾布说："你没人喂，我有人喂呢？你赶紧拉走。"

"你见死不救啊？你不是雇了个放马的巴郎子吗？让跟着马群一道赶上草山去。"

"马和驴晚上圈在一起踢着不成嘛，钱我也不要了，驴你拉走。"

"阿卡（哥哥），这驴先在你这里寄放两天，等我找到买主再来牵。反正钱已经两清了，驴你要就留着给你下骡子，不要过几天你吭声我再来牵。"说着他逃也似的走了。

艾布无可奈何地笑一笑，啥话没说，示意伊斯哈格让把这驴吆进马厩里去。

这头驴刚进了马厩，立刻就被一匹调皮捣蛋的红母马踢了两蹄子，草驴吓坏了，战战兢兢，像个无辜的古丽（姑娘），躲在门口的一个犄角旮旯里瑟瑟发抖。伊斯哈格见不得弱者被人欺负，他顺手拾了一颗石头，从兔儿条编织的马厩的门缝里投进去，不偏不倚打在那匹欺负毛驴的红马的额头上，石头嘣的一声弹开了，所有的马都惊慌失措地转过头来，耸立起耳朵看着伊斯哈格。那匹挨了打的母马垂头丧气地带着不情愿的样子，挤开别的马匹溜进马棚里面去了。

从此，艾布家就多了一头长蹄子草驴，一家人都称它为长脚草驴。

每天伊斯哈格赶着马群去牧野的时候，长脚草驴就跟在马群后面，它总是走得很慢，需要伊斯哈格更多的关心和照顾。可是，不久的一天，当长脚草驴听见儿马的嘶鸣，或者远远的某个地方传来若隐若现的老叫驴雄强的叫声时，长脚草驴突然就开始把腰弓起来，叉开后腿，一边撒尿，一边吧唧吧唧地拌着嘴巴，那样子又丑陋，又狼狈，颇有些丢人现眼，伊斯哈格在马背上的英耀气全让这头毛驴子丧尽了。他就追上去拿鞭杆戳它的屁股，让它把尾巴赶快夹紧。

有一天，艾布对伊斯哈格说："听说哈里克家的大特级专门给驴配骡子呢，你吆上长脚去一趟，试试运气吧。"伊斯哈格也在草原上听说了，大特级配下的骡驹子一律都是土黄色的，特别漂亮。"你改天去的时候，给哈里克家的大特级驮上半口袋豌豆，不能让人家白操心！"草原上的人把给牲口配种叫得巧妙，叫操心。伊斯哈格把马打到一个距离哈里克家儿马配种点不远的一个峡谷里让自己吃草，他就吆着长脚往配种点的河谷里走。出门的时候，他把豌豆让黑豹驮着。到峡谷里，以防万一，他又给几匹调皮的马儿上了冈木马绊，避免它们跑丢，然后把黑豹身上的豌豆挪到长脚的背上，就赶着长脚往河谷里走。

大特级就拴在喀纳斯河边的一棵粗壮的大树上，它远远看见长脚草驴，前蹄子立刻凌空而起，打起棱登，发出震耳欲聋的长嘶，它企图挣脱拴在大树上的缰绳的羁绊，向长脚猛扑过来。大树被大特级摇撼着，哆嗦着身子，纷纷扬扬的树叶飘落下来，铺了一地。

这时候，听见儿马的呼唤的长脚，连路都有些不会走了，尾巴卷向一侧，露出丑相，腰弓起来，头低下去，嘴巴一张一合地吧唧起来。伊斯哈格轻轻抽了长脚一鞭杆，嘴里埋怨着长脚没有一点出息。

本来哈里克还要二十块钱的，但因为伊斯哈格曾给他家放过马，离开的时候也没有向他要过放马的劳金钱，所以他说："钱就不要了，白操心一回，豌豆放下吧。"

哈里克近两年得了风湿病，经常腿子疼，所以走起路来跟长脚草驴一个姿势。他的这匹大特级的儿马，以体形高大、身形彪悍、骁勇善战而著称，是伊斯哈格曾经放牧过的一匹红里带黄、色彩金贵、性格孤傲的儿马，也是方圆百里的一匹头号种马，所以大特级可不是白叫的。

大特级从大树上被解下来，它显得威风堂堂，额际上还系着几根喜气洋洋的红布条，它扬起头颅，甩开瀑布一样的长鬃毛，前体腾空而起，一次又一次打起棱登，拽着缰绳头的哈里克大叔，栽着跟头小跑在后面追赶。大特级那一声一声的嘶鸣，震撼着整个山谷，让长脚草驴竟然大小便都失禁了，走两步撒一泡尿，走两步撒一泡尿，已经俯首帖耳地臣服于大特级的雄风之下。

红布条在天空肆无忌惮地飞舞着，一连操心了两次，都是哈里克大叔戴着一只黑色的长皮手套亲手给帮忙的。每次结束，哈里克大叔都要用他那粗糙的大巴掌在长脚草驴的肚子上恶狠狠地抽上两巴掌，远远就能听见他抽上去发出的啪啪响声。伊斯哈格一直都没有弄明白，为什么哈里克大叔要用尽全身的力气美美在草驴的肚皮上抽那两巴掌，打得长脚浑身的毛都锁紧了。伊斯哈格感觉长脚这次真是遭了大罪了。每次哈里克大叔用巴掌抽长脚肚皮的时候，嘴里还兴奋地不忘说着："定了，定了，这回是定了。"

走的时候，哈里克大叔有些意犹未尽地祝福伊斯哈格好运，还说："如果没定了下次再来，给你白操心。"

伊斯哈格觉得他的长脚草驴吃了大亏一样，有些闷闷不乐地赶着快快地回去了。

第二年，长脚草驴就产下了一头非常讨人喜欢的土黄骡驹子，周围的左邻右舍都来观看，啧啧地称赞着，艾布特别激动，高兴地说："咱们在门前河对面的草甸子里，开点荒，种点小麦和燕麦吧。"他长出一口气，添上说，"以后，耕地就全靠这头骡子啦。"

长脚产的这头骡子全身的毛统统是土黄色的，再没一点别的杂毛，只额头和鼻梁以上有一道白顶子，那是拜它的妈妈所赐，长脚的额头上也有一道白顶子。没有想到长脚草驴的肚子为艾布家立下了功劳。土黄骡子特别可爱，也特别乖，经常跟着伊斯哈格打着旋儿跑前跑后，找着向他要馍馍和苹果吃。伊斯哈格经常会给小骡子和长脚偷偷地喂馍馍和水果，他觉得他们母子孤苦伶仃，相依为命，生活给了它们更多的痛苦和磨难，被人嫌弃，被马群排斥。骡驹子好像非常懂事，每天都跟在伊斯哈格屁股后面，享受着独有的爱与呵护。

伊斯哈格时常把他穿的裹肚子，披在小骡驹子的背子里，怕它着凉，它也不踢不跳，驮着裹肚子在草原上走来走去，回到村子里，骡驹子还会用鼻子嗅闻着跟着伊斯哈格走进他居住的板棚里来，站在他的床前，让它抚摸它的白鼻顶子，或者向他拱着嘴巴要果子吃，真是萌萌的，可爱极了。

一年多以后，土黄骡子就长大了，还是那个黑脸骟匠来给骟的。伊斯哈格看见土黄骡子睁着一双无辜的大眼睛一会儿瞅瞅骟匠，一会儿又瞅瞅他。但是伊斯哈格在心里对它说："忍忍吧，我的小黄疙瘩，我也没办法救你呀！"土黄骡子只能任骟匠摆布。之后的日子里，伊斯哈格给受伤的骡驹子吃得偏分，喂燕麦、豌豆，尽饱吃。有时他还给它偷偷地喂馕吃，土黄骡子看上去长得特别结实。

又过了一年，艾布就雇了一个叫牛娃子的口里人，他是一把种庄稼的好手。牛娃子个子不大，但是力气不小，脸上看起来窄小瘦削，但是天热脱了上衣，发现他膀大腰圆，像他的名字一样，真是名副其实的犏（公）牛娃子，他的力气简直大得惊人，可以把门前草滩里的石碌子抱起来搁到肩上走一圈。

无可厚非，调教土黄骡子成为耕地的牲口的任务就交给了牛娃子。牛娃子给土黄骡子套上拥脖和夹圈，让它拉着一盘磨地的兔儿条子编织的木耱，在草滩上转来转去，骡子不踢不跳，拉得特别好。后来牛娃子踩在耱上面。拉着跟个石头疙瘩一样的成年人，土黄骡子依然轻轻松松的。一开始，大家都担心土黄骡子会在调教的过程中不听话，还给它戴上了齿牙子，上了嚼子，拴着一根尼龙绳子，牛娃子在耱上面可以左右拉扯，避免它走岔。骡子的力气实在是太大了，比马的耐力还强，它拉着一盘耱拉着牛娃子，拉上半天，气也不喘，汗也不流，若无其事的样子。

后来，牛娃子又把长脚套在骡子旁边，挂上耱走了几圈，就这样驯了几天，母子两个就开始正式工作了。

那是早晨四点多钟，伊斯哈格就被牛娃子叫起来了，他们两个套好骡子和长脚，就出了门。

天尚未亮，气温凉凉的，牧野里的草叶上积聚的夜露水打湿了伊斯哈格和牛娃子的鞋子和裤筒边子。天上的银河闪亮着，星星还小孩子的眼睛一样眨巴着。远远近近的"姑姑等"鸟，时不时发出一声又一声"姑姑等、姑姑等"的叫声，那凄凉的哭腔，令人心里瘆得慌。一路上，草丛里还有不知道的什么夜鸟在一唱一和地鸣叫，仿佛一对情侣在互相倾诉着爱慕之情，被伊斯哈格他们惊起来，飞跃到旁边的灌木丛中，隐藏起来了。伊斯哈格他们继续前行，越过了喀纳斯咕噜噜的河流，走到艾布家对过的一面山坡的草甸子里，他们就在这里垦起了荒。这里土地肥沃、松软，翻开后的草甸子，随便丢进去一些什么种子，都会长出一派欣欣向荣的景象来的。

伊斯哈格帮牛娃子牵着骡子的笼头，因为担心骡子会不受管教，脾气上来撒性子，尥蹶子，所以重点让伊斯哈格拽着骡子的嚼子和笼头，使它不要乱跑，要沿着犁沟和犁畔的轨道行走。伊斯哈格紧贴着骡子的头颅，牵着它的笼头时而走在松软的犁沟的泥土上，时而走在露水沾满草叶的犁沟沿上。后面牛娃子扶着的活头犁翻起来的潮湿的泥土就像水浪一样哗哗地翻撒到犁沟的另一边去了。

伊斯哈格陪伴着骡子就这样一个来回一个来回地行走在这片初垦的荒地上。牛娃子确实是种庄稼的一把好手，无论耕种、上大擦、碾粮食、扬场，是远近有了名的庄稼汉，大家都争着雇他。他享受着那扶着活头犁的木把儿的惬意，有时候可能是因为太累，打起了瞌睡，手一松，犁铧就滑向一边，会撒开一绺地。于是，那里因没有被犁铧翻耕，会鼓起一个大肚堆，于是不得不在牲口回过来的时候补着犁开。因此，伊斯哈格这个拉牲口的，就变得相当重要，他等于是掌握牲口的方向盘。他们两个人，配合得还算默契，这主要归功于土黄骡子和长脚它们两个的吃苦耐劳和忍辱负重。

当然，土黄骡子偶尔也有暴戾乖张的时节，骡子牛起来，比野马还难对付，它一猛子离开犁沟，摔绊着套绳，企图逃之夭夭，伊斯哈格用两只手拽着嚼子，竟都拽不住。无论多驯顺的骡子，总有它倔犟执拗和拧巴的时候。但是，人把狮子老虎都能驯服，何况区区一头骡子。牛娃子这个巴犊个子的庄稼汉子，立时现出比土黄骡子还倔犟执拗的脾气，破口大骂："驴下的，搐鼻子的骡子，还一身的毛病啊！"他气急败坏地抢着鞭子，"啪、啪"鞭梢发出打枪一般的声响，若只是响亮的鞭子的声音倒还罢了，可那鞭子，是实实在在地落到牲口的身上了，打得骡子挣命地往前拉着犁铧，牛娃子会把犁铧迅速按到底，使其深深地陷进草甸子里，深到你纵使有坦克的力气也重得拉不动。牛娃子抢起鞭子，就是一顿猛揍。牛娃子气喘吁吁的，骡子也张开烟囱般的鼻孔，大大地出着热气。再回到犁沟里，骡子就有些走走停停，往往在这时候，牛娃子会把问题看在拉骡子的伊斯哈格的身上，并迁怒于他，鞭子会再次"啪啪"地响起来，他的鞭子能够一箭双雕，就跟长着眼睛似的，一部分结结实实地打在牲口的身上，而那根就像壁虎尾巴一样灵活的鞭梢子，却总是会转弯抹角甩过来十分劲爆地抽在伊斯哈格的脸蛋子上，哎呀，那个疼就像带着毒火似的，火燎肝肠一样，让伊斯哈格终生都难以忘记。疼痛永久地铭刻在心上，那简直就像打烂之后在伤口上又抹了一把辣椒面，烧着烧着疼。于是，伊斯哈格那清湛湛的眼泪就顺着他稚嫩的脸颊流淌下来。

这时候，这个同样被人雇来干活的看着朴实的庄稼汉子，就像变了一个人，他发泄完以后，才像是释放了怨恨似的，显得特别舒坦和开怀的样子，眯缝着那一对小小的黄眼仁子，开始为他刚才鞭子的高超的技术兴奋得发出"嘿儿、嘿儿"的笑声。一架地耕下来，伊斯哈格总是要挨那么几鞭子。当然，大多数时间，骡子是任劳任怨的。有几次，伊斯哈格抓住打他的鞭梢，他们两个争吵起来。伊斯哈格委屈得哭上跑了，牛娃子就把犁铧插深，转过去追伊斯哈格，把他追上又推搡着叫回来，并诺笑着安慰几句。他们两个便又和好了，开始继续一个早晨的劳作。到了第二天，鞭子依旧会抽在土黄骡子的身上和伊斯哈格的脸上，周而复始。好像只有把别人抽上几鞭子，虐待一下牲口，牛娃子才会从鼻孔里把那一口淤积在心里的庄稼汉命运的闷气"吁"地一下吐出去，之后，心情方才宽舒了许多。这一切伊斯哈格从来没有告诉过雇主艾布，因为草原上，在背后说人坏话的人是世界上最可耻的。

到八九点钟的时候，就差不多能垦一亩荒了，然后他们卸了牲口，让牲口驮着东西往回走。回来吃点东西，伊斯哈格就又得赶着马群和土黄骒子娘母两个到草原上去放牧了。

牛娃子和伊斯哈格每天四点多起来，赶着骒子和毛驴到山坡上劳作，日复一日。荒垦好了，再用木糖把土坷垃磨碎，把地磨平。一段时间过去，等第二遍打糖结束，才算是歇缓了几天。

第二年粮食种上之后，由于是阴湿的窝子地，土壤墒情保得好，小麦和燕麦长势喜人。后来都丰收了，麦秸秆铡碎混合着燕麦喂牲口，小麦打碾后磨成面粉给人吃，麸皮给牲口拌草料。耕、种、驮运、碾场等等全部都靠土黄骒子完成这些活计。说实话，骒子在干活劳作和实用性方面，是最实受的，尤其是驴骒子。大犍牛耕地好，但未必能驮运。而驴下的驴骒子，干活特别出色。骒马和叫驴配的叫马骒子，马骒子干活要软得多，驴骒子硬强、实受、耐力好。要说骒马三者比较，各有各的优点，就耐力而言，俗话说得好：走马不如走骒子，走骒子不如走驴，毛驴子在吃苦耐劳方面也是当仁不让的好伙计，新疆人说，这个毛驴子，不仅仅全是贬义，还有赞美在里头。要说耕地驮运，在大牲灵里面，那骒子是不二的选择，骒子持久力好，骒子的力气又大，家用干活劳作，是真正的上品。

第三年的时候，艾布说："乘着长脚草驴还能生育，卖了算了，再不卖，以后就没人要了！"他让伊斯哈格和牛娃子把长脚草驴的长蹄子抬到一块木板上，用绳子把蹄子相互链起来，用刃镰片子一层一层把那只长蹄子角质削下来，直到修短了，恢复了一头驴正常的样子。伊斯哈格突然想起一件重要的事情，对艾布说："驴卖了，以后耕地怎么办？"

艾布说："不愁，让牛娃子再驯上一匹骟马，配成一对子，套上更有劲儿。"

傍晚些的时候，伊斯哈格赶着马群和长脚母子刚刚从草原回来，艾布就带来了一个买主。艾布指着骒子让买主看，夸完骒子的丰功伟绩，就又开始夸长脚。骒子的功劳和成绩是显而易见的，周围的许多阿卡、阿恰们都是看到了的，那长脚还有什么可挑剔的呢，自然就卖出去了，价钱比尕蛋子曾欠艾布的钱还要多，艾布对买主说："这头草驴把我们家着实给添璜（增加财富和福报）了，到你们家，会下一头和我们家一模一样的能做活的骒子的。放心吧。"

买主那个大个子男人一声不响，一直都笑眯眯的，他抚摸着长脚的胯子，并把它身上的草屑和柴渣子一个一个拾着撤了。艾布看着，似乎在窃喜，因为趁着长脚草驴还能生育不把它处理掉，等年岁再大点是断然卖不到这个价钱的，谁会要一头老了的残废的毛驴子呢？交易手续履行过后，钱装进艾布的口袋里了。那会儿，太阳虽然落山了，但天还没有黑尽。买主用来时带的一条绳子挽了个简易笼头，套在长脚的头上，拉着长脚要往大路上走。长脚好像用蹄子撑住地面，不乐意离开的样子。艾布着急了，就从驴屁股上美美踢了一脚尖子，踢在了长脚那最柔软最疼痛的地方，长脚才依依不舍地走起路来，它漫不经心地走了半截，又折过头来看了一眼伊斯哈格。伊斯哈格先前还在替雇主艾布成功去掉一块心病而欣喜，但当他看到草驴被艾布踢得弓起了身子依依不舍的样子，心情突然有些沉重，往昔的一幕一幕也都浮现在伊斯哈格的脑海里。伊斯哈格想起长脚刚来的时节，在马厩里那胆怯和小心翼翼的样子，就像谁家的女子，初次嫁到了大户人家一般。伊斯哈格又想到他

带着长脚曾去操心的时候，它那娇羞拌嘴的样子；还有它配合土黄骒子
绷紧套绳、凹着蹄子、拼命拉犁的样子。也许，只有在夏季牧野的草原
上，长脚那咀嚼享受青草的状态，才是它最为放松的时候。只有在宽广
的草原上，长脚才能远离人们的歧视。伊斯哈格觉得他仿佛是失去了一
个忠实厚道的老朋友，而变得忧伤起来。土黄骒子也将被迫和母亲永远
地分开了，也许今生它们再也无缘相见了。想到这里，伊斯哈格跑回板
棚，一下子瘫软在床上，他咀嚼和体会到了生命的一丝苦涩。

　　第二天，伊斯哈格赶着马群，走向阿勒泰草原的深处。中亚大地显
得那么宽厚、浑圆，河流切割着一道一道的峡谷，草原被分作两半，就
像月亮的上弦和下弦。马群奔跑起来了。

　　伊斯哈格远远望见那头土黄骒子，见它怅然若失地望着远方。突
然，土黄骒子发出一声怪异的嘶叫，不像马的声音，但比马更尖锐和凄
凉，它第一次迎着太阳的方向突围一般奔跑起来。伊斯哈格第一次看到
骒子把脖子折过来，以脸的一侧迎接扑面而来的热浪和速度转化的草原
上的风。

　　伊斯哈格一声呼哨，黑豹飞奔而来，他飞身跨上黑豹，双腿加紧马
肚子，开始追逐骒子，在地平线的一侧，马鬃缭绕着，翻腾着。哦，那
不是追逐，而是想陪伴它跋山涉水地跑上一程。

　　土黄骒子和黑豹那"呱嗒、呱嗒"的蹄声剧烈地、鼓点一样敲击着
草原的胸膛，它们就像两个运动的圆点在草海里滚动着。红苍苍的太阳
闪耀着镜子一样的光芒。最后，只有那两条动物的尾巴在中亚大地的地
平线上完全扯成了一根笔直笔直的线，在飞舞着，轻盈得就像一绺寂寞
的风似的。

发表于 2022 年第 1 期《芙蓉》

两只蚂蚁

　　有两只工蚁，一只叫耶尔孤，另一只叫麻乃子，它们两个一前一后，正挥舞着嘴巴上锋利的钳子，在一座小城市的马路旁边的小树林子里搬运粮草，它们十分默契地互相配合着作业。

　　此时此刻，在这个盛夏炎热的日子里，是蚂蚁最为活跃的时节，耶尔孤和麻乃子用它们的一对嘴前的钳子奋力地拖拉着比指甲盖略微大的一块干板糖的碎屑，正匆匆忙忙地往它们国度的巢穴里运。

　　这点糖块的碎屑在人的眼里，就是这林子里的沧海一粟，但是对于耶尔孤和麻乃子这两只蚂蚁而言，却是一座小小的糖山，是今天它们在这小树林子里的战果和收获，是值得向它们的国王炫耀和展示的事情。所以，把这块糖运回巢穴里去，是耶尔孤和麻乃子当前的头等大事，是最为紧要的任务。不言而喻，满满的都是正能量，只要一想到它们是在为一个庞大的集体而不遗余力地奋战，崇高的精神油然而生。生命不都是因为有了为别人服务的责任和使命而闪闪发光，而生发应有的价值吗？

　　在这样一个杂草丛生、坑坑洼洼的小树林子里，耶尔孤和麻乃子两个每前进一厘米，就相当于两个人抬着一口袋粮食行走了十来里崎岖不平的山路，它们几乎用了吃奶的劲儿。另外，这块干板糖的碎屑跟同样体积的一枚草叶的重量作比较的话，糖可能要重草叶好多倍，所以它们显得极其吃力，在跌死绊活地跟糖块绊脚，一次一次把自己弄得翻车了，在草丛里滚着他妈的蛋蛋。

这两只蚂蚁当然不是单独存在的，它们和一个人有了关系，那就是逃课的小朋友马小兵，这个糖块也不是凭空想象而来的，它是马小兵撒落的。所以，马小兵就在旁边观察着这两只蚂蚁的一举一动，他觉得有很大的乐趣和意思在这里面，在这个少年的眼里，两只蚂蚁拖拉着他撒落的这点糖块碎屑，已然是用尽了洪荒之力。马小兵不爱上数学课，所以装病逃课出来的，他在附近的学校门口一个移动摊点的手艺人那儿买了巴掌大的一块干板糖，他哼唱着《High歌》跑到这个小树林子里，一边吃着香甜的民间艺人用黄米和小米子熬制出来的干板糖，一边在林子里的树下纳凉。这样自在的日子，让马小兵感到非常惬意。马小兵就是在低头的时候，不经意间发现了这两只蚂蚁的，他见它们正在搬运他撒下的糖块碎屑。两只蚂蚁看上去非常敬业，就像两个吭哧吭哧抬着粮食急匆匆赶路的人，不敢有丝毫懈怠，生怕半路上再生出个什么幺蛾子，导致节外生枝，使得他们的辛苦落得个劳而无功和一场空。这种情况不是说没有，世界就是一个弱肉强食的竞技场，谁有本事，谁就能生存下去，规则和秩序都是强者制定的，制定的都是有利于自己，主要是为自己的利益服务的。所以，人道在强者那里，往往被踩躏得面目全非。所以，要抢抓机遇，要乘着尚未引起别人嫉妒和抢夺的时候，为自己和自己的利益体赢得一丝生存的权利。任何资源都是那么稀缺，都是非常有限的。所以，耶尔孤和麻乃子要想平安地将糖块运回巢穴，除了要靠它们不懈的努力外，还得要看二位的运气，毕竟它们两个力量有限，只能是尽人事听天命。

两只蚂蚁累得腿子都感到不舒服，有时候它们需要放下糖块，围着这块在它们眼中显得巍峨的糖峰，焦急地转来转去，似乎是在研究和琢磨那个最适宜下爪和可以拖运的受力点。经过一番斟酌，耶尔孤和麻乃子再一次用嘴上的钳子叼起和夹住糖块，一前一后继续往前一点一点拱着，拱了不到两厘米的距离，二位再一次累得趴在地上。这都是其次，关键是它们竟遇上了连它们自己都意想不到的阻力和坎坷：一根长满了刺，浑身毛毛链链的柴棍子横在了它们两个的面前，挡住了二位搬运糖块的去路。问题在于，如果它们两手空空，什么东西都不带，倒是可以找个空隙钻过去，但是携带着这么一块糖，就闪住前路卡在柴棍子里，怎么挣扎都过不去，试着挤了几次，皆以失败告终。糖块碎屑显得有点大，卡在柴棍子的缝隙那里了。

耶尔孤和麻乃子磕磕碰碰、跌跌撞撞地又试办了几次，发现均无法通过这道柴棍子的障碍。再继续这样攀爬下去，只是徒增烦恼，还有可能会把这块来之不易的糖块弄丢的。于是，耶尔孤只好松开了衔咬糖块的那两只钳子，由麻乃子单独拖运，这样一来，虽然加重了麻乃子的劳动量，但却避免它们两个在一起工作时由于环境复杂和地形特殊，而影响到彼此的默契配合。这是显而易见的，比如两个人一起抬一桶水，一人抬一边，看上去每人均分担了一部分，应该是不费劲了，但现实往往是要么他抬高了，要么就是你压低了，要么一个走快了，要么一个走慢了，加上途遇复杂的地形和障碍，如果再配合失衡，不仅难以通过，说不准还会栽一个大跟头，那样的话水桶就跌倒了，水桶里面的水也洒了，落得个鸡飞蛋打的结局。这就像唱歌一样，两个人同时唱，但却总是不在一个节拍上，彼此扯皮，相互拉扯，反而唱不成调，破坏了那歌曲优美动听的旋律。如果是一个人独自完成，那或许就可以摆脱束缚，自由发挥，效率一下子也就上去了。劳动和唱歌是一样的道理，人越多越是彼此依靠，相互扯皮，有些甚至在里面滥竽充数，看着好像很卖力、很鼓劲，实际上却啥作用都不起，就混进宴席里吃丸子。还有，往往这些浑水摸鱼的人却起了反作用，影响了工作效率。三个和尚没水吃的故事想必大家都是知道的。因此，要想促进工作效率，要么就精诚合作，彼此心往一处想，劲往一处使，不要有那么多自私自利的小心眼，一个都比一个尖，不要要那些没用的小心眼，惹人反感；要么就鹰隼一样，单打独斗，发掘个体的优势，同样可以完成工作，创造令人刮目的奇迹。

然而，这块糖的碎屑有点大，无论是耶尔孤，还是麻乃子，它们两个无论是谁，单独都没有本事把这块糖自如地运回去，因而两个得一起用力才能把糖拖动。这就是它们要干的这件事情的矛盾冲突的地方和所在。这个人，怎么挣扎，都跑不到路前头去。那怎么办呢？

万物皆有灵，蚂蚁也是非常聪明的，上天造化一种生命，各自都有各自的灵性，各自都有各自的拿手好戏，不要瞧不起别人，瞧不起别人的人，往往栽个大跟头，才就真正长见识了。但见耶尔孤和麻乃子仔细地观察了一下路径，开始重新规划路线，抬着糖块绕开了这个柴棍之地，往另一条路上走了。当然，从这里走，要回到它们的巢穴，相对路途有些遥远，它们也知道，途中还要经过另一群比它们的个头还要大一些的蚂蚁的领地，但确实再没有更好的办法了，为了完成运送糖块回巢的任务，它们只能做出这样的抉择了。

耶尔孤和麻乃子走了一段距离，感觉累得全身酸软，身体的每个部位都缺氧了似的。浑身黝黑的耶尔孤的腮帮子越来越沉重，有些难以控制糖块了，这糖块实在是太大了，死沉死沉的，把耶尔孤累得快要趴下了，实在是拖不动了，耶尔孤说："干脆咱们两个一不做二不休先吃一顿，等填饱了肚子，再把剩下的拉回去，这样咱俩也省力一些。"

麻乃子说："你怎么能这样说呢，一点集体观念都没有，咱们王国里的蚁后和幼蚁们还在巢穴里饿着肚子等咱们把糖块运回去呢，咱俩吃了，这是要违反原则的，咱们不能这么办。"所以，这两只蚂蚁之间意见有些分歧和矛盾，一个有些自由散漫，一个原则性比较强，就像咱们经常说某些单位中那些缺乏灵活变通的人，"球大的点权力，把你还原则性强得弄不紧！"挖苦的就是这种瞎牛钻刺蓬的固执者。麻乃子埋怨耶尔孤："可你，干这么一点点活儿，总是这里疼那里酸的，像母的一样老是沟壕疼哎哟哟呻唤的，呻吟个不停，你好好出点力吧，别想着躲奸溜滑的。我以前总是嘴尖毛长的，但是我总结出——日的鬼多，遭的难多。我们还是踏踏实实甩开膀子干吧。"

"我又饿又累，腿脚都有些发酸发软了，"耶尔孤说，"咱们两个先各自吃一口糖如何？得先把自己的温饱问题解决了啊。你说呢？"

麻乃子有些不悦，坚决不同意，说要先尽好咱们的责任义务。"另外，"它说，"别忘了，我还有一个任务就是专门负责监督你的，你如果偷吃了糖果，大家知道了会惩罚你的，蚁后也不会放过你的，再说家里的小蚂蚁们和蚁后还等着咱们伺喂呢，你别胡思乱想了，还是抓紧时间搬糖吧。"

耶尔孤一脸无辜和无奈地说："你不告我的黑状，谁知道呢？"

"若要人不知，除非己莫为，我不说，糖吃进肚子里，和不吃糖，大家还能嗅不出一点气味啊，现在每个人都这么聪明，一定会被发现的。"

耶尔孤只好默认，耸耸肩，投入了新一轮的搬运。耶尔孤的思想是比较活跃的，大脑运转得比麻乃子要快一些，主意比麻乃子多，但它却偏偏和蚁群中最为忠诚老实的麻乃子做了搭档，由于麻乃子忠诚干净有担当，憨厚有余，所以大家称呼它是超麻乃子，意思是脑子缺个弦，是一根筋。耶尔孤提议要绕开这根柴棍之地，找一条平坦的道路过去，这样就不会把糖块弄丢了，毕竟好不容易找到这么一块糖，不能在半道上弄没了，那会令人潸然落泪的。

麻乃子听从了耶尔孤的提议，二位就又开始拖拉着糖块从柴棍之地的旁边绕了过去，这样虽然路多走了一点，但毕竟走在平坦的地方，效率一下子高出了很多，也轻松顺利了不少。

少年马小兵就这样欣赏着这两只搬运糖块的小蚂蚁。前面那只全身乌黑，黑得有些泛着蓝光，后面这只却略微有点淡黄。在马小兵看来，黑色的那只显得阳刚，淡黄色的这只似乎有些营养不良。

这里要宕开一笔，说说马小兵。这娃娃家里条件不错，父母亲做石油生意，母亲把他娇宠得跟个王子似的，全身上下全是名牌，觉得只有这样打扮，才能体现自家公子的贵族气质和有钱人的身份。家人喜欢带马小兵到德克士或者肯德基去吃鸡腿和包着各种肉片的汉堡包，带着马小兵吃西餐，这让马小兵不由得变得越来越胖，走路都气喘吁吁的。马小兵也喜欢吃甜食，他不怎么爱学习。说到学习，马小兵可以说没有一点耐心，作业写了不到一半，就去玩手机、打游戏去了，他的造句总是让人摸不着头脑，不明白他在说什么，所以老师就质问："你的语文难道是体育老师教的吗？"他也不回答，时而低下头，时而用微笑的无所谓的目光望着老师。老师让他读自己写的作文，他读得结结巴巴的，没有几个字发音是准确的。老师便给他一本标注着拼音的课外读物让他带回家自己阅读训练，他每次读了不到两个自然段，心思就早不知道跑哪儿去了，就想着赶紧打一会儿游戏。母亲不仅不以为意，反而总是认为自己的孩子非等闲之辈，只是对这些难度系数较低的文字没有兴致罢了，他们一直坚信他们的孩子是那种能够成为世界企业家的神童。尽管他们的孩子在别人看来呆头呆脑、傻了吧唧的样子，除了一天天面包似的虚胖，别的并没有发现一点天才的征兆。当然，马小兵和所有的小朋友一样，对大自然却充满了强烈的好奇心，他每次看到飞在天上的鸟和水里游动的鱼，就好像他也要变成它们中的一员，去天空飞翔，去江河湖海里漫游。马小兵看到耶尔孤和麻乃子这两只蚂蚁运送他撒落的糖块时，并不顺利和如意，就为它们着急，甚至几次都想把它们和糖块一起抓起来放到蚂蚁的巢穴跟前。

今天，玩性十足的马小兵，蹲在地上兴味十足地观察起这两只小蚂蚁。在他看来，蚂蚁如果按照目前所选的路径继续走下去，就会让旅途显得更加艰险和扑朔迷离，原本简单的旅途又一次显出其复杂性来，它们两个总是偏离轨道，选择那些使它们更远的旅途。是的，也许一切都有定数，天意难违。马小兵的着急是没有任何意义的，因为蚂蚁所感知到的世界，他是无论怎么都体会不来的，而人总是用自己的思维模式思考天地万物，看待微观世界里那些生命的一举一动，以为只有人所做的一切才是科学的、正确的。其实，在自然界，一切的一切没有完全的正确，正确里面总是藏着坎坷和风险，风险里又有多少福报呢？这谁又能说得清楚！人类尽管是处在食物链顶端，但马小兵听老师说过，蚂蚁在地球上的时间要远比人类早得多。

马小兵终究没有帮这两只蚂蚁做任何事情，他只是继续观察着。

阳光从树林子外面照射进来，从枝叶繁茂的树木的叶片缝隙里漏洒和挤进来，两只喜鹊在树冠上喳喳、喳喳地叫，让车水马龙的城市显出一丝静观与自语的悠闲和宜于人类居住的恬适。日头让小草和树叶等等在一刹那都变得色彩缤纷，有黄色、紫色和蓝色，有些像是被色彩涂抹得深深的，有些被渲染得浅一些。这时，我们再跟着马小兵的眼睛看：那只黑色的蚂蚁耶尔孤浑身好像出汗了似的，显得油黑，而麻乃子的身上就变得红里透紫，皮肤也变得水亮水亮的，似乎全身刚刚被干抹布抹了一遍，清除了灰尘，闪烁着耀眼的光芒。尽管它们费尽周折，但耶尔孤和麻乃子两个，显得异常有耐心，它们依旧孜孜不倦地忙乎着，跑前跑后，那种锲而不舍的耐力比平日里贪玩的马小兵要靠谱得多，它们似乎毫无懈怠之心，没有一点要轻言放弃的意思。也许它们的快乐就在于此。

每次，当耶尔孤和麻乃子拖着糖块，走到一个陡峭的地方，或者在前面出现各种阻碍的时候，它们就会变换方位，机敏地绕开，从那些比较平坦，但却没有荆棘丛生和塌陷崎岖的地方连拉带拽地绕过去。二位的搬运工作尽管非常艰苦卓绝，但它们却显得十二分地兴奋和充满了激情，一举一动，依旧执着顽强，不知疲倦。

这一丝干板糖的碎屑，对于这两只蚂蚁而言，却是一座糖山，需要它们费上九牛二虎的力量拖回洞穴里去。这一点竟然令马小兵感到非常惭愧。

这时候，太阳被一朵云彩遮挡住了，树林子变得密暗，里面许多景物的轮廓显得有些模糊不清，耶尔孤和麻乃子就像是在一片幕布的后面活动着了，像影子一样朦朦胧胧的。因为选择了新的路径，距离洞穴的方向更远了，所以经过这一番长途跋涉，它们也累得够呛，便再一次放下糖块，在旁边活动着身子，舒展着筋骨，准备休息好之后以便于再一次投入搬运工作中去，一鼓作气将糖块运回巢穴里去。它们只要越过这片充满风险的居住着另一群蚂蚁的领地，就能回到令它们现在有些思念的王国与巢穴里去了。这片领地，可谓杀机四伏，就在去年，它们的几个伙伴就是在这里被一群个头比它们高大威猛的蚂蚁包围起来，只有一只逃出生天，另外的几只全部壮烈牺牲了。所以，这次选择的这条路线完全是不得已而为之，是一次大冒险，如果不是今天的情况特殊，它们两个万万不会从这条路线运送糖块回家的。于是，耶尔孤和麻乃子相互用触须碰了碰，示意要抓紧时间，赶快拖着糖块离开这片是非之地。它们两个重新夹住糖块，慌慌忙忙地赶路。

说曹操曹操就真的来了，就在耶尔孤和麻乃子又一次上路的时候，从斜刺里突然就杀出来了一个程咬金，这是一只块头比耶尔孤和麻乃子都大好多的蚂蚁，样子更黑更大，孔武有力，就像战无不胜的钢铁侠和怪模怪样的机器狗。这俨然是另一个国度的种类。这只大家伙没有那么多的废话，扑簌簌一溜小跑，就截住了耶尔孤和麻乃子的去路，它废话不多，扑上来就抢夺耶尔孤和麻乃子的糖块，大蚂蚁的力气明显比耶尔孤和麻乃子两个加在一起都大，所以挥动口器轻松夹住糖块，一下子把糖块就夺了过来，并轻松自如地举到头顶，扛着糖块就走。

耶尔孤和麻乃子两个不由得大惊失色，顿时被这突如其来的变故惊得目瞪口呆，嘴巴大大地张着，半天都合不拢，恐惧立即包围了它们，但是它们很快战胜了恐惧，从惊惶失措的茫然中清醒过来，它们哪能甘心将自己辛辛苦苦扛回来的劳动果实就这么白白拱手相让给这个半路上出现的强盗。憨头憨脑的麻乃子首先冲上去抢夺，它发起第一轮进攻，扑上去用钳子夹住糖块的另一头开始猛烈撕扯，但是对手非常强悍，那只大蚂蚁竟然拖着它以及糖块还能行动自如。耶尔孤也不甘示弱，上前助战，它们两个拖着一头，大蚂蚁独自拖着一头，它们都在开始为自己的王国的尊严和荣誉而战。它们就像是在拔河，进半截又退半截，争夺特别激烈，你死我活的，都在暗暗发力和较劲儿。

那只大蚂蚁逐渐有些拖不动了，感到有些沮丧和恼火，但由于糖块挡住了它的头部，它尚不明白究竟是怎么回事，先前还能轻松自如地夹着糖块健步如飞，现在糖块怎么瞬间变得这么死沉死沉的，它放下糖块，想一探究竟，察看一下到底是什么原因。大蚂蚁绕到糖块的外围一看，方才弄明白了是怎么回事，它可能觉得吃柿子得先挑软的捏，所以大蚂蚁就从麻乃子的身后悄悄地绕上来猛然用它的大钳子咬住麻乃子的后腿，大蚂蚁的腿子又粗又长，身子高大，所以钳子也是结实锐利，只一个回合就咬伤了麻乃子。麻乃子翻滚在地上，疼得蜷缩成一个小团团，在地上抽搐着，它开始发出了死亡的信息。耶尔孤嗅闻到麻乃子发出的死亡信号，就显得非常难过，但它知道麻乃子已经不行了，自己也不是大蚂蚁的对手，就慌忙转身逃离开，去搬救兵去了。

大蚂蚁看着抽搐的麻乃子，觉得还不放心，想上去再咬几口。人性中对于弱者天生就具备了同情心的马小兵看不下去了，心说，你这个大家伙，把别人千辛万苦运回来的糖块，想要半道上打劫了，现在还想杀人灭口，非要将别人置于死地不可，这也太不人道了吧。马小兵找了一根小柴棍，把那只大蚂蚁拨到一边，又拨着它的身子转了几个圈圈，大蚂蚁被一种外来的巨大的力量左右着，已经完全晕头转向，用我们经常说的有些蒙圈了，连刚刚到手的糖块也找不见了，不知道糖去了哪里。人类有时候也是这样，往往在实力上完全能够碾轧那些被欺压的对手，而当那些弱势的一方显然已经觉得没有活路的时候了，但是在这个宇宙中突然就会出现第三方，也就是另外一种不可知的巨大的力量，开始干扰，抑或干涉这种强者的屠杀，甚至越是强大的那一伙越是有可能灭亡在先，就像舌头和牙齿，一个强大一个柔软，但是牙齿没有了，舌头却依旧陪着人走到了生命的尽头。许多时候，那些有着无止境欲望的强者，其欲望常常很难如愿以偿，也无法彻底将弱者的一方消灭干净。宇宙中总是存在着一种平衡秩序的能量，可能这就是所谓天道吧。

太阳慢慢地从云彩的遮挡中再一次走了出来，大地又一次变得色彩迷人，树林子里变得草绿花美，光照会让一切事物禁不住变得美丽和灿烂，散发出迷人的活力和光芒。蜜蜂和蝴蝶在绕着小树舞蹈，好像是在为麻乃子做着祷告。

一会儿，耶尔孤带着家人和援兵到了，它们搬糖块的搬糖块，拖麻乃子的拖着麻乃子。它们不会丢弃这个功臣的。在这一点上，别的物种比人还要做得好一些，不会人走茶凉的。此刻，麻乃子这位忠诚憨厚的工蚁似乎已经失去了生命的征兆，一动不动了。但是，家人们仿佛绝不会抛弃它似的，大家把它和糖一起运回了它们的王国的巢穴。

马小兵被这群蚂蚁们所上演的故事深深地打动了。后来，马小兵也开始爱上了蚂蚁，他查阅各种资料，研究蚂蚁们回去将对那只失去生命气息的蚂蚁如何处理，难道是当作点心和糖果一道吃了吗？后来，他查阅到，蚂蚁和人类是一模一样的，而且比人类还具有灵性和不可思议的地方，每个蚂蚁它们在快要死亡的时候，会释放出一种死亡信号，告诉同类自己已经不行了，要挂了，当彻底死后，会被自己的同伴带回巢穴，巢穴里有专门摆放蚂蚁死尸的地方，就相当于人类的公墓，在这里死去的蚂蚁会慢慢等待它们化作泥土，成为一粒灰尘。有些蚂蚁如果在失去生命的气息之后，被拖回洞穴，会缓过来，会恢复生命，于是就又释放出生命的信号和气息，被大家重新接受。

麻乃子那次被拖回去之后，也是没有真正死亡，它被拖到堆放蚂蚁尸体的地方，大家正沉痛地为它举行着犹如追悼会的仪式，总结它一生的功过是非时，然而麻乃子就在大家的祷告和默哀中却又慢慢地蠕动着，蹬了蹬腿子，一翻身爬了起来。就这样，麻乃子又奇迹般活过来了。活过来的麻乃子，就又释放和散发出自己活着的气味和信号，别的蚂蚁们知道后，便一个个都欣喜若狂，奔走相告。于是，麻乃子就又回到了蚂蚁群和活着的伙伴当中了。后来，麻乃子对耶尔孤深情地说："我还希望你能继续做我的搭档，行吗？"

耶尔孤快乐地点点头，表示非常愿意成为与它并肩作战的忠贞不渝的生死弟兄。

麻乃子的伤完全痊愈之后，变得更加成熟和富有阅历了，当然它已经在它们的王国里荣膺为大英雄，蚂蚁群也是非常崇尚英雄的，大家把麻乃子奉为战斗模范，从此麻乃子开始继续做着它该做的工作，尽着一个工蚁该尽的责任和义务。

　　而那个马小兵，他也暗下决心，想长大了做一个研究大自然的科研人员。

发表于 2022 年第 3 期《六盘山》

丁良臣打马冲出鸦儿湾

夕阳搭山畔的时候，起义军连长丁良臣带着战士马正林、马映贵等一行七八个人，身着破烂的粗布衣衫，脚穿烂麻鞋，裤腿上绑着草，骑着颜色各异一遛雄赳赳的战马，沿着黑山深处一条蚰蜒小路，蹄声嗒嗒进入鸦儿湾秘密联络点门前的一个打麦场上。他们这一行人，可谓身经百战，个个都是手使两把二十响，能够百发百中的神枪手。

大场上，几个软塌塌的小麦摞上，麻雀在上面起起落落乱飞着。正值三四月份倒春寒的时节，青草正在拔着尖，但黄风却一个劲儿地肆虐着黑山大地，漫山遍野笼罩在一股呛人的土雾里头。马跑得浑身热气腾腾，手摸到脊背上，毛湿乎乎的。

心向着起义队伍，并暗中支持他们的几户老百姓家的娃娃，慌忙从打麦场后面的院落里跑出来迎接他们。

马不卸鞍。那几个娃娃从起义军战士的手里牵过战马，在打麦场里来回地转着圈儿遛起了马。

丁良臣身长九尺，鼻梁直挺，浓眉大眼，虎背熊腰，眉线微微下送，显得愈加威严和硬朗。几位英雄好汉跟着一位农民匆匆进到院子内的箍窑里，他们要赶着吃一口热饭，就得马上起身突围，奔向革命圣地延安去了。大家知道，敌人就在后面紧追着他们不放。

"就是战死，也要当个饱死鬼！"他们在路上的时候，丁良臣还给他们几个战士乐观地鼓舞着斗志。

是鸡蛋浆水长面饭，这是黑山一带招待皇帝的饭，也是茶饭好的黑山的女人们引以为豪的锅头前的大手笔。最精到的长面饭，必须要有柔韧性，要耐得住牙齿的咀嚼，外形有棱有线，纤细程度要能比得上女人吊到腿腕子上的细头发丝丝，这才算是极品长面。

得到消息的女主人，已经在灶房里不声不响地把长面擀开了，早早晾在案板上等候着起义的英雄，现在自己的英雄来了，就开始飞速切面下锅。

好汉们一进屋，便脱鞋上了炕，坐的坐，蹲的蹲，在炕桌周围围成一个小圈子，商议着吃完饭就得快速突围，冲出敌人的包围圈去。可以说，他们是在和时间赛跑，争分夺秒争取着吃一口饭的时间。这里的老百姓都特别地爱他们的草莽英雄，希望能为他们多做点事情。国民党在奉行"攘外必先安内"的反动政策的指导下，在黑山一带加紧构筑工事，准备对付共产党，同时在这里日日征民夫，夜夜抓壮丁，月月要粮款，老百姓受尽了他们的欺负，老百姓气急了，骂老蒋是："驴变下的！"国民党明火执仗地掠夺老百姓，横征暴敛，强奸妇女，黑山一带遭了殃，他们各种的坏事和凌辱手段都使出来，比日本人的花样还多，乃至于使这里的老百姓已经到不堪忍受的地步，觉得活得没有人的尊严了。一时，百姓人人不畅快，个个都压抑，大家的头上就像是被笼罩着一个恶盖（灾难），没有一天轻松的好日子过。无穷无尽的苦难折磨着黑山一带的老百姓，这使他们想起红军经过这里的时候，曾留下的话："起来斗争吧，你们一定要争取自己的民族独立和民族解放！"

他们就真的起来了，大家开始英雄访好汉，好手寻铁血男儿，那些有血性的、身怀绝技的、有能耐的能人义士就迅速往一块儿凑，凑到了一块儿，便发动武装暴动，进行反抗了。星星之火可以燎原，几万名长期受压迫者的怒火开始猛烈地燃烧起来了。

当局慌乱地调兵遣将，以政治诱骗和军事"围剿"双管齐下的方式进行扑灭。但是，老百姓心中的怒火一次比一次飙升得高。这已经是第三次暴动了！

丁良臣他们坐在未铺任何毡褥、只有一张精裸的细篾竹子席子的土炕上，他们知道敌人在外面一步一步在向他们悄然逼近，在给他们一点一点下网、收网，但是他们脸上都显得镇定自若，尽管外面电光火石，惊雷响彻，但屋里的好汉们却仿佛闲庭信步。

炕眼里烧的是羊粪，席子上面热得有点微微烫手。羊粪蛋燃烧出一股天然销魂神秘原始的味道，那丝丝缕缕的淡淡的羊粪香味从密封得不甚严密的炕缝子里弥漫出来，亲切而令人陶醉。暴动队伍先后打了大大小小几十仗，有胜有负，尽管大家在黑山的大石城的悬崖峭壁上都练成了弹无虚发的神枪手和如履平地的飞行军，且人人都不怕牺牲；尽管局部战役农民起义军一场场均打得风生水起，但是由于缺乏战略战术，缺乏先进的武器装备，尤其是缺乏高瞻远瞩的战略方针，打着打着就落入了狡猾的敌人的包围圈，起义军在石蛤蟆梁上与敌激战了两天两夜，由于敌人四面包抄，起义人员大部分没有枪支，都拿的是有点像红军的旗帜上印的那种造型独特的小斧头——他们认为用这种小斧头，一是代表自己是农民、毡匠、木匠等等的形象，其二是认为在这种精神的鼓舞下，能把大家凝成一股钢铁般的绳索，能让大家个个成为黄土中的铁军。敌人把这些起义军叫："斧头客、镰刀客！"意思是一群他们看不起的成不了啥气候的农民和拉长工的，嘲讽他们这样的队伍竟然也敢跟他们作对叫板。"依儿呀，依儿喂，舍呀么舍得一身剐，敢把皇帝拉下马

呀，拉下马！"这是这些草莽经常聚在一起唱的歌子。由于起义军武器
匮乏，绝大多数人没有像样的武器，几乎还停留在冷兵器的时代，主要
还依赖于人自身的体能和钢铁般的坚定信念，所以只能是想尽一切办法
抵近了敌人打交手仗。起义军知道打交手仗占便宜，因为都是干过重活
下过重苦的农民，是木匠和铁匠，是长工，因此浑身都是力气，只要一
个小冲锋或者大迂回冲上去，跃入敌群中，全是铁血战魂，月牙小斧头
就瞬间爆发出能量，发挥了绝对优势和无可估量的作用，如砍瓜切菜一
般，敌人被打得丢盔弃甲，溃不成军，哭爹喊娘，屁滚尿流。逃出去的
敌人，吓得肝胆欲碎，说："这些斧头客麻达，太硬气了，跟老虎狮子
豹子狼一样，粘到人群里就像狼进了羊群，简直他妈太吓人了，迫击炮
都打不住！"所以，小斧头抢起来那绝对是妥妥的没一点问题。然而距
离一远，就不行了，敌人的机枪、山炮，加上国民党有飞机侦察配合陆
军协调作战，就压制得这些起义军头都抬不起来。

　　五月份的时候，起义军转战到达了土窝子，随之召开了领导级别的
紧急会议，商讨下一步行动方案。总指挥马思义鉴于前两次起义失败的
经验教训，提出要进边区，投奔红军，找毛主席去。起义的老百姓大多
缺乏铁的纪律，并且各自有各自的山头和小团伙，这些是这个坊的，那
些是那个坊的，谁带出来的就听谁的，所以有时候乱糟糟的不听起义领
导人马思义团长的话，大家的意见一下子很难统一，七嘴八舌的。在战
争中，意见不一致，抑或方向错误了，都会导致严重后果和失败。明里
暗里搞内讧，不顾大局，缺乏奉献精神，散伙和被敌人分化瓦解、各个
击破是迟早的事情。

　　起义首领马思义看出了问题的本质，觉得心不齐，再坚持斗争下去，
结局肯定就是重蹈前两次失败的覆辙。马思义是一个黑马大汉，在他还
是个不懂事的娃娃的时候，曾经清鼻涕吊成两条线杆，村子里的人看着

都认为他是一个特别窝囊没出息的娃娃，后来他稍大一点时，就一年四季转着给人擀毛毡、拔麦子，过着打短工的生活。后来，他被国民党抓去当了壮丁，在国民党的队伍里他不堪忍受欺压，就逃出来带着大家开始反抗和斗争了。他在第二次起义的时候就参加了，那时候他还是特务连的一名小排长。战争锻造了这个貌似《静静的顿河》中的男主人公葛利高里般的年轻人，前两次起义失败后，被当局刚刚摁下去的火苗很快又蹿起来了。一旦人在走投无路的时候，不把心头最后的怒火释放出来就会把自己活活烤焦。野火再次毕剥作响，熊熊燃烧。第三次，马思义已经一跃成为了起义队伍的总指挥。生命在烈火与鲜血中重新铸造。经过战争的历练，经过血与火的洗礼，马思义变得跟过去已经是判若两人，他的眼睛里开始释放出一股"葛利高里"独有的火焰般的光芒，看上去灼灼逼人，他那么刚烈、勇猛，同时又那么古道热肠，人生也让他有了秃尾巴狼一样的警惕和狡黠。所以，他自我解嘲地称呼他是一只"狼儿子"，因为他曾经被称为"大狼"的父亲在第二次黑山暴动中已经英勇就义了。现在，马思义被大家亲切地称为西北五省的狼儿子！

　　六月份的时候，起义军开始和敌军进行捉迷藏，他们打一枪换一个地方，就这样队伍进军到达石蛤蟆垴，认为进入石山里面，占据有利地形，相机消灭敌人。实际上，这些石山峭壁里，大多数是一些死角，粮草给养都到不了这里，也失去老百姓的后援，无处补给，守又守不住，退又无路可退，完全是非常危险的死地。

　　果然，起义军遭到国民党预七师、一九一师，以及保安团的重重包围，他们被堵在一个一览无余的赭石色的梁峁顶上。战斗打响了，起义军跟敌人在这里激战了几天几夜，敌人的山炮把石蛤蟆山的石头都打红了，似乎把人体都能化掉，起义军两千多人战死在了这里，双方的尸体就像收割后捆绑好的麦件子，被风吹刮起来似的在山洼上到处翻滚着，血像黏稠的水一样汩汩流淌。狭路相逢，你死我活，这些无所顾忌的穷人，不怕死的黑山的血性汉子，几乎都是以命相搏。起义军尸体堆得满山遍洼都是，无人敢去收尸，乃至几个月之后，被风干了，经风一吹，人皮就像是纸张一样被风轻轻地揭起来了，呼啦啦地鸣响着。起义军付出了非常惨重的代价，但有一部分总算是在马思义的指挥下冲出了包围圈。敌人依旧不依不饶，死咬住不放，一直在后面紧紧跟着，起义军眼看甩又甩不掉，就乘其不防备，猛然又来了一个反扑，杀了一个回马枪，敌人吓得往后急退了一截子。就着这个间隙，起义军回撤至红阳的南山上，敌人又尾追上来，起义军且战且退，一直退到东海坝时，大家都已经好几天没吃没喝了，身上裹绑的筒条状的干面袋子里装的一点生干炒面，也早已经不知道什么时候吃完了，现在吃不上喝不上，人困马乏，大家在山洼里就地休息片刻，并迅速清点了一下人数，数万人的队伍竟然打得剩下稀稀拉拉的几千人了，有些打着打着就被打散了，脱离了队伍，自己也就索性装着找不见自己的队伍了，就各自顾着寻找吃的喝的去了，或者实在太疲倦了，就钻进某个石头簸簸里睡觉去了。战争的残酷是出乎人的预料的。起义军实在是太累了，他们需要休息一会儿，哪怕是短暂的一小会儿，有些抱着他的小斧头站立着就那么困顿地睡着了，还呼呼地拉起了鼾声，敌人的子弹打到身上，才把人疼醒，立即又抱着他的小斧头开始了冲锋。

形势已然万分严峻，敌人穷追不舍，要把起义军一鼓作气围歼在月亮山和大石城一线。起义军边打边继续后撤，在东海坝歇缓了片刻，不到一顿饭的工夫就又跟追撵上来的敌人开始了战斗。双方就像两个攻防转换的人在缠斗着。起义队伍在不停地减员。往往就是这样，战争历练到最后，剩下来的才是宁折不弯的精英中的精英，也是革命最坚决的那些人和火种。起义军在红阳的北山上绕来绕去，在跟敌人玩兔子蹬鹰的游戏，途经芦子湾，起义军商量打算去地形较为复杂的月亮山和南华山一带跟敌人继续周旋，寻找战机，抓空子消灭敌人的有生力量。就在当天夜里急行军的时候，丁良臣给马思义说："大哥，咱们的人都快散光了，也不好好听指挥了，有的人还商量着要投降呢，乱了套了！"

马思义气愤地说："随他们去，大家各干各的！"

"我想，你带上咱们去延安找红军去，找毛主席去！"丁良臣大胆地说出了自己一路上想说的话，他说他自己身边有几个人给他也是这么说的。

"我就是这么想的！"马思义说，"后面我会给大家宣布，愿意跟我走的，我带他们冲出去！"目标明确了，方向清楚了，大家都感觉眼前亮堂了许多。

在石岘子时，马思义还没有宣布去边区的计划，然而军心似乎彻底涣散，大家都哭丧着脸，只有那些意志坚定、抱着视死如归的决心的人，他们的心已经如铁石一般毫不动摇。马思义觉得，根据眼前的形势，再打下去，有全军覆没的可能。于是，在石岘子的梁峁顶上，起义军召开紧急会议，马思义说："现在只有进边区找咱们的队伍去了，愿意去的，跟我走，不想走的，我也不强迫，大家各讨方便！"他添上说，"但是有一点，不愿意干的想回家的，你们把马匹留下，我们好骑上冲杀出去！"他一边说，一边流下眼泪，大家看到这个身经百战、铁骨铮铮的男儿洒下热泪，顿时一片伤心的哭声。失败和迷茫最令人心碎。项羽在乌江，石达开在大渡河，生与死，就是起点也是终点，往往起点就成了终点。只有那些能够做出正确抉择和不甘于向命运低头的人，终点永远都是新的起点。

因为起义队伍里面人员比较复杂，有些人马思义也指挥不动，有些人反复不定，犹豫不决，一会儿好像和国民党在殊死搏斗，一会儿又对敌人抱有不切实际的幻想，不无幼稚和天真地认为只要他们向敌人缴械投降了，人家就会既往不咎，也许觉得敌人不仅不计较，运气好点的话还可能会捞个一官半职什么的。真正的幼稚。有些在等着跟敌人谈判，认为敌人会把人家胜利的果实好心好意拱手让给他们，会分给他们一杯羹的。这种想法，无异于与虎谋皮。

丁良臣早就把国民党看透了也恨透了，他是坚决不愿意投降国民党的，说："反正我就是死也是不投降的，好马不吃回头草，我一个男子汉，既然走了这一步，我再不会走回头路的！"他的话惹得大家又是哭又是笑的。

马思义拍拍丁良臣的肩膀，称赞他是一条黑山真正的好汉，他们的意见始终如一。马思义继续接上说："在我的顿亚（阳世）一二三部曲里，没有投降这一说，投降是可耻的，人家终究也是不会放过咱们的！"他添上说，"国民党欺骗我马思义说，省上希望我过去，要地盘的话给我几个县呢，把我当瓜子哄呢，我和他们势不两立，我要陇东十七县哩他们给吗？"

丁良臣说："国民党的话咱们也能相信吗？那些骗子手，能是言而有信的人吗？把咱们日弄欺骗了几次了！"前面有过的两次起义，都被国民党用大棒加胡萝卜和口蜜腹剑的政治诱骗给平息了。敌人一面答应谈判条件，一面却暗中调兵遣将，把起义军偷偷包围之后，发起了猛烈攻击。所以，起义一次次受挫。

当马思义说完，不愿跟他继续革命的，愿意回家的就发放路费回家，有一部分人就把马匹留下走了。剩下的队伍，如果集中在一起，既不利于战斗，但同时目标又大，容易引起敌人的围堵，所以让大家再缩小目标，分头行动，到达马东山后集合，然后一起直奔边区。

起义军一股一股分散了，但敌人却调集的援兵越来越多，也是分头尾随追击。

国民党当局令韩锡侯九十七师、严明预备第七师和绰号"老讨吃"的马家军之八十一军，从几个方向追赶丁良臣他们，已经尾随堵截了几次了，但都让他们拼死冲杀了出来。每次起义军都会牺牲两三个战士作为脱险的代价。就在他们进入鸦儿湾之前，敌人骑的快马追上来了。敌人的马分成几个小队，有黑马队、花马队、红马队和白马队，这些敌人的骑兵都是国民党马家军训练出来的，个个骑术精湛，刀法和马上劈刺无人匹敌，号称是"中国的哥萨克"。眼看敌人挥舞着马刀越来越近，马头衔着马尾巴了，丁良臣说："你们先走，我来断后！"他把头伏在马脖子下面，听音开枪，一连四枪，弹无虚发，四个敌人从马上咕噜噜滚下了山谷。与丁良臣患难与共的马四十三骑着一匹枣红马贴了过来，对丁良臣说："咱们的队伍里可以没有我，但不能没有你，你还要带上大家到马东山和马思义团长会合呢，你要带着大家一定冲出去，一定要找到红军！"他说完在丁良臣的马屁股上狠狠踢了一脚，那马犹如离弦之箭飞奔而去。马四十三双手提枪，回身射击，他乘着敌人追杀的当儿，一把勒转马头，马的前身凌空而起踏向敌人，接着他骑马冲进敌群，一枪撂倒了后面一个抱着机枪骑马追赶他们的敌人，他也跟着就地滚下了马鞍，滚到敌人的尸体跟前，抱起机枪就开始胡乱扫射，敌人连人带马栽倒在地。那些追赶丁良臣的敌人又都统统折了回来，把马四十三围成了一个圈儿，其中有几个敌人骑马向他冲来，由于距离太近，马刀太快，马四十三的肚子被马刀劈开了，肠子咕叽叽流了出来，马四十三一只手抱着机枪，一只手把肠子盘起来又塞回肚子里，把上衣拽下来缠住豁开的肚子，跟凶残的敌人继续作战，最后子弹打光了，马四十三自己也因盘肠大战流尽了最后一滴血，牺牲在进入鸦儿湾的山梁上。

因为马四十三的掩护和拦截敌人，才使得丁良臣他们得以甩脱了敌人。一路之上，大家总会有人前仆后继地倒下去，但是大家却互相鼓励着一定要化悲痛为力量，以乐观积极的精神继续前进和战斗。

饭端上桌，他们一人咥了几碗。"咥"是这里的方言，就是达到了酣畅淋漓的状态。如果这里说他们吃了几碗，那还是草莽英雄丁良臣他们吗？所以，他们就像是往肚子里倒进去似的叠了几碗饭之后，才把身上的几颗白元掏出来放在桌子上，让老乡赶快往后山里面撤，他们从前面的沟里边吸引住敌人，边打马冲出去。

这时候，敌人的逼近使得场院里的战马已经惊觉了，开始急切地用蹄子刨动地面，发出呼唤主人的长嘶。各山头庄户人家的狗发出狂烈的吠叫。

丁良臣他们阔步走出院子，来到打麦场上的时候，看见峰峦如聚，旱海如怒，黑山深处即将落山的日头就像是一粒吊在天边的血豆，凄艳无比。马在不停地用蹄子刨动着地面，不停地嘶鸣。战马是旱龙，是黑山的英雄好汉们最忠实的伙伴，平时耕地，卸下犁铧，骑上就是战马，就能奔赴前线战斗。这就是黑山的男儿和烈马。

他们一个个从孩子们的手里接过马缰，翻身跳上马背，马的前身腾空而起，用蹄子在空际里划着弧线。突然，黄风土雾再一次骤起，吹刮得满山遍野一派萧瑟凄凉，草木索索发抖。敌人从二面山翼暗暗地包抄上来，开始一点一点在收网，在合拢他们的包围圈。

丁良臣他们从场院左前方水泉沟那里纵马跳下去，顺着榆树洼一条仅能容一人一马通过的鸦儿湾人抬水的水泉边的小路疾驰到山洪冲刷的沙石沟底。沟里两边的悬崖峭壁上黑色的红嘴乌鸦在追逐打闹。红嘴寒鸦们突然像是看到了什么，一下子直冲云霄，一只紧跟着一只，向更高的和滴血的残阳持平的天地一线飞去。原来是一只雄鹰隐隐约约在残阳里盘旋。那群乌鸦追上了鹰，在鹰的翅膀的上下翻飞中较量和角逐。乌鸦发出凄切的叫声。但是丁良臣他们听不见乌鸦的嚎叫，只听见耳边呼呼的风声。

一会儿，鹰和乌鸦都升入到日头里面去了，什么也看不见了。

马蹄声响遏山谷。敌人发现了他们，从两面山上向沟底开枪射击。枪声时紧时慢，瞬间就像是铁锅里面炒麻麦一样，噼噼啪啪响成一片。子弹贴着丁良臣他们的耳朵、头发梢和身子啾啾地飞了过去。他们一翻身都藏在了马肚子下面，只用一条腿踩着马镫，向两边山上靠近悬崖的敌人回枪还击。战马发了疯似的放圆了在跑，个个恨不得把脖子伸到前面去，马的蹄子、腿子和身子已经扯成了一条直线，嘴张得像红色的簸箕一样驮着主人在疆场上驰骋。

子弹像雷雨一样向沟里泼着。

黄风土雾刮得稍远一点，就视线不太清了，耳边只有枪声、马蹄声、风声一阵紧似一阵。这些起义军的好汉都是在夜里听声打枪的能人，人人都是夜里枪响香头应声而灭的神枪手。他们虽然看不见远处的敌人，但是根据枪声的远近闻声射击，几乎是百发百中。丁良臣一边在马肚子下面开枪，一边回想起他血战过的一幕一幕场景，那些犹在眼前的战场上，有多少黑山的英雄好汉为了自由和民主献出了自己年轻宝贵的生命，那些鲜活的面孔在他的脑海里一一浮现。国民党的马家军曾把他们这些人称为飞檐走壁的斧头客。他们曾经闯入国民党驻军的堡城里夺枪抢马，身上背一张篾竹席子，席子两边一卷，抓在席边子上，扇动着就从几丈高的城墙上大鸟一般飞下来了，敌人以为是天兵天将下凡了，吓得都钻到营房里不敢出来，他们夺了枪，抢了战马就打开堡城门跑了。

当他们一行八人纵马冲出了鸦儿湾的时候，日头早已经跌入黑山深处。敌人再一次被远远地甩在了后面。他们检查了一下，一个人都不少。再看战马，全身就像水洗过的一样，鼻孔张得圆圆的大大的在呼呼地出气。他们都开心地哈哈大笑，丁良臣想着这一次敌人没有把他们抓住，没有打死在鸦儿湾，以后就再没有机会能抓住了，一下子全身轻松无比，感觉恰似那脱扣的苍鹰、离笼的狡兔、摘网的腾蛟，犹如龙入大海，鸟上青霄。

他们勒转马头，回望黑山，黑山莽莽苍苍，那黄土高原深沉的十万大山，看着令人思绪万千，心情波澜起伏，久久不能平静。

丁良臣对他的战友们说："今天，咱们几个能活着从这条鸦儿湾里出来，咱们以后都能活过七八十岁！"

"一定都能活到老！"大家异口同声地说。

丁良臣他们打马登上一个土坡，遥望会合的马东山，望着延安的方向，目光久久注视！

发表于 2021 年第 7 期《解放军文艺》

高房子上的女人

苏芙蓉蹴在高房子里的热炕上暖着，尽管外面的天空凌乱地飘着鹅毛大雪，但她并不感到一丝一毫的寒冷，同时身心的冲动却如潮水般涌来，各种各样的奇思妙想和人性的幻境在脑海里活泼泼地闪烁着。

人居住在高房子上，和住在下面有天壤之别。高房子下面的人仰望星空，眼界只有巴掌那么大的一坨。但是在高房子上看风景，视野开阔，整个村子一目了然。另外，睡在高房子的热土炕上，男人的肾上腺素会迅速飙升，女人生育方面的功能也会增强，从睡炕的和睡床的人生的娃娃的多与少比较，睡炕的明显生得多。睡在炕上，就像是进行一种原始的汗蒸抑或桑拿理疗，身体的每个细胞立时被激活了，犹如春天的动植物，变得蠢蠢欲动起来。

跑回娘家居住在高房子上名字叫苏芙蓉的少妇在大家看来很神秘。这个村子里的老师说她怎么有点像福克纳笔下《纪念艾米莉的一朵玫瑰花》里的人物。当然村子里的大多数人不知道老师说的书里的事情。人们只是看见身材微胖却不膻不腻，长得恰到好处的苏芙蓉，一年四季都坐在娘家的高房子上，从未看见她从高房子上走下来过，从春到夏，又从夏过渡到秋，最后进入寒冬腊月，大雪都纷飞了，依然没有见苏芙蓉从高房子上下来过。

许多存心不良和喜欢无事生非的人对苏芙蓉顿时产生了浓厚的好奇心，他们千方百计地找各种合理的借口去苏家的高房子上要一探究竟。在一段时间，各路人马纷至沓来，轮流窥测。苏芙蓉不仅在高房子上接待了前来普查人口的村上的队长，还有乡上的扶贫干部，另外还有黑山林业站的护林员牛占山和村小学的年轻教师文芒，以及卫生院的雍毅，他们总是以各种正当的理由冠冕堂皇地进入到高房子里，争取和苏芙蓉说上那么几句言不由衷的话，就又匆匆忙忙地走了，好像他们是在干着保卫地球和拯救人类的善事，但又生怕被人看穿了他们的伎俩。一开始，他们和苏芙蓉的父母亲搭讪，说些不痛不痒的话，好像是在做正经八百的工作，可是终了，就会绕到高房子的话题上，说是转着看看他们家的高房子，看看里面收拾得好不好。随之就不请自入了。在高房子里，毫无疑问，自然就看到了苏芙蓉，有些人第一眼看到这个美丽的女人时，却故意表现得不以为然、漠不关心的样子，好像看见苏芙蓉跟没看见似的，好像苏芙蓉并不是他们要关心的对象，也不是他们进入高房子的真正目的，他们对足不出户的苏芙蓉一点不感到奇怪，对她说上几句似是而非和不着边际的话，就又从高房子上撤下来；有的人则表现得十分的惊讶，好像高房子里面怎么还会藏着这么大的一个秘密，这么久了，而大家居然还没有发现，多次来过，竟然一点动静都没有，高房子里显得哑迷悄息。于是他们不得不阴阳怪气地说："一个大活人在高房子上坐着，来了客人，也不下来打个招呼！"尤其是那个小学的男教师文芒，四十多岁了，至今未婚，他得知高房子里的苏芙蓉一表人才，便慕名来访，竟跟苏芙蓉一本正经地开起了玩笑："这么出色的女人，成天价躲在高房子里干什么呢？也不出来透透新鲜空气，蚂蚁都爬出洞来换个窝儿呢，你不下高房子难道是害怕太阳把你的脸晒黑吗？"

苏芙蓉勾着头，煞白的皮肤不好意思地憋得红了起来，她鼓足了浑身的勇气自我调侃说："就是因为人长得丑，怕见阳光嘛！"

"你是表扬自己长得白吗？"他有些油腔滑调，"你是一朵白牡丹，干吗要活得像修女一样呢？"

苏芙蓉的嘴角浅浅地一笑，不作声了。来的人待上一会，就不好意思了，不得不提出告辞，因为他们还得顾及苏芙蓉父母的面子和自己披着人皮的自尊。

但是，随着时间的推移，人们渐渐地就把这个躲在高房子里的女人给遗忘了，因为人们无法想象，也不相信在那个静谧的高房子上，还有一个足不出户的活生生的美丽的女人。

这座高房子，原本是苏芙蓉的父母给他们老两口自己修建的，但他们却让爱女住在了里面，自己却从来没有住过一天。苏芙蓉未出嫁的时候，就让爱女住在里面了。后来苏芙蓉出嫁了，高房子就开始空着，如今苏芙蓉又回来了，他们默默地念叨："芙蓉这孩子出嫁后，受了太多鞭打和委屈，活得牛马不如，哪里的苦大她就在哪里，哪里的活计多她就在哪里跌爬着干，就像一头大牲口被人家使唤！"现在苏芙蓉逃回来了，他们就想让这娃娃依旧住她的高房子。

高房子是建在苏芙蓉父母家那农家小院最醒目的墙角马头拐子的位置上的。这个村子，大多数高房子都是修建在户主家院子围墙的某个墙角马头的，这样就愈加显耀了。这间高房子下面是一个四方四正的土墩子，土墩子大概有一层楼那么高。有些人家的高房子下面则是一孔箍窑，高房子是直接建造在箍窑的窑顶上的，窑里往往装满了柴火与烧煨，有时候鸡会躲在窑里面的麦衣或麦草上神情恍惚地休息和纳凉，抑或下一窝鸡蛋抱起了儿子。人住在这样的高房子里面，似乎是住在装上了天然空调设备的洋房子里，该热的时候热，该凉的时候凉。因此，在高房子上，每个季节都让人觉得异常的舒适，在上面能看到整个村庄春夏秋冬四季的景色最先到达，景色是全方位的，绿的时候绿，红的时候红，黄的时候黄，白的时候白，是最符合自然规律的。

苏芙蓉从小就住在这个高房子里，每个季节她就从高房子的后窗户里望出去，欣赏着远处山中的景色，清风明月，日升日落，青草摇曳，麦苗荡漾，风雨雷电，北风扬雪，都在眼帘的一张一合里。可是自从苏芙蓉出嫁之后，父母心疼女儿，就让高房子再也没有住过人，一直让它原封不动，空空地空着，保持着女儿居住时候的模样。有时候，他们两口子只是走进高房子里面看上一眼，打扫一下里面不知从何而来的灰尘。睹物思人，看着里面的每一样物品，那么孤独凄凉地安放着，女儿成长的样子立时就跳入他们的脑海。苏芙蓉小时候像个男孩子，上高爬低，在后山玩的时候，看见一个崖洞口，有一个鸟窝，她见从未看到过的一只华丽乖巧的小鸟在给自己小鸟喂食。她就踩着石头，用自己的衣服堵住鸟窝，逮住了那只老鸟，她想把它抓回家养着，但是听见窝里小鸟的凄凉的叫声，天性善良的她又把那鸟放了。那一刻，她如释重负，心里一下子非常轻松。

在这个高房子里，有许多关于苏芙蓉成长的记忆，那些画面会情不自禁地跳入苏芙蓉父母的脑海。苏芙蓉从小喜欢跟着妈妈学做女红，尤其是她做的针插子特别精致漂亮，里面的瓢瓢子是白布壮着棉花团的桃心状样子，外壳罩子是用颜色各异的碎布片缀缝起来的，里面插针瓢心的顶头，缝上一根花线绳，自外壳顶的眼孔穿引出来，只需在花线绳头上一拽，里面的桃心瓢子就被拽进针插外套里去了。自然而然，那些插在针插瓢子上面大大小小、密密麻麻的针就被藏在了针插子的里面，这样在做针线活计时，就不怕找不见针了，也不怕针到处乱扔扎到人了。苏芙蓉绣的针插壳儿，的确好看，在那袖珍型的面积上还能绣出一对对鸳鸯、喜鹊和繁华三千的梅朵等漂亮的图案来。苏芙蓉无论是纳鞋底、做绣花枕头等等，都可说是从小就没有人敢弹嫌和挑拣的，她在这些方面确确实实可以称得上是一绝。

这个村子大的背景叫黑山，苏芙蓉嫁过去的地方叫王贵村，和苏芙蓉家的李香香村隔着几座大山，说起来也不远，但走起路来却费事得很，俗话说，看山能跑死马呢。

苏芙蓉的男人是一个走南闯北的贩驴的驴贩子。这个男人是在县城的一所中学读完高中，便回村子里务农，但他不甘于平庸，就跟一位四方闯荡的牲口贩子，做起了贩驴的生意。这个驴贩子在他的生活里，养了一个不甚正常的坏习惯，每当看到叫驴把草驴摁在身下，以它震撼人心和摧枯拉朽的雄风耀武扬威的时候，他就激动得一个蹦子跳起来，好像他自己化身成为那头叫驴了。在驴贩子看来，每一头草驴都是非常好看的，他认为草驴比女人都长得漂亮：性感的白嘴唇，健硕滚圆的肉嘟嘟的屁股，通体上下和大地一色，即土黄色的，肚子下面白白的，朴素而又大方，且干干净净的，尤其是那个老是不敢看又忍不住想多看几眼的地方，就像青草喂过的一样，是那么清清爽爽的。看到这里，他的呼吸就情不自禁地有点急促起来。在他眼里，一头优雅的小草驴，就像是谁家还没有嫁过人的一个年轻姑娘，或者就像某个刚刚结婚不久，还显得有些腼腆内敛的碎媳妇子，或者就跟武大郎娶回家只能望而兴叹的碎新媳妇潘金莲一样。

这个驴贩子就是有这么一个令人不齿的嗜好，或者说有这样一个怪异的毛病，他有时会对着叫驴推心置腹地说一番话："西门庆啊、西门庆，你这个王八蛋，怎么一见潘金莲就没命了呢？你这个驴熊，真是一个精力旺盛表现优秀的西门庆，有一天你要是对潘金莲变心了，我就把你抓住骟了，把你的那个坏东西喂了大黑狗！"院子里的大黑狗在驴圈门口活蹦乱跳地，好像是听懂了主人的话和承诺，高兴得在地上打起了滚儿。驴贩子把所有的草驴一律叫作潘金莲。尽管他的有些"潘金莲"是并不怎么漂亮，甚至还有些丑态毕露和邋里邋遢，走路异常难看，腿子短、身子矬，屁股还紧紧地夹着没有完全打开来，牙齿也不甚干净，嘴也有点难闻，且浑身沾满了牲口的粪便和草屑。但他依然还会标榜和美其名曰为："这个可是原汁原味原生态的潘金莲啊！"所以，他经常这样自言自语，"你们城里有你们城里的白富美和朱丽叶，我们有我们农村的原生态！"

也许生活中的白富美可能携带着梅毒、花柳病、艾滋病等等。而原生态的"潘金莲"则就不同了，不仅驴贩子自己很欣赏，而且驴贩子也知道这是所有的"西门庆"都热心和乐意紧追不舍的，即使是闻上一身的骚气，也美在其中。所以，驴贩子总是不知好歹地一味偏向他贩卖的这些草驴，觉得买回去操心好了，说不定还能下一对小"潘金莲"出来呢，那就会给他们家里又增添了一大笔财富。驴贩子知道，这种原生态的草驴的生育能力还是非常强的，一生就连生两头。

苏芙蓉嫁给这个驴贩子之后，其实日子过得并不那么幸福，不像她原本期望的那么个"好"的样子。不仅如此，她竟然还渐渐发现丈夫有些常人难以理解的病态，所以两个人就出现了一些矛盾。苏芙蓉不愿意当他所贩卖的那些"潘金莲"。可是驴贩子不依不饶，逼迫她一定要向那些草驴学习。这可把苏芙蓉折腾苦了，也让她心中的屈辱与恼火在周身逐渐曼延。

"你说说，你到底是个驴嘛还是个人？"苏芙蓉终于忍无可忍了。

"我觉得人有时候还不如一头驴呢，人做的事情往往比驴还要恶心几十倍呢，驴不懂得演戏，而人做了各种各样无耻下流在背后害人的事情，却还要把自己打扮成高贵的文明人！"

　　但是，苏芙蓉受不了他的这一套理论。时间久了，这就成了一种压迫和家暴。对苏芙蓉而言，日子一天天这样过，确乎太折磨人了。如果苏芙蓉每次不顺着驴贩子的心思来，不中了他的意，不扮演"潘金莲"的角色的话，他就开始用鞭子抽她，打得她的身上和腿子上全是伤痕。她白天在田里劳动，晚上还要受丈夫的欺负。即便就是人的心不记仇，那人的肉体也是会记仇的啊！最后，苏芙蓉实在是受不了这种非人的折磨了，她仿佛一下子醒悟过来了，知道了自己是个人，而并不是一头驴，于是她就连夜逃回到李香香村的娘家，坚决不再去男人家了。驴贩子等不回来苏芙蓉，就到苏芙蓉的娘家找她，要把她叫回来，叫了好多次，她就是宁死不肯回去。确实，她是有些害怕驴贩子了，学草驴的样子，这在她这样一个比较传统的女人是非常难的，也是令人痛苦的。因此，三十六计，走为上计。她回到娘家，从此就坐在娘家的那个高房子上下不来了。她只要一想起那些非人的日子，就觉得全身都发起酸和战栗起来，真的有些不愿再见到驴贩子了。驴贩子又一次来到李香香村，他是拿着皮鞭子想把她赶驴一样赶回去的。

　　可苏芙蓉说了："你狠了你把我再打上一鞭子，你再动一指头试试，我们这个李香香村的男人们手上又都没架鹰，他们只要听见我大哭大叫，就都会操着家伙什追过来的，会把你打死的。不信，你就抽我一鞭子试试！"

　　驴贩子狐疑地看着高房子下面村落里的房屋，想想这个地方的人确实都是特别有凝聚力的，就没敢动手，他改变了策略，开始用甜言蜜语欺骗和哄着叫苏芙蓉："回去吧，回去吧，命蛋蛋，咱们回家好好过日子去吧！"

　　苏芙蓉似乎铁了心肠，她是不想再受那份洋罪了，不愿再被折磨了。驴贩子只好悻悻然地溜走了，他知道李香香村的男人是很有血性的，心也是很齐的，而且特别护村，外地人岂敢在本村撒野，那会被他们群殴死的。他这一去就再也没有来找过苏芙蓉的麻烦。

苏芙蓉回了娘家的高房子后，不知不觉就过去了好几年，在这几年时间里，她在高房子上安心地做她的针插子，做了半炕。时间把好的和不好的，都会淡化掉的，撇淡了化掉了以后，就可以一拍两散，就能离婚了，在这时候离婚相互就也不会感到痛苦了。于是，苏芙蓉就和驴贩子离婚了，而驴贩子业已找到了热爱和适合扮演草驴角色的女人了。苏芙蓉是当不了"潘金莲"这个角色的，她是无比害怕过那种驴马般的生活的，所以她难以满足驴贩子的要求，也无法适应和顺从他的那种生活，她要当一个真正的女人，做一回真正的"我"。自从失败的婚姻对苏芙蓉造成伤害以后，在她的心里的确留下了一些阴影和深深的烙印，只要一揭起来，就会又一次隐隐作痛。她甚至连婚姻都有些惧怕了，不想再过那种"潘金莲"似的日子了，她真的不想再嫁人了，她要好好做一个正常的女人，做一个干干净净、简简单单地活在世上的女人。自从跟驴贩子离婚以后，苏芙蓉就一直就坐在娘家的高房子上，大家从来没发现她从高房子上面下来过。如果你不去他们家，可能还不知道他们家的高房子上还有一个年轻漂亮的女人，一个风韵犹存的寡妇子。

许多人都很好奇，觉得这位年轻的漂亮的寡妇一个人待在高房子里干吗呢？怎么不学学电视上的潘金莲呢？不拿一个针插子扔下来打在哪个过路的"西门庆"男人的头上呢？她在高房子上会想男人吗？如果她想男人了的时候会怎么办呢？她是怎么在高房子上一天一天挨过那些枯燥乏味的寂寞的日子的呢？如何在上面生活的？这些都是大家最最关心和想知道的问题。

有人说起，国外有人写过一个人在树上生活了一辈子的故事，这让人怎么都觉得像是杜撰和瞎编滥造，有些矫揉造作的痕迹。在我国南方的竹林和特别大的原始森林里，有人倚着古老的大树，建造一座高高在上的小木屋，远远看着就像是在大树上面建造的木房子，人住在上面，是很安全的，既预防了野兽，同时也遮风挡雨。这样的人应该是有的。因为树上的生态环境好，可以高瞻远瞩，遇有什么危险就可以在第一时间发现。在地上，也许看到的只是一些事物的侧面或者很有限的断面，不会看得那么全面和完整的。因此上说，在高处和低处，大家看待问题的格局也是不一样的。在高处，就连旁人也会觉得别有一番境界和感觉。在古时候，一般家中的千金小姐均会在阁楼上大门不出，二门不迈，一面在上面绣鸳鸯戏水和喜鹊登梅一类的刺绣活儿，一面暗暗期待有情郎君来把她们的心儿打动，再经过父母的拣选，媒妁之言，从而让一对新人走向婚姻的殿堂。

苏芙蓉待在高房子上不下来，跟那些待在树上不下来的人是否有同样的感受呢？我们不得而知，但重要的是苏芙蓉待在高房子上比爬在树上不下来说给人来听，其可信度要高一些。大家想想，一个人喜欢高房子，整天坐在上面不下来，有父母亲给送吃送喝，接上拿下，除了没有人的时候跑到旱厕里打个转身，说给谁听了都知道这是一个真实发生过的事情。事实就是这样。然而倘若一个人钻在树上不下来，整天坐在树上面算怎么回事啊？一是这个人可能精神有点不大正常，要么是生病了，要么就是有些不是人了，其次可能以为自己是一只鸟，或者渴望变成一只鸟，因为只有鸟儿的思维才喜欢待在树枝上，还有就是那些原始的类人猿，为了躲避陆地上的狼虫猛兽的袭击，才可能躲在树上不肯下来。否则，难道他们在树上不下来就不怕打瞌睡？不怕打个盹掉下来吗？要是打个盹，掉下来摔死了，或者摔成一个残废怎么办？别说是寸步不离地在树上一辈子了，就是生活一个星期，也是令人难以置信的。

所以，通过道听途说，编造出一个在树上生活的人的状态，一定是让人匪夷所思的，完全是为了哗众取宠，标新立异，是为了故意吸引人的眼球，更是为了博取人们的好奇心的。因为好奇心是人性的心理问题之一种。否则，这个在树上的人一定是病得不轻，或者这个人极有可能是其父母在酒后，抑或在打盹的时候的一个不太成功的产物，男女在创造这个孩子的时候，有可能是迷迷糊糊的，精神不太集中，把最精华的那部分遗漏了，让一些糟粕结合在了一起，所以才生产了这么一个大脑不甚理想和不太健全的货色，所以跟正常人的思维方式有些不太一样，喜欢爬在树上不肯下来。大家也都会为之捏着一把把冷汗的，要是遭到闪电雷击，或者一不小心踏空了，那这辈子就甭想再爬到树上去了。所以，这种稀奇古怪的在树上生活的记载，纯粹是一种无稽之谈，只有在还没有进化好，身上尚长满了长毛的原始森林里的人才有可能存在这样的一种生活方式，在现代文明中的人，感觉有些地方不合情理，尚待推敲。说着说着，就让人有些气愤，就还是想要说说真实存在过的在高房子上生活却不肯下来的苏芙蓉的事情。

苏芙蓉在娘家的高房子上生活了十年，但是她还是走下了高房子。她走下来的时候，不是一个人，而是抱着一个孩子下来的。这个孩子是她的儿子。

当着全黑山的男男女女，万众瞩目的苏芙蓉抱着一个马上要开始走路，嘴里喊着妈妈的男孩子从高房子上下来，来到了地上，成为普普通通的一位妇女的时候，人们这一次比任何时候都紧张和震撼，惊讶得嘴巴都合不拢了。

李香香村的妇女们从苏芙蓉的手里接过孩子，抱在眼前，认真仔细地端详，一点一滴地观察和分析，一点一点辨认这个孩子究竟长得像谁，以前的驴贩子？显然不可能，他们分开都已经好多年了，那是谁的孩子呢？是村上乡上的干部们的吗？是小学老师的吗？还是盘踞在村子后山的护林员的？这个不老不少的护林员，身体素质特别棒，听说狼鞭吃多了，他上山爬洼如履平地，把苏家的这点土墙头，一个箭步纵身一跃就上去了，他特别喜欢给村子里的妇女们送野鸡蛋。再就是村子里的某个浪荡子？还是路过这里的某个和苏芙蓉一见钟情的货郎子？都不好说嘛，也不能去问苏芙蓉啊，问了人家也不会说的，如果能说，那个比苏芙蓉还神秘的人物早就出来面世了，躲在茫茫人海中干什么呢？不肯见人就意味着有难言之隐，就是暂时还不到出来的时候。再说，你去问人家的父母和苏芙蓉，人家要是怼一句："你还操心操得多得很！"就真的是自讨无趣了。有些男人看着孩子长得特别可爱和漂亮，黄黄的头发，带点自然卷，深眼窝，大眼睛，亮晶晶地瞅着村子里的人，有些地方像他美丽而风韵依然的妈妈苏芙蓉。显而易见，在这样的情况下，苏芙蓉已经到了不得不从高房子上下来的地步了，因为孩子再长大点，就会拦也拦不住自己跑出来跑下高房子的。那些自以为是的男人看到这一幕，就都有些不服气不情愿，在心理上嫉妒如焚，并耿耿于怀，久久无法释然，埋怨自己胆子太小了，没有豁出去搏上一把，无论怎么都不能接受这个带有轻蔑意味的现实啊！

就在这一刻，一刹那大家隐隐约约发现在苏芙蓉家外围的那个通向高房子的墙角马头上，有过人类爬上爬下的痕迹，那里明光明光的，业已散发着说也说不清的烟火气息。

发表于 2022 年第 3 期《红豆》

图书在版编目（CIP）数据

玉狮子 / 了一容著 . -- 北京：作家出版社，2022.11
（中国少数民族文学之星丛书·2022 年卷）
ISBN　978 - 7 - 5212 - 2016 - 2

Ⅰ.①玉…　Ⅱ.①了…　Ⅲ.①中篇小说 - 小说集 - 中
国 - 当代　②短篇小说 - 小说集 - 中国 - 当代　Ⅳ.①I247.7

中国版本图书馆 CIP 数据核字（2022）第 168530 号

玉狮子

作　　　者：了一容
责任编辑：史佳丽　李亚梓
特约编辑：党然浩
装帧设计：孙惟静
出版发行：作家出版社有限公司
社　　　址：北京农展馆南里 10 号　　　邮　　　编：100125
电话传真：86 - 10 - 65067186（发行中心及邮购部）
　　　　　　86 - 10 - 65004079（总编室）
E - mail: zuojia@zuojia. net. cn
http: // www. zuojiachubanshe. com
印　　　刷：唐山玺诚印务有限公司
成品尺寸：152 × 230
字　　　数：170 千
印　　　张：14
版　　　次：2022 年 11 月第 1 版
印　　　次：2022 年 11 月第 1 次印刷
ISBN　978 - 7 - 5212 - 2016 - 2
定　　　价：46.00 元